龚鹏程◎著

有文化的文学课

中华书局
ZHONGHUA BOOK COMPANY

图书在版编目（CIP）数据

有文化的文学课/龚鹏程著. —北京:中华书局,2016.5
ISBN 978-7-101-10046-4

Ⅰ.文… Ⅱ.龚… Ⅲ.中国文学-古典文学研究 Ⅳ.I206.2

中国版本图书馆 CIP 数据核字（2014）第 057508 号

书 名	有文化的文学课(精装本)	
著 者	龚鹏程	
责任编辑	孙永娟	
出版发行	中华书局	
	（北京市丰台区太平桥西里 38 号 100073）	
	http://www.zhbc.com.cn	
	E-mail:zhbc@zhbc.com.cn	
印 刷	北京市白帆印务有限公司	
版 次	2016 年 5 月北京第 1 版	
	2016 年 5 月北京第 1 次印刷	
规 格	开本/880×1230 毫米 1/32	
	印张 9½ 插页 2 字数 220 千字	
印 数	1-8000 册	
国际书号	ISBN 978-7-101-10046-4	
定 价	38.00 元	

目　录

序

这是一本讲录，主要谈的是文学与文化的关系。

讲录成书，本是旧例，《论语》《孟子》就出于讲说；希腊苏格拉底、柏拉图所传，也是演讲录；佛经更属"如是我闻"。但我不敢妄希圣贤，本册也不敢奢望成为经典，所讲只是一些文化小常识，提供给喜欢文学的朋友们做参考，聊以入门而已。

一般讲文学，要不就赏析作品，对结构、布局、笔法、人物情节之安排，修辞之巧妙，分析入微；要不就探究作者，论其心境、遭际、时世、交游、写作年时等，期为知音。这些办法当然都很好，也都是必要的。但我现在所准备讲的却不是这些，而是把文学作者、作品，乃至文学活动，放在一个较大的领域中去看。本书十五讲，分论文学与儒家、道家、佛家；经学、史学、子学；书法、绘画、音乐、武侠；

社会、国家、时代、地域、读者等等的种种关系。

为何要如此讲文学呢？文学是人文活动之一端，它有具体的人文脉络，成于特定之社会文化中，不了解这些社会文化状况，自然便难以理解作者与作品，此孟子之所以云"读书须知人论世"也。例如读李白诗而不懂道教，读王维诗而不懂佛教，能成吗？中国文学，与儒道佛、经史子学以及书法绘画诸艺、时空邦国社会等等共生，彼此相联，互为骨血。不能明白这些，仅抽提、孤立地讲作品与作者，你以为做得到、讲得好吗？不懂这些而用西方文学理论来解析中国文学，你又以为能行吗？

近世论文学，不幸偏欲行此魔道。一方面是文、史、哲、政治、社会分科别系，各领风骚。中文系专究文学，罕窥经史诸子之奥，于佛老哲学、书画艺术亦颇睽隔，号称专业，其实只是固陋，以至于谈文学，便仅能就作者生平、篇籍流传考来证去，或就作品之章句修辞析来赏去。另一方面又有西洋新批评推波助澜，认为文学批评就该只针对作品本身，不必问作者乃至时世社会等事，说那些均属历史主义，都是外缘研究，作者已死，审美唯须当下即是。于是论文学者崖岸自高，益不屑于了解那些外缘。

实则康有为诗尝云："别有遁逃聊学佛，伤于哀乐遂能文。"文人创作，不过是心迹之外显，创作主体并不在作品本身。其所以创作，并作成这样那样的作品，原因都不在作品上。新批评以作品为唯一依据，实是胶执筌蹄，未究心源。而作者之所以能成文，又或因感时伤事、或因逃禅修道、或因征圣宗经，原因亦皆不能仅在作者身上求。陆游教子诗云："汝果欲学诗，工夫在诗外。"诗外的东西，才真正是诗里面的东西。诗中所有，均自诗外得来。所谓外缘研究，恰恰是内在之本。作诗如此，读诗亦然。近人横剖内外、割裂文学与其他人文知识及活动，真是未之思也!

时世如此,则我这一系列演讲亦可视为伤世之作。只不过,受限于学期与课时的限制,每一讲虽都是大题,我却只能略讲,挂一漏万、言简意赅,乃是必然的。讲时趁兴,细大不捐,亦只能请求读者矜谅。好在只是入门、只是介绍、只是提醒,读者观其大意即可。我若真要繁密严谨地讲,恐怕反而不便初学。

这一系列,我讲过几次,每次颇不相同。因我讲课并无一定的内容,因时因地因机而发,殊不一致,如水注物,赋形各异。这本书所录,基本上采用二〇一〇年在北京大学中文系所讲,由学生据录音整理成稿。他们整理得很辛苦,但毕竟非子游子夏万章公孙丑,是以所录文字还须由我花很大的气力来修订。修来改去,日就月将,终于文不文、语不语,支离桀格、漫不成章。我心已倦、我力已疲,只好如此啦,其中疵谬,读者恕之。

龚鹏程

二〇一三年冬至,写于燕京

第一讲　文学与儒家

当下文学解读是贬抑儒家的

今天讲文学跟儒家。因为它太重要，所以不得不放在第一讲，可是自近代以来，要讲文学跟儒家的关系却是极不容易的。

如近几十年在思想界比较有影响、对中国思想比较有阐释成果的是当代新儒家，又称港台新儒家。其实他们的影响并不限于港台，大陆改革开放以后，思想上之所以能够重新接上中国传统文化的脉络，主要靠港台新儒家之接引。当代新儒家诸君既称为儒家，当然以恢复儒学、延续儒学的命脉为其职志。当年，唐君毅先生写过一本书叫《说中华民族之花果飘零》，说中国文化就像一株大树，树本身枯萎了，以致枝叶花果飘散于世界各地。各地的华人抱着这种文化的悲情，处在文化飘零的境遇中，真是一个悲哀而且残酷的现实。但这时候，这些新儒家却抱着一个使命：在花果飘零的时代，定要让飘零的花果"灵根自植"，重新长出枝干来。所以他们是以延续中国传统文化为使命的，确实也对儒家传统作了许多有价值的梳理。

但是讲孔孟、程朱、陆王都好办，唯有儒家跟文学的关系讲起来费劲，所以常常就不讲。如牟宗三先生的主要著作《才性与玄理》、《佛性与般若》、《心体与性体》、《中国哲学十九讲》，都只谈哲学，而对文学与艺术毫无讨论，更未谈及中国哲学与文学的关系。他还翻译过康德"三大批判"，是世上极少数以一己之力翻译康德《纯粹理性批判》、《实践理性批判》和《判断力批判》的人。《判断力批判》谈的是审美判断，这本书很早就有宗白华先生的译本，虽然牟先生对他的翻译不很满意，可是他也一直不愿意重译。因为他觉得谈艺术审美没啥必要。为什么呢？康德三个批判，主要是想处理西方三大问题：真、善、美。真，是纯粹理性的问题；善，是道德理性的问题；美，是判断力的问题。然而在中国却不是这样三分的。在中国文化里，依牟先生看，"真"的部分，从墨家、名家以后基本上就没有独立发展出来。我们发展最强的是"善"的这一部分，"真"跟"美"也都归到"善"里边去。像庄子讲的"真人"，这个"真"不是指西方纯粹理性的真，"真人"也不是西方讲的真善美的真。"真人"是纯粹的人，既真，又善，又美，所以庄子形容他："肌肤若冰雪，绰约若处子。"《诗经》、《楚辞》之所以用"美人"来譬喻君子，也是这个缘故。因而牟先生认为在中国讲得最多最好的就是"善"，而"美"这个部分在中国又从来都是美善合一的，所以这个部分根本不需要独立讨论。康德想用"美"去沟通"真"与"善"这两端，牟先生更觉得没有必要。故他后来虽然也译了第三批判，却译得很特别，等于是哲学家之间的对话而不纯是翻译，同时写了很长的序，把康德数落了一通。说康德的讲法，一是没必要，二是理论上有缺陷。康德想建立一个审美的活动的超越依据，叫"美的无目的的合目的性"。牟先生却认为这不能作为审美的依据。如果真要给审美活动找一个根据，那就不该是"无目的的合目的性"，而是"无相原则"。其辨析甚为繁复，我在此不能详述。简单讲，所谓"无相原则"，他用的不是佛教的理论而是道家的，类似道家说的"虚静心"。牟先生在讲魏晋玄学时，也特别提到当时人顺气言性，大谈才性，义理上虽不通透，却可以显出审美的艺术观照，其思路亦近于此。

另外，徐复观先生有一本《中国艺术精神》，是新儒家中少数讨论文学艺术之作，很有影响，是这个领域中的经典之作。该书第一章讲孔子、讲如何从仁心的发显而成为艺术精神，十分精彩。但从第二章开始讲庄子以后，就跟儒家没什么关系了。因为他认为孔子所开启的这种传统，后世并没有传承下来。譬如山水画就可以看出庄子艺术精神的影响，它是庄子讲"心斋"、"坐忘"的发展，属于"庄学"的传统。后代文人，魏晋以后基本上都是庄子式的。

他们的讲法，让人觉得所谓新儒家竟好像是新道家，要不就不谈文学艺术，要不就把中国艺术精神推源于道家。或说儒家可能也蕴含了一种艺术精神，但可惜后世没有传承。或者如牟先生，根本没有谈到儒家本身有这方面，他主要都由道家设想。

港台学者之观点如此，大陆的情况又如何呢？

从五四运动以来，我们对中国历史基本的了解，是胡适、鲁迅、顾颉刚他们所建立的。顾颉刚写过一本书叫《汉代的方士与儒生》，认为先秦的孔孟之道，到汉代以后就产生了重大变化。混杂了方士的儒生，用神仙家的阴阳五行邪说哄骗皇帝，使得儒学跟国家权力结合，儒学成了国教，独尊儒术，罢黜百家。同时又讲天人合一、阴阳灾变，让皇权跟神权结合。这就奠定了中国以后专制儒学的基本框架。此说其实是把汉代想象成欧洲的中古时期，认为当时的儒生就像中古时期经院神学家那样，用繁琐的训诂考证讲神学。神权、皇权、知识权力整个结合在一起。这样解释中国史，是二十世纪二三十年代流行的时髦作风。不止顾先生如此，胡适、冯友兰论中国哲学亦莫不如此。

胡适的哲学史，一般人看到的只有上半部叫《中国哲学史大纲》，所以常嘲笑他写书如太监，下面没有了。实际上下面还有，他写了两部，一部叫《中国中古思想史长编》，一部叫《中国中古思想小史》。他认为先秦是上古，汉以后直到唐代是中古，宋代以后则已经进入近代了，所以他一向把唐代兴起的禅宗与宋以后的理学看成是中国的"文艺复兴"。依此说，汉代当然也就跟西方的黑暗中古时期相似，是经学、神权、王权相结合的时代，跟顾颉刚的讲法并无太大不同（顾先生的讲法或许即是由胡先生那里来的）。

冯友兰先生的《中国哲学史》更绝。整个中国哲学的历史只有两阶段，第一段是先秦，叫作子学时代，诸子百家争鸣；汉朝董仲舒以后就叫作经学时代，直到清末的康有为。为什么这样分呢？冯先生认为，中国哲学跟西方哲学之不同，其实只因中国哲学还是一个尚未近代化的哲学罢了。我们若把历史切成三段，类似西方那样，分成上古、中古、近代。上古这一段先秦，类似西方的希腊时期，百花齐放。到中古，罗马信奉基督教以后，形成政教合一的单一神权社会，则汉代也有一个庞大的儒生阶层，跟政权、神权结合在一起。而这种形态，一直延续到清末康有为那个时候都还没什么改变，所以说中国还没有如西方经历过启蒙运动那样，进入近代。哲学亦因此仍如西方神学院的经院哲学般，属于中古时期，故他称为经学时代。

当然，冯先生这种划分方式，把中国的中古时期拉得很长，乃是又受了西方流行的"东方专制社会停滞论"之影响。但这亦非他一人如此，受五四运动影响的这一代的学者，自命先进，要推动中国之近代化或现代化时，皆如此。朱维铮先生有一本书叫《走出中世纪》，书名就显示他认为中国还停留在中古黑暗时期。

在文学史的解释方面，刘师培、鲁迅也都明确以上古、中古来讨论。刘先生有《中古文学史》讲义，鲁迅亦有著名的"魏晋文学自觉说"。魏晋文学自觉说，是把魏晋看成人的醒觉与美的发现之时代。因为汉代的专制王权与儒家经学结合在一起，经汉末大乱以后，王纲解纽，魏晋才脱离了大一统专制王权之笼罩，同时也脱离了经学的笼罩，开始产生了人的自我意识以及老庄玄学。正是因为如此，所以才有美的发现与追求，所以才有文学艺术及人物风姿之美，所谓"魏晋风度"。

这个讲法，显然也是要摆脱儒家的。鲁迅把儒家看成是文学史上的压抑者，只有儒家衰落了，才可能从老庄玄学中产生人的觉醒跟美的发现。依他们看，汉代儒家的文学解释，完全是以政教观点对文学的压抑和扭曲。例如《诗经》本来是一部民间歌谣式的文学作品，可是汉朝人却把它当作"谏书"，从赞美君王或讽刺君王的角度去解释，完全把《诗经》扭曲成一种政治教化的体系，不晓得民间歌谣是真正抒发感情的，并不是道德教化。

凡此种种，显示我们海峡两岸对文学史之认识，其实有个共同的基本大框架，都是贬抑儒家的，所以要谈文学跟儒家的关系就特别困难。

僵化意识下的文学史

可是，如此谈文学其实是荒唐透顶的。为什么呢？

首先，我们近代的这个文学史框架，其实只是个西洋史的框架，拿着它去硬套而已。像鲁迅讲的那一大篇，人的觉醒、美的发现等等，听起来头头是道，令人佩服。可是你仔细一看就会发现，那不就是西方人在讲他们的文艺复兴吗？我们只是把西方人对文艺复兴的解说词用在中国史上来再讲一遍而已。西方人大骂他们的中古，称为黑暗时期，我们也努力找到中国的某一段时期来骂，说这就是中古、就是黑暗。他们骂君权神授、骂教士阶层，我们即说中国历史上正是君权神授、正是经学为神权君权服务。他们说文艺复兴以后人才睁开理性之眼，解除"魔咒"，发现了"人"，我们也说魏晋以后人才摆脱经学及大一统政权，发现了"人"。诸如此类，讲的真是我们自己的历史吗？

正因为套着别人的故事来说自己的身世，所以我们根本搞不清楚自己历史的实相。

例如说《诗经》是民歌、是文学。现在几乎所有教科书、文学史都这样说。可是《诗经》怎么会是民间歌谣呢？《诗经》包括三个部分：风、雅、颂，雅和颂都绝对不是民间的东西。大雅、小雅是朝庙乐章，颂是歌舞祭拜帝王之先王先公的。

至于风，风就是民间风谣吗？非也，非也！十五国风，固然因各国风土不同的曲调分，但曲辞谁作的呢？讲的又是谁家事呢？

打开《诗经》看看。风的第一部分是《周南》，《周南》的第一篇是《关雎》，《关雎》首章说："关关雎鸠，在河之洲。窈窕淑女，君子好逑。"是男子追求女子。然后第二章、第三章讲追求，最后追求成功，要结婚了，所以"琴瑟友之，钟鼓乐之"，很高兴。音乐据说也很好听，孔子曾形容它："《关雎》之乱，洋洋乎盈耳哉！"这样的情歌，汉人说是赞美后妃的德行，岂不是迂腐吗？不然，汉人讲的恐怕没错，今人说它是民间男女情歌却是天大的笑话。何以故？"钟鼓乐之"，在周朝礼乐社会中，谁家又会有钟鼓？当然是诸侯王以上才有。所以《周南》从开篇第一曲就知道这绝对不是民间歌谣。再说，它不是民歌，须要读到

6

第四段才能晓得吗？第一段不就说了"君子好逑"吗？各位想必还有这样的常识，应该知道：君子，那时不是指有品德的人，就是指的贵族。所以，这首诗怎么会是民间歌谣呢？

《周南》最后一篇叫《麟之趾》，同样讲君子，形容这位君子像麒麟一般漂亮："麟之趾，振振公子"，"麟之角，振振公族"。公子、公族，一看就知道这也当然不是民间的。《周南》后面接着是《召南》。《召南》第一篇是《鹊巢》，这是讲鹊巢鸠占的事：男人像鹊，鸠像女人，女人嫁到男人家里来住了以后，反而要做这个家的主人了。诗云："维鹊有巢，维鸠居之。之子于归，百辆御之。"要用一百辆车去迎娶。那时谁家有一百辆车呢？民间能有吗？

像这样的例子可以不断举下去。近代以来，说《诗经》是民间歌谣的人基本上是不读书的，只是拿着一堆概念、一种意识形态去套，成见在胸，所以心有茅塞，连这么明显的字句都搞不清楚。汉人讲"后妃之德"云云也基本没有讲错。我们现在讲《诗经》是民间歌谣却只是胡扯。

所以说，我们整个文学史知识都是要重新梳理的。像我刚刚介绍说魏晋与汉代是断裂的关系，汉代是儒家专制的时代，魏晋由儒学变为道家玄学，才变成个体自由的时代，人由封建大一统的帝国中挣脱开了等等，其实就只是套着欧洲的文艺复兴来讲，完全没有中国史的常识。

为什么？魏晋南北朝是士族门第社会，这样的社会，陈寅恪先生概括得很好，他说，士族之建立有两大原则，第一叫作"代官宦"，如王、谢、袁、萧几大家族的子弟，都是自幼就做官的。如谢灵运，又叫谢康乐，因为他生下来十几岁就袭封为康乐侯。但光是历代都做官还是不够的，不是做官就会被尊重，要成为士族还需有另外的条件，那就是第二个

7

原则，叫作"经学礼法传家"，这样才能有地位、有钱、又有文化。士族又称为世族，就是这个道理。

这样的士族门第社会一直到宋代才瓦解，所以魏晋南北朝的社会组织与架构根本不是过去我们所想象的玄学、破除礼法等等，所有世家大族都是以经学礼法传家的。玄学不是主流，更不足以替代经学。现在我们读的《十三经注疏》，《论语》是魏何晏集解，《左传》是晋杜预注，《谷梁传》是东晋范宁注，《周易》是魏王弼注，《尔雅》是晋郭璞注，《尚书》的古文部分可能出自晋人之手，伪孔传也出于晋人。而继汉朝马融、郑玄而兴的经学大师则是魏晋间的王肃，遍注群经。所以这段时间其实是经学大昌盛之时，绝对不能想象玄学已替代了经学。像建安七子中曹植、王粲、刘桢他们都有经学著作。曹植是习"齐诗"的；王粲著有《尚书释问》四卷；刘桢著《毛诗义问》十卷。竹林七贤中的代表人物阮籍，《咏怀》诗也说："昔年十四五，志尚好诗书。"嵇康则在太学写石经，又著《左氏传音》三卷。谁说他们不讲经学？

查一查《隋书·经籍志》就会发现六朝人写的礼学著作多得不得了，远远超过玄学。过去大家总是觉得两汉是礼教社会，魏晋是自由的、玄学的、狂放的，其实六朝贵族最重视的就是礼教，其重视程度甚至超过汉代，故章太炎先生论"五朝学"就最推崇当时的说礼文字，谓其精到深入，无论数量与质量都胜于汉代。这样的时代，近人却说它是破除礼教、任性而动，真不知从何谈起？

儒家，知文学者

以上讲了这么多，无非要提醒各位：切莫轻信现代人对儒家、中国历史、中国文学的任何论述，那往往是在特殊时代情境和视野中形成的偏曲之见。要明白文学与儒家的关系，还得重新来看历史。

从历史上考察，孔子艺术修养甚高，大约是没什么疑义的。徐复观也说孔子开启的艺术精神十分可贵。孔子的艺术素养主要是诗。不过，当时诗只是音乐，并非后世所谓的文学。像后人常说《诗经》里面有六首是佚诗，诗句亡失了。实际上这六首并不是佚诗，而是六首乐曲，本来就没有配歌词，只演奏，不唱的。后世把《诗经》看成文学作品，没注意它本是乐章，故理解上才有这样的落差。但也因为如此，孔子的诗教，后来也就完全开启了文学家论诗的传统。所有论诗的基本原则都从孔子来，如"不学诗，无以言"、"温柔敦厚，诗之教"、"兴、观、群、怨"、"绘事后素"等，都反复被诗论家发挥着。

孟子也很重要，孟子一样重视诗书，且孟子有几个观点对于后来的文学批评有极大的影响，一叫"知言养气"，孟子说："我善养吾浩然之气。"像《文心雕龙》有《养气篇》，韩愈说文章要怎么样才能写得好呢？不是去雕琢字句，而是要养气，"气盛则言宜"，这就是孟子养气说的发挥。中国论文学重气，讲文气，文章要有文气，作者就要养气。其知言之法也很重要。如《尚书》记载武王伐纣，决战很惨烈，血都可以把捣米的杵浮起来了。孟子就说读书不能把这类文字看死，尽信书不如无书。还有，书该怎么读？他说，须知人论世、以意逆志。这都是极重要且被后世奉为圭臬的。《孟子》的文章，宋代以后也成了重要的文学典范。像桐城派，到近代吴闿生还写了《孟子文法读本》，教人怎么从文学角度来阅读《孟子》呢！

西方人眼中的孔子

荀子也一样对文学影响深远。我们刚刚曾提到孔子与音乐，但对儒家音乐理论最完整表述的，其实是荀子。其《乐论》也是《史记·乐书》、《礼记·乐记》的依据，后世相关论述亦可说是由此发展下来的。其次，《荀子》的文学表现与《孟子》不同。《孟子》的文学表现，是宋代以后从文学角度去看《孟子》而获得的理解。《荀子》不然，他是"赋"这种文体的创造者。《汉书·艺文志》说赋有三个源头，第一就是荀子，第二是陆贾，第三是屈原。这是赋的三种类型，但陆贾影响甚小，屈赋或另立为"骚"，所以荀子独为赋之祖。各位去看《昭明文选》的分类就可以看到这层道理。除赋之外，他还有《成相》篇。这一篇，有人说当是如少数民族一边捣杵一边踏脚唱歌的歌词；也有人认为是我们现在说相声之"相"，所以它跟说唱史是有关的。

这些皆可以看出《荀子》在文学上的重要性。这些看起来可能还不觉得他有什么特别，听来寻常。但若与先秦其他各家略作比较，你就会发现，这是个非常特别的角度、很特别的传统。为什么？

因为跟墨家比，墨家就是完全反对这一套的。墨家不只非攻，它还有非乐，强调音乐对社会的危害。乐，指所有的艺术，譬如文绣、雕刻都叫乐，用音乐来概括所有人类的艺术行为、艺术活动。而为何认为这些都是不必要的？墨子是个实用主义者。我们常说中国人受儒家影响，是实用主义，其实墨家才真是实用主义，故只要"质"不要"文"。例如买一张桌子，墨家最重视的是材质好不好，耐不耐用、坚不坚固，能不能达成放东西的用途，这就是"质"。如果反而去讲究桌子的造型、雕花、上漆、样式等文饰之美，墨家就觉得是"买椟还珠"，不实用了。如若天下人都去追求这些文饰虚华，则必危害国家。墨子强调"质"，反"文"非"乐"。墨家如此，法家也是如此，它批评"儒者以文乱法"，说儒者的缺点就是"文"太多了，是国家五种"蛀虫"之一。其说很像柏拉图讲诗人应该逐出理想国，因为他们会蛊惑人心、危害城邦。

这两家是明确反"文"的，兵家、农家、名家、阴阳家这些则都跟文艺没关系。最后仅剩道家。道家与墨家一样，是反"文"的，故曰"信言不美，美言不信"，强调返璞归真，仅重视质、朴而不贵"文"。道家当然仍可如徐复观所说，发展为艺术精神，但那是以道家诡谲的方式（如"无为而无不为"、"不言之教"、"渊默而雷声"，等等）开展出来，它本身却是质朴无文的。

所以先秦诸子，真正跟文学有关、提倡"文"的，其实只有儒家。中国文学若要讲思想源头，就只有这个源头，由其他家谈不下来。

儒者分合与文学

这是源头，其后则有流变。就像孔门有四科十哲，孔子死后，儒分为八，德行、言语、政事、文学等四科也渐渐分化了。后来的儒者，有一派重视德行实践，如宋明理学家即是。汉代选拔人才，有一科叫"孝廉"，也就是由孝顺、廉洁等道德的角度来选拔。"言语"，这就是追求辞藻之美的人了，也即是文人。"政事"这一类是从事政治的，在汉代称为文吏，他有儒家的知识素养，但从事政治活动，主要表现在官场而非书斋。孔门四科中还有个"文学"，是指做学问。汉代以后，在史书中《儒林传》部分记载的儒者，大抵皆属于这些人。其学问主要在经学，故又称为经生。

文人、经生、文吏、道德家，虽皆出于儒，但这几类人在汉代就已经分化了，颇有竞争关系。例如王充《论衡》就认为文人最好。因为文吏没什么学问，不如经生。但经生研究经典，注来注去，跟我们现在的有些学者差不多，抄来抄去，没什么自己的见解，故不能讲自己的话，不会写文章。只有文人能读了书以后，化作自己的语言说出来，所以最高明。

不管谁比较高明，儒者分化的问题其实贯穿了整个中国学术史、思想史、文学史，后代很多现象都跟这种分化有关。如宋明理学家跟汉代经学家的不同，就是德行与文学之分。宋儒批评经生都是口耳记诵之学，在身心性命上没有实践性。程颐（伊川先生）曾说：读《论语》，若未读时是这样一个人，读了之后还是这样一个人，便与未读相似。我们读书，确实常是如此，书中言语如"学而时习之"、"吾日三省吾身"、"非礼勿言"，虽读得烂熟，却一句也未实践。道学家如此批评经生，经生也不服气，说道学家讲的那一套，文献上没有支撑，都是自己的想法。所以戴震说我们做学问应通过文献考证来得到它的义理，不是你自己杜撰一套义理。文人当然也看不起经生，从王充以来就看不起，嘲笑学者不会写文章。经生更讨厌文人，觉得文人浮华，学问不扎实。道德家亦批评"文人无行"，文人则写了无数讥嘲道学家拘执迂腐的文章来毁谤他们。

不只是意见交锋，现实也是有竞争的。例如孝廉本是考校德行的，但后来孝廉这一科消失了，并入秀才科，考文章。因为德行很难判断，只能靠推举。世家大族掌握了舆论话语权，所以推举出来的都是世族。不得已只好考试。考来考去，孝廉就都变成了言语辞章。大家都追求辞采华丽，遂又有经学家出来主张科举禁止诗赋，唯试经义。

文学中，严羽说"诗有别材，非关学也"，认为诗跟学问是两回事；袁枚也嘲笑翁方纲"错把抄书当作诗"，他们都是想把诗人与学人分开的。

文人跟道德家也不和睦。从道德的角度看，文人有很多毛病，感性生命太活跃，缺乏理性的约束，张扬着才性，不受法度、道德的约束。可是文人就偏偏要以打破道德自喜。由于社会推崇文人、喜欢文人，所以历来默许或容忍了文人在道德上的失格。文人的许多行为，如果一般人这样的话，大家都会嫌厌，文人则没问题，或许反成了佳话。这似乎是文人的特权。但道学家讨厌文人，说文人光会耍嘴皮子，文章写得漂亮，才性机锋很好，但道德往往不敢恭维。所以道学家和文人处不好，最典型的例子是程颐与苏轼（号东坡）。

我们都觉得东坡是好人，有趣、可爱，读文学的没有人不喜欢他。但是东坡在他活着时，敌人多得不得了。当中有一些小人，但也有像程伊川这种，也是好人，却与东坡合不来。东坡一党，称为蜀党；伊川一党，叫洛党。读宋史，很多人只注意到新旧党争，不晓得新旧党斗完以后，旧党之间斗起来才厉害呢。你不能说程伊川是坏人，可是伊川不喜欢东坡，东坡也讨厌伊川。为什么？这就是道学家跟文人脾性不合啦。东坡喜欢开玩笑，不拘小节，伊川却最讨厌他这样。

而这样的不喜欢不是一个人的问题，乃是一个传统。所以小说、笑话里嘲笑道学家、骂道学家多得不得了。我们感觉道学家迂腐、呆板，这些印象都是哪儿来的？真正读过《宋元学案》《明儒学案》的人，会觉得理学家迂腐吗？当然不是，这个印象是文学家给你的，你真正去读，便知不然。

顾颉刚曾举了个例子。抗战时他避居昆明，没书看，架上还有伊川的集子，但他从小就不喜欢伊川，印象中道学家就是迂腐的，故根本不想看。后因实在没啥书可读，只好拿下来看，看了大吃一惊，说挺好的呀，讲的道理都很好，我们从前搞错了（顾颉刚《浪口村随笔》）。

理学家对文人也是不满的。刚刚讲《宋元学案》，书中每个人都有学案，包括一些小学者都有。但苏洵、苏东坡、苏辙三个人有很多著作，影响也很大，却没有学案。他们的学案在哪儿？在全书最后，和王安石新学皆属附录，认为是杂学。理学家跟文学家之不合，可见一斑。

也就是说，儒者的分化，形成了后来复杂的动态关系。分化、竞争、对立，皆不罕见。然而，正因儒者分化，文人只是其中之一类，已不能得到儒学整体精神，所以中国文学史又有一个动态关系，要在天地已分、四科剖判之后，重新寻求整合。

我们刚刚介绍过严羽说诗不关学，可是就有另外一种思路，是要把诗和学合在一起的。杜甫就讲过："读书破万卷，下笔如有神。"性灵派笑人家把抄书当成诗，可是桐城诗家以迄晚清同光体却正是强调诗人跟学人合一的。

这样整合的努力，首先可以见诸于《文心雕龙》。整个汉魏六朝以来，顺着文人这条路子的发展，到齐梁已出现种种弊端，因此刘勰主张让它回到正道上，要宗经、征圣，回到孔子。

《文心雕龙》是继承孔子，向孔子致敬的书，刘勰梦到孔子才写的。不是只有刘勰一个人这样想，其后北朝苏绰这些人模仿《尚书》、隋朝宣布写文章浮艳者要受处罚，也都走这个路子，回到经典，文质相合。因整个六朝文太多了，质不够，所以要文质彬彬，重新回到儒家。

接下来就是中唐古文运动，讲的是文与道俱、文以载道，文章要跟道结合。这个道，是孔孟之道，重新回到孔孟即古文运动之宗旨。宋代以后，盛行科举经义，也就是俗称的八股文，要用文学去表彰、阐述圣贤的道理。可见儒家分化以后，又不断重新整合，是构成中国文学史的一个长期动态线索，最后希望达到文质彬彬的理想。我们治文学史，不能忽视这个线索。

最重情者是儒家

最后，我还要从文学理论上说明文学与儒家的关系。

近代人批评儒家，老爱说儒家是封建礼教，以礼杀人或以理杀人，因而歌颂讲"诗者，缘情而绮靡"的魏晋和"大倡情教"的晚明，认为儒家就是要压抑情（欲）的。这真是冤哉枉也！

儒家最重情了，怎么会压抑情呢？礼是什么？就是"因人情而为之节文也"！礼的本质或内涵正是情，例如丧礼所以尽哀、婚礼所以致乐，哀乐之情若消失了，礼还有什么意义？徒为节文而已。故孔子曰："礼，与其奢也，宁俭；丧，与其易也，宁戚。"易，是指丧礼办得井井有条，看起来仿佛很合理，但心中无临丧者那种凝重感，一点儿都不沉重，如此倒还不如仪节俭略而自心哀戚呢！此说最能显示儒家之精神。礼以情为质，其节文只是用来表现哀乐之情的。

但儒家也不会说只要有情就好，礼文尽可以不要。以上孔子说的话，是一种抉择语，与其如何，不如如何，显示所重在情，但节文亦不能不要，否则就将如墨家，只要内质，不要礼乐了。子贡欲去告朔之饩羊，孔子说"赐也，尔爱其羊，我爱其礼"，即是这个道理。文也要，质也要。所以说"文质彬彬，而后君子"！

文质彬彬，也是孔子论史的意见。古史多夸饰，故孔子说："文胜质则史。"此语后人常不能理解，其实只要看小说家之出于稗官野史就可以明白了。古史大约颇多此类小说家言，巷议街谈，固不免于添油加醋。就是邦国大事，也未必就能尽属实录。后人说"左氏浮夸"或说"左氏之失也巫"，以《左氏春秋》这样的良史，尚且不能洗尽浮夸之习，还保留了若干近于巫祝鬼神之谈，则其他古史的情况也就大体可以想见了。孔子对此风气，是力主改革的。自作《春秋》，笔法谨严，就是明证。但孔子并不会因为反对文饰太过就反文趋质。他非常明白："言而不文，行之不远。"因此他说"质胜文则野"，野即粗鄙无文之意，此亦非儒家所喜。故综合起来，仍是如礼那样，要求情礼得中，文质得中。

中，就是不偏不倚。光有情不行，光讲礼也不行，须既有情又有礼，能发乎情而止乎礼，才是儒家所推崇的。《诗经》以《关雎》开篇，提示的就是人伦造端于夫妇，而夫妇之成要发乎情止乎礼的。

孔子说："诗，可以兴，可以观，可以群，可以怨。"诗可以怨是没错的，但怨毁伤人，便非儒家所许。所以说，要"怨而不怒，哀而不伤"。孔门弟子子夏老年丧子，伤心到哭瞎了，曾子就大不以为然，跑去责备他。为什么？因为过了"度"。儒家讲哀而不伤、怨而不怒，就是说喜怒哀乐七情皆须发而合度，合度才是中道。

一个人，如果能够如此从容中道，文质彬彬，发情止礼，那他就是儒家所谓的君子了。君子的气象是什么呢？"温润如玉"！性格呢？"温柔敦厚"！有光，但非刺眼眩目之光，是暖暖内含光型的，所以温良可亲；厚重有内涵，但又非木实土厚型的，所以润泽可爱。这样的美，才是中和之美。

儒家在文学艺术上影响国人最大之处，就在于它有这样一套中和美学，完全主宰了中国人的审美观。

所以，你看传统中国人喜欢的艺术品为什么是玉、瓷，而不是玻璃、水晶、钻石。中国早就有玻璃器、玻璃艺术了，但玻璃光太浮、太亮，玻璃又太透，品位远不能跟玉相比。若做艺术品，一定将它做成琉璃，半透不透的，仿类玉器，这样才能值钱。瓷也一样，追求玉的质感，所以陆羽《茶经》论茶碗说："或者以邢州处越州上，殊为不然。若邢瓷类银，越瓷类玉，邢不如越一也；若邢瓷类雪，则越瓷类冰，邢不如越二也。"邢瓷不如越瓷，比较的标准明显就是以玉为式的。器物如此，饮食亦然。珍贵之品，如燕窝、银耳、鱼肚、熊掌，都是半糊半透的，视之如一团玉浆。外国人对此皆绝不能欣赏、也不觉得有什么营养价值，不知为何国人如此珍贵它。可是中国人就是喜欢。凡说好吃的，都说是锦衣玉食；说好喝的，都说是琼浆玉液。

其他物事，则处处讲究阴阳平衡、水火既济。这个原则，用在文学理论上，就是才与学、情与理、法与自由，一切都须中和；用在书法上，就是用笔之刚柔相济，"端庄杂流丽，刚健含婀娜"；用在诗上，就是含蓄……总之，你可以无限推衍下去，直到你不得不相信整个中国人的美感世界、审美标准就是中和为止。看人、看衣服、看妆扮、看山水、看画、喝茶、饮酒、品物、论文、谈艺，什么都是这样的。

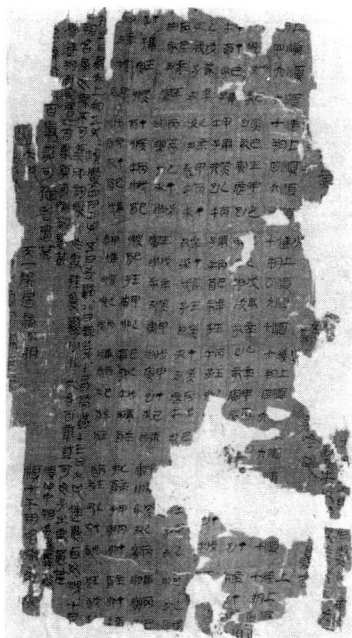

《阴阳五行》帛书（马王堆汉墓）

如此观人观物，起源甚早，孔子以前，老早就已如此了。被孔子用来作为教科书的《尚书·皋陶谟》曾记载大禹问皋陶什么是"德"，皋陶回答"德"有九种，曰："宽而栗，柔而立，愿而恭，乱而敬，扰而毅，直而温，简而廉，刚而塞，强而义。"你看，不管这九德之具体解释为何，你可注意它的表述方式，都是"A而B"的，而那A与B其实正好矛盾或相反。例如"宽而栗"，宽是宽厚、宽仁、宽容，栗却是严厉。"乱而敬"、"扰而毅"等等也都是如此。既宽又栗，既乱又敬，这不就是水火既济、文质彬彬吗？孔子选此篇以教，自然有他的用意，而其影响深远矣！

第二讲　文学与道家

对道家、道教的错误认识

文学与道家的关系，有许多人强调过。可这一讲却并非还是那些陈腔滥调，而是要着重介绍文学与道教。

一般人不懂，可能会说：既然谈道教，为什么题目不叫文学与道教呢？"道家"是指老庄思想，不是指道教呀！

这是一知半解的假内行。古代并没这样分，老庄固然被称为道家，道教各派也同样被称为道家，《隋书·经籍志》所载《道学传》就不是老庄而是神仙家言。所以现代人用道家指老庄、用道教指神仙方士，乃是分其所不当分。

可是另一方面，我们又往往该分而未分。例如过去讲文学史说某某人受了道家影响时，常没搞清楚有许多根本不是老庄思想而是道教。

像人们一谈到魏晋，就说是老庄玄学，举嵇康《养生论》、葛洪《抱朴子》等等为证，而不知他们都不是老庄，乃是道教的。

再看我们熟悉的《兰亭集序》。其内容主要是说聚会非常好、非常快乐，但这么美好的聚会却令人乐极生悲，想到人生苦短。因此《兰亭集序》是个悲伤的文献，讲人面对时间的哀伤。而在哀伤中，王羲之还有个重要的体悟：发现庄子所说"齐物等观"、"齐彭殇、一死生"等等都是骗人的。庄子教人不要执著于大小长短，大小是相对比较来的，人陷在这些比较之中就不能见到天地之大美了；假如从大宇宙的观点来看，一年、十年、一百年有多少差别呢，一个出生就死掉的婴儿和活了八百岁的彭祖又差多少呢？庄子常常拿死亡开玩笑，是想去除我们对死亡的恐惧。王羲之却认为这只是个理论上的空话，故："知一死生为虚诞，齐彭殇为妄作。"

王羲之可以说是道教中人，他根本不信老庄思想，所以有一杂帖还说："省示，知足下奉法转道胜理极此，此故荡涤尘垢，研遣滞虑，可谓尽矣，无以复加；漆园比之，殊诞谩如不言也。吾所奉设教意政同，但为行迹小异耳。"他如此瞧不起庄子，可见当时许多人和事并不能只从"庄老玄风"去理解。

一般谈思想史，又皆只谈道家，以致大家对道教都不太了解，也不知道它对中国历史有多大影响，所以这一讲我会偏重从道教讲。

战国人眼中的《老子》

《老子》在战国时期已经被经典化了，已开始有人为它做注解。把它看成经、替它作解释的这些书就叫作传，与《诗经》之后有毛诗、韩诗、齐诗、鲁诗，或《春秋》之后有公羊、谷梁诸传相似，当时《老子》有傅氏、邻氏的传，现在我们能看到最早的《老子》的传则是韩非子的《解老》篇、《喻老》篇，喻是说明的意思。

老子本来是一个我们不太了解的人物，有高度传奇性。即使是《史记》的记载也扑朔迷离。里面说了几个故事，重点之一说老子是周朝的守藏史，等于国家图书馆馆长，所以孔子专程从山东到洛阳来拜访、问礼。老子对他有很多劝勉，后来孔子走了，对老子甚为赞叹，说老子像龙一般难以形容。其二说老子觉得没人能了解他，就骑着青牛出函谷关，要去隐居了。在关口，碰到守关的关令尹，说隐居后您的思想没人知道太可惜了，还是把著作写下来吧。写完以后，老子飘然出关而去，这才有我们现在看到的《老子》五千言。这是老子生平的大要。

近代人不相信这些记载，认为老子恐怕不是孔子见过的那个人，或者孔子根本没见老子，只是一个传说；《老子》那本书的年代更晚，可能还晚到秦。钱穆先生就曾写过一本《庄老通辨》，认为庄子在前、老子在后。

马王堆帛书出现后，我们才渐渐觉得《老子》这本书在孔子略晚时就已经存在了。我在读大一时，突然得到消息，说湖南长沙马王堆挖出帛书《老子》，有一万字，把我们都吓坏了。因为我们读的只有五千字。后来才搞清楚原来挖出来两本，称为甲本和乙本。现在版本《老子》是分上、下经的，一般称为《道经》和《德经》，帛书本却是《德经》在前、《道经》在后，正相反。还有，现在《老子》分成八十一章，帛书本则是没有分章。这是汉代初年的版本，若再加上近年出土的战国楚简，益发可以证明《老子》在战国前期就非常流行了，传统的说法并没有错。

《庄子》远没有《老子》这么流行，他是名不见经传的人，同时代也没有其他人谈论过庄子。他跟孟子是同时代人，他们有共同交集的人是惠施，惠施曾经在魏国当过宰相。孟子也在魏国待过，而且孟子是这么爱评论的人，批评过的学者很多，可是并没提到过庄子，主要只是攻击杨朱之学。今天杨朱之学我们是看不到的。哲学史里讲杨朱，只能根据孟子批评的那两句话，说杨朱之学"为我"，然后再根据一本有疑问的书《列子·杨朱》来揣摩杨朱到底讲了些什么，此外没什么文献。因此有人就怀疑杨朱可能就是庄周。另外，《庄子》书原有五十多篇，不是现在的三十三篇。现在这个本子，怕是后来经过魏晋郭象等人处理的。许多学者只相信内七篇，说外篇、杂篇不可靠，乃庄子门人后学所作。为此考来考去，辩来辩去，其实多是妄见。内篇中的《齐物论》原先就在杂篇里。故我们不能以现在看到的篇次来谈问题。

再者，老庄联结起来成为一个词，大概也要到汉末才形成，早先老子主要和黄帝并称为黄老之学。那到底是个什么样的学问，我们其实也不清楚，现在只能根据马王堆出土的一些文献，如《黄帝四经·十大经》等等来谈，从前谈黄老更多只是臆测。

战国到汉初，这段时间的人喜欢谈黄帝。当时黄帝是个热门人物，故事传说很多。司马迁写《史记》曾说"百家言黄帝，其文不雅驯"，可见依托胡扯的很多。而把老子跟黄帝合在一起讲，或许强调的是清静无为、与民休息，这是符合汉代初年政治环境的。汉初几个皇帝都讲黄老之学，武帝时的窦太后也还是。

另外就是延续着韩非子《解老》的路数，跟我们现在读老庄时强调的清静退让等等全然不同。这是法家的读法，认为老子是权谋之术。

例如：无为，就是君无为而让臣子去有为。做君主的人要明白：一个人的本事是有限的，爱表现的结果就一定会出纰漏，你有几斤几两不能让人看得一清二楚，所以做君王要垂拱而治，事情都让底下臣子去干。台湾学者萨孟武先生写过一本《〈西游记〉与中国古代政治》，说：

你看玉皇大帝有什么本事吗？他又不像如来佛本事那么大，可为什么天兵天将服他，听他管，连如来佛也称赞他？其实这就是做皇帝的诀窍所在。他不必自己出手，先用太上老君的招安之计，后用二郎神杨戬的武力镇压，再拉佛祖助阵，自然就平乱了。他不是没本事，而是根本不必显自己的本事，这就是治术。只有明武宗那样的笨蛋，才会王阳明都已经把宁王朱宸濠擒了，乱事已定，他还叫阳明把人放回去，好让他来个"御驾亲征"，显显自己的手段。幸亏王阳明不糊涂，早把宁王杀了，这才避免了一场闹剧。

这叫君人南面之术。显本事的，只能做先锋，到前线去打仗，主帅都是静坐后方调兵遣将的。政治史上最被大家嘲笑的就是明朝崇祯帝，他精明干练，励精图治，最后国家却亡了。所以他愤愤不已，骂臣子说我不是亡国之君，你们却都是亡国之臣。后来史家评论道：光听这话，就知道他果然是亡国之君了。因为他最大的毛病就是不会用人也不能用人，在位时居然换了五十位宰相，这样国家能不亡吗？

韩非讲的就是这一类"治术"，把老子解释得像是个阴谋家。老子讲"将欲取之，必故予之"等等，都变成了人生的权谋。这是汉代《老子》读法的另一路。

从《老子》与修道合一到老庄与道教合一

后来黄老之学慢慢又产生了变化，黄老神格化，变成一个神了。

汉人是讲五行的，东西南北中，配金木水火土，又配颜色青白红黑黄，中央是黄色。中央的位置，以君来代表。若以老少男女来分，则中央是老位，所以合起来就叫中央黄老君。中央黄老君，是在五行思想格局里说的，但不久就被神格化，人们把中央黄老君看成是一位人格性的神，把他当成一个神来祭祀。

因而到东汉就出现了一个奉太上老君
的道派，叫天师道，创教者是张道陵。他
们的书叫作《老子想尔注》，这是我们现
在可以看到最早的道教注解本。以前其实
还有一本《河上公章句》。河上公是隐君子，
传说是汉文帝时人，但此书未必那么早，
可能也要到汉末。

道教造像

总之，汉末把老子跟修道结合在一起，是一个宗教观点，是以修
炼的方法来解释的。例如老子讲专气致柔，是教人要谦卑、处下、柔软的，
但这种谦卑的态度到宗教中就变成一种养气的修养功夫，教人呼吸吐
纳。《老子》也因此变成了道派所运用的典籍。《老子》向来有道教版
与文人版之不同，道教版本主要在道观里传承，有的刻在道观石碑上。
他们的文字，跟我们一般看到的不一样，也会删掉一些虚字以符合"五千
文"之数。

不过要提醒大家：天师道是政教合一的，其讲法并没有脱离那个
从政治法术观点来解释《老子》的老传统。因为从河上公开始即讲"治
身如治国"，修身的方法和治国的原则是一致的，所以不能想象道士即
如隐士一般。天师道把所管理的地区分为二十四治，治就是教区。每
个教区有传教士负责教民，称为师，有男师、女师。同时起事要推翻
汉朝的黄巾太平道，也是政教合一的。这样的政权后来因为失败了，
所以道教后期才都避免谈治国，只强调治身。

这时候，他们只讲到《老子》，还没有谈老庄。把老庄和道教合在
一起谈，大概要到了隋唐。

道教也不都信奉老子。如太平道，理论和天师道差不多，说天地

生病了，他要像医师一样来治理它，而且将来会降生一位真正的太平帝君，帝君出现以后就天下太平了。太平道就不奉老子或太上老君。

魏晋以后，从天师道又分化出来一个上清道，是一位天师道女师魏华存另创的，在南北朝期间很盛。它有自己的经典《上清大洞真经》、《黄庭经》等，道法主要是呼吸吐纳加内观，内观就是观察我们身体内部的变化。

在汉末还有另一个灵宝道，宗旨不是教人修炼成仙，而是要普度众生，主要经典叫《灵宝度人经》。上清道士见到死人是不能去超度的，他们须涵养生气来克制死气才能长生，碰到死人是晦气的事，将大大折损修炼的功力，故远远看到人家抬棺材出殡就要赶快躲起来，最好是藏到水底，回家后还要沐浴更衣。灵宝道则相反，要普度一切天人。到现在，道士还是分成两类，像台湾就有红头道士和黑头道士之分，一种是做丧事的，一种则绝对不做。但道士若不做超度法事，收入就会减少很多的，所以后来很多道派都吸收了灵宝济度之法。

此外，还有丹鼎道士，也称为外丹或饵食。他们不只吃草木之药。草木本易于衰朽，所以要吃不朽的东西，例如吃矿石、吃金子，慢慢身体变成金子那样就不朽了。可是一下吃那么多也不行，会变成吞金自尽。吃这些金属是有方法的，不能直接吃，而是要用鼎炉烧炼成丹药吃，故称为丹鼎道士。

这是中国最早的一批化学家。研究

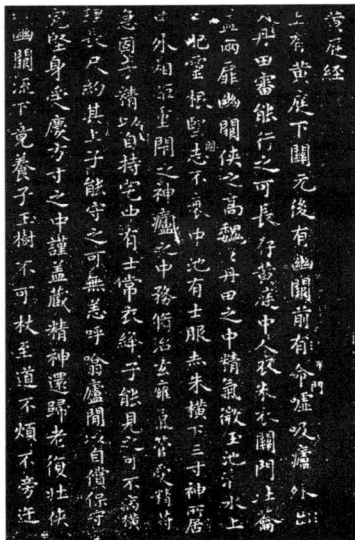

东晋 王羲之小楷《黄庭经》

24

中国科技史的人对道教最感兴趣了，因为早期的科技都是这些道士发明的，包括铸剑、做药的技术等等。南朝大道士陶弘景就写过《刀剑录》，现今之所谓中医其实也就是道医，陶弘景另有一本《养性延命录》，中医圣典《黄帝内经》也是道书。因为《黄帝内经》古代的版本失传了，今天我们看到的，乃是唐代道士王冰的传本，其中思想部分均是王冰用他老师所传道书补进去的。唐代道教科举就要考这本书。所以，今天中医这个体系基本上即是道医。道士讲养生修炼，发展出了很多医学知识。

其中丹鼎道士主要是用硫磺、丹砂、铜、铅等等去烧炼，吃了大补。过去鲁迅讲《魏晋风度及文章与药及酒之关系》，讲的就是这类事。酒是行药的，药是五石散之类，吃了以后大热。所谓"魏晋风度"，多与他们吃了药有关。可是各位当注意：这不是魏晋之特色，唐宋皆然。光唐朝就有五个皇帝是吃药吃死的。文人当然也吃药，韩愈、白居易都服食，宋代的苏东坡兄弟、陈师道等人也还在吃。

北方奉道也很盛。北魏寇谦之创了新天师道，自称在嵩山发现了几部经典。太武帝很相信他，把自己的年号改为太平真君，自命为救世道君。

后来唐代也如此。大家都以为唐朝王室因姓李，所以以老子为本家，信奉道教，其实不只是如此。唐代得天下，还同样利用了太平道的启示，宣传太平真君、太上老君要降临。

且不是只有魏太武、唐高祖这些人想到用这个思想来支持自己的政权，所有造反的人也都利用它，所以在南北朝期间打着太平真君旗号起来造反的就有几十起。太平金阙帝君住在天上的黄金屋里，姓李名弘，所以起事的人都自称李弘，唐高宗还有一儿子叫李弘呢。

历代只以儒家为国教吗

唐代推崇道教，所以在科举考试中也专门开了道举，其经典就是老子《道德经》、庄子《南华真经》、列子《冲虚真经》，道教正式成了国教。科举取士，称为"道举"。同时，又设立了"崇玄学"、"崇玄馆"，博士称"崇玄博士"，已大致与"五经博士"相仿。这期间，老子被尊为大圣祖玄元皇帝，庄子、文子、列子、庚桑子随后也分别被尊为南华真人、通玄真人、冲虚真人、洞虚真人。全国各州郡都依诏令设立玄元庙和崇玄馆。道举的官秩、荫第都与国子学相同，举送、考试也同科举的最大科——明经一样，由此可见玄学的位置。

宋代因外患很多，对内要建立权威，所以宣传得到了天书，国号也有一段称为"太平兴国"，编了《太平广记》、《太平御览》等书，因而其国教仍是道教。对道家经典的重视更甚于唐代，从宋真宗诏国子监刊印御注《冲虚至德真经》开始，科举考试即已超出儒学范围，常从《老子》、《庄子》、《列子》中命题。到宋神宗元丰年间，开设了正式的"道职"科考，考试的内容除了道学经典，还要考斋醮科仪、祝读。《宋史·徽宗三》称："（宋徽宗时）诏太学、辟雍各置《内经》、《道德经》、《庄子》、《列子》博士二员。"《宋史·选举三》又称："（徽宗）政和间，即州、县别置斋授道徒。蔡攸上《诸州选试道职法》，其业以《黄帝内经》、《道德经》为大经，《庄子》、《列子》为小经。提学司访求精通道经者，不问已命、未仕，皆审验以闻……道徒升贡，悉如文士。初入官，补志士道职，赐褐服，艺能高出其徒者，得推恩。"此举甚至导致很多儒生换籍为道徒。

宋徽宗本人更是个狂热的道教徒。他诗、书、画俱擅，又学神霄派道法，这一派号称能引雷电来镇伏妖魔鬼怪。由于道教是国教，所以道观即是政府衙门，很多文人，如苏东坡、朱熹、陆游（号放翁）都当过道观住持。东坡的启蒙老师就是道士，最后一个官职则是玉局观住持。欧阳修的父母亦葬在道观里。许多学者说中国历代只以儒家为国教，真是无知！

到了金元之间，就是各位所熟悉的全真教了。在元朝，全真教还扮演着汉文化传承者的角色，包括孔庙的祭祀、儒家经典的研读，全真教都起很大的作用。因全真教本身是三教合一的，它讲《中庸》、《金刚经》，也讲道经，跟儒家关系非常亲近。

但不幸全真教到了忽必烈时期却受到严重的打击。因为西藏喇嘛在朝廷里很多，蒙古国师就是创造蒙古文字的喇嘛巴思八，很受皇室信任，佛教势力很盛。最后佛、道教大论辩，辩来辩去没有结果，佛教遂说：干脆把两家的经典拿出来烧吧，谁没烧掉就代表谁胜利。道士没有料到佛教可能预先做了准备，所以佛经没烧着，道经就烧掉了。道教失败，道士当场被剃了头，勒令去当和尚。

虽然如此，道教在社会上还是影响不衰，对汉文化传承方面的作用还是很大的。道派也很多，有全真教、玄教、太一教、真大道教及传统的正一、灵宝、茅山等。

朱元璋取了天下以后仍以道教为国教。清廷虽然自己信喇嘛，但对于汉人所信奉的儒家、道教等等，一样也支持，张天师被封为真人，爵位与衍圣公相仿。翻看《阅微草堂笔记》，看纪晓岚对张天师道法的叙述，就知道当时士大夫跟朝廷对道教还是很支持的。这是道教大体的发展脉络。

宋代以后，道士炼丹与从前不同处，是增加了内丹说。其理论是说真正药物不是外在的金石草木或猪脑羊肝等，真正的药物就在我们身体内部，只要予以烹炼即能长生。因此"鼎"不是化学反应炉，乃是我们身体本身。身体内部有阴阳、水火两种不同的性质，修炼以后，慢慢就可以成丹。情形类似女子怀胎，十月丹成，可以如小孩生出来一般，跳出窍来，如此便能身外化身，长生不死！

这个理论形成于唐代后期，最具影响力的人是吕洞宾。内丹各派都奉吕洞宾为祖师。他与其师钟离权留有《钟吕传道集》，其后发展出北、南、东、西、中五大派。北派就是全真，南派也跟全真七子一样有七位宗师，性命双修。命功是道教的方法，性功则采禅宗之教。东派是明朝末年陆西星所创，他也可能是《封神演义》的作者。还有中派李道纯、西派李潜虚。西派成立时间较晚，清咸丰以后势力才渐盛，这一派除宗吕祖外还拜张三丰。《张三丰全集》即李西月所编，所编文章，很多是扶乩扶来的。

扶乩是什么呢？通常是用一根棍子，两边分叉，两个人抓着它两边，棍子底下悬着一支笔。笔下放个沙盘。把笔点在沙盘上，然后旁边的人念咒请神。神下降后，笔就开始动，在沙上画来画去。抄起来，就是一首诗或一篇文章：这是神下降所写的东西。康熙修《全唐诗》时曾主张乩诗不要收入，但实际上乩诗在古代十分普遍，民国初年陈衍的《石遗室诗话》就记录了不少当时士大夫扶乩作诗的情况。这是传统的一种人神沟通方式。

文学、书法与道教的关系超乎想象

道教是极复杂的，详情可参看我的《道教新论》。但从以上介绍的概况，应该就能体会出它跟文学的关系很不一般。

从上述的叙述中，各位可发现很多文人其实是道教徒，如天师道的王羲之、炼丹的葛洪、唐初学陶渊明的王绩等。王绩是王勃的叔叔，写过《醉乡记》。其中，李白最重要了。过去李长之先生写过《道教徒的诗人李白及其痛苦》一书，现在读李白诗的人却很少注意他道教徒的身份。李白是正式道士，不只有道教思想而已，他奉道箓、炼丹，诗中大量典故是跟道教有关的。李商隐同样也学仙，且与李白同属上清道。凡此，均可见道士或道教徒是文学创作的重要群体，更不要说明朝灭亡后做了黄冠，著有《霜红龛集》的傅青主等人了。

注意这一点很重要，让我举个例。

现在我们讲词，无非从《花间集》的传统上讲下来，分婉约派、豪放派。这是明人的词史观，被我们发扬光大的。其实词原本是流行歌曲，什么题材都有，敦煌俗曲《云谣集》就是明证。其中一大部分就是道、佛教用歌曲宣教的曲词。现在各类选本都很少选这类内容。可是各位知道吗？道士多擅作词，如全真七子就都有词作，其中丘处机词集名《磻溪集》，写得尤其好。他们是个庞大的词创作群。吕洞宾就写有《西江月》等词。一直到张三丰的《无根树》等，都是用词来表达修道的体会、境界、方法。《全唐诗》里神仙、高道之诗亦不少，也值得注意。至于跟道士来往的文人就更多了，如王维，我们只知他是"诗佛"，但他与道士来往的文献也是极多的。

道士炼丹、吃药，同时也是文人生活的一部分。韩愈、白居易、苏东坡兄弟都是如此。另外，我写过《乾嘉年间的鬼狐精怪》。我们只注意到乾嘉年间的经学，但是没有注意到鬼狐精怪在整个文人中的状态：前有《聊斋志异》，后有《阅微草堂笔记》、《子不语》。道教浸润到了整个文人生活里面。

所谓文人生活，包括对文房四宝的欣赏、对文物的品玩、对茶酒的鉴赏、对书斋住屋的要求、人在四时的调摄等。其经典文献如高濂的《遵生八笺》是从人的角度讲，文震亨的《长物志》是从物的角度谈，都教人怎样过一种有文化品味的生活。而"遵生"是什么呢？那就是道教的思维了。《遵生八笺》分十九卷，凡八目：清修妙论笺、四时调摄笺、起居安乐笺、延年却病笺、燕闲清赏笺、饮馔服食笺、灵秘丹药笺、尘外遐举笺。看目录就不难明白它与道教的关系。四时调摄，该怎么样吃、该怎么动。"遵生"就是循着生命自然的规律，不逆生，才能让生命得以调理顺畅，才能长生。《遵生八笺》所显露出的文人生活其实也是道教徒的生活。因此，不能忽略道教徒生活方式对文人的影响。《四库提要》说高濂之书乃"陈继儒、李渔等滥觞"，确乎不错。

还有许多文体跟道教是有关系的，譬如"招隐"。虽早见于《楚辞》，但《楚辞》的《招隐》是召隐士出山；到了《文选》的《招隐》则相反，是教大家回山里去隐。"反招隐"才是楚辞的《招隐》。南北朝有大量的隐居文学，比如《北山移文》等等，都是对隐居的讨论。隐居不仕，例如嵇康的《与山巨源绝交书》，一般以为是受老庄影响，实则并非如此，乃是道教的。嵇康习惯了道士的生活方式，不洗头、不洗澡，所以认为若去做官，就不能修道了。

再者是游仙，其中最著名的是郭璞的《游仙诗》。汉代乐府中就有《飞龙引》、《升天引》；到曹植、曹丕，更是大作特作，至郭璞而大昌。唐王勃有《忽梦游仙》、王延龄有《梦游仙庭赋》、沈亚之有《梦游仙赋》、张鷟有《游仙窟》小说，亦均堪注意。

另就是山水诗。所谓山水诗，一般人以为就是游山玩水、描摹风景，其实不然，它有一定之内涵。其典范，如谢灵运的写法就是固定的：开头说原因，如心中郁闷，所以出去玩；接着写路上所见；最后发议论，说明见此山水后对人生有何体会，故须发玄言、讲道理。因而，玄言诗与山水诗是相生的。

唐宋以后，词里有全真教道士的创作；曲里也有道情，讲道家式的体悟，而且整个元曲都弥漫着渔樵问答式的精神，"青山依旧在，几度夕阳红"，是看尽风波，置身物外的闲观，以致元代诗文共同显示出了浓重的山林气。

此外，从小说的渊源上看，六朝志怪最主要的来源就是道教。在原先《山海经》的传统上加进了一个更恢廓的道教的世界观，如《十洲记》、《洞冥记》、《搜神记》、《博物志》等等。

像干宝原本是个儒者，但相传因他父亲有个妾，父亲死时，以妾陪葬，封墓以后若干年，重修的时候发现这个女人仍活着，述阴间之事甚详。回阳后，饮食如常，又活了很多年。干宝经由这段经历以后才开始说鬼搜神的。张华的《博物志》，更是上追《山海经》，下与当时整个道教环境都有关联。这些神仙、志怪、博物，衍生到后来就是鬼狐仙怪。

六朝人的诗文小说还有一种特别的体裁，叫"仙乡传说"，像《桃花源记》这样"别有洞天"的文章是很多的。其来源就是道教的"洞天福地"说，有三十六洞天、七十二福地。因此各位若去查考历代对《桃花源记》的评论与桃源诗，就会发现很多人都说桃源中人是神仙，桃花源是神仙所住的地方。如王维、欧阳修的《桃源行》都是如此。刘晨、阮肇入天台山的故事也是这个传统：讲某个人在特别的情况下忘机误入仙乡世界，再回头已百年身，如《烂柯山记》等。

另外，上清道有一部重要的经典是扶乩扶出来的，叫作《真诰》。这本书由大道士、大书法家陶弘景所编。他的笔迹，尚存焦山《瘗鹤铭》，因此他曾被推崇为"大字之祖"。他收集前辈们扶乩下来的记录，整理而成此书。

为什么这些道士的书法这么好呢？因为道士最主要的本领就是写奏折给上帝看，祈祷赦免我们的罪，故要上章、拜表。那就是《文心雕龙》所讲的章表书奏，只是给老天爷看而不是给人间帝王看的罢了。唐代以后，又叫作青词或绿章。一般为骈体，用红色颜料写在青藤纸上。李肇《翰林志》"凡太清宫道观荐告词文用青藤纸，朱字，谓之青词"即指此。明朝嘉靖时，由于皇帝爱好青词，善写青词的往往能得重用。《明史·宰辅年表》统计显示，嘉靖十七年后，内阁十四个辅臣中，有九人是通过撰写青词起家的，著名的有夏言、严嵩及其子严世蕃、徐阶等人。道教文书写作的传统如此，道士们的文采书法当然就都非常好了。

萼绿华

上清道的创教祖师是原来天师道的女师魏华存（南岳夫人），所以上清道的女仙很多。中国女仙有几个系统。一是王母娘娘一系，杜光庭《墉城集仙录》总其大成；第二就是上清道的体系。上清的女仙很多，而且常和人谈恋爱。所以六朝唐宋文人常用此类典故，李商隐《重过圣女祠》有云："白石岩扉碧藓滋，上清沦谪得归迟。一春梦雨常飘瓦，尽日灵风不满旗。萼绿华来无定所，杜兰香去未移时。玉郎会此通仙籍，忆向天阶问紫芝。"萼绿华、杜兰香就是六朝时代著名的女仙真。萼绿华来去不定，杜兰香升仙还不久，即是说她们经常降临人间。

《真诰》开头亦是如此，女仙跟着魏华存出来与人对话。所以《真诰》一打开就是漂亮的诗篇，后面则是叙事：南岳夫人告诉乩手不必紧张，称他与女仙有夫妻之分，并解释人与神的匹配乃是阴阳两气相合，非皮肤滥淫。后面再补充"洞天福地"说等等。这些文字本身就是文学作品，而且也充分影响了后世的文学家。虽然我们现在讲六朝文学的人都不知道这本书，但其实蛮重要的。

后期的小说跟道教的关系也很密切。《封神榜》固然如此，《水浒传》也是放在一个道教的框架里讲的，第一回楔子就是"洪太尉误走妖魔"，说洪太尉被派去江西龙虎山找张天师，却作威作福，趁天师不在，撕开了一口井的封条，以致一股黑气冲上来，把井口冲倒一半，窜上天去，散到各地去了，一百零八妖魔以此因缘而降生。中间还有很多故事也跟道教有关。宋江的两大军师，一个叫吴用，另一个是入云龙公孙胜。公孙胜就是个道人，会撒豆成兵。而斗法情节在书的后半部分谈得很多。前面讲宋江被人追捕时躲到九天玄女庙，九天玄女送了他三卷天书，也是道教的成分。虽然《水浒传》曾被金圣叹腰斩了一半，但还是看得出这样一个道教的框架。

再谈《西游记》。《西游记》表面是个佛教的故事，讲玄奘取经，实则与道教关系匪浅。当然这个故事本身有很多传承，早期是《大唐三藏取经诗话》，元朝有很多本杂剧涉及。小说《西游记》最早的则是世德堂本，现代人相信是由明朝嘉靖年间的一个名叫吴承恩的人写的。吴承恩成为作者，是胡适的考证，可是那已经是民国时的事了。明清间几乎就没有人说《西游记》是吴承恩写的，反而有九成的人相信是丘处机所作。且早在元朝，虞集有篇序（现在考证的人也说这篇序是伪托的）就说作者是丘处机。

为何如此？明清人读《西游记》与现代读法不大一样。作品是一个文本，读法不同，读出来是完全不一样的。明清读西游，主要将其读成"证道书"，认为唐僧取经只是个寓言，其间每个故事是有寓意的，这些寓意告诉我们修炼的方法与历程。所以，孙悟空、猪八戒、沙悟净、唐僧和白龙马，这五个人就是金木水火土的关系。悟空是金、八戒是木、悟净是土、唐僧是水、白龙马是火，他们的这种五圣关系，是相生相克的。而书里面的很多情节跟内丹的修炼有关：白龙马叫作意马，孙悟空叫作心猿；孙悟空找须菩提祖师学道的地方叫作灵台方寸山、斜月三星洞，即是心字。唐僧在路上问：经历这么多挫折，灵山什么时候才到，孙悟空答说灵山不远的，"佛在灵山莫远求，灵山只在汝心头"。读《西游记》的时候，中间的回目也都是另有寓意的，所以明清刊刻都将其称作《西游释厄传》或是《西游证道书》。道教里面，尤其是内丹西派，里面有一个旁支更几乎以《西游记》作为唯一的修道经典，每天读一回以供参悟。

因此，无论作者是具有道教思想，还是文体系由于道教思想才有，或是读者从道教角度去解读作品，文学与道教的关系，从不同的角度来看，里面都充满了太多过去所无法想象之处，值得格外留意。

第三讲　文学与佛家

中国佛教伦理观下的文学

佛教在中国传播已有两千多年了，所以中国人对它的熟悉，甚至是在道教之上。当年，据说是汉明帝梦见一金人，问大臣主何吉凶，大臣说听说西方有神，身上发着金光的，叫作佛。于是汉明帝派人去西域寻访，找到摄摩腾、竺法兰两位和尚，用白马驮经和释迦立像，在洛阳建了白马寺。驮来的经就是《四十二章》经。这是佛教传进中国的开端。

先传来的主要是小乘佛教，渐渐大乘佛教亦盛，接着就是禅宗。禅宗的故事最具传奇性。说是达摩祖师浮海来华，见了梁武帝，两人话不投机。达摩乃一苇渡江，在嵩山少林寺面壁九年，成为禅宗初祖。二祖慧可，断臂求法，十分壮烈。传到五祖弘忍时，首座大弟子神秀曾作一偈，云："身是菩提树，心如明镜台。时时勤拂拭，莫使惹尘埃。"岭南人慧能当时在寺院里干杂役，他不识字，听人诵念，便另做一偈，请人写在壁上，曰："菩提本无树，明镜亦非台。本来无一物，何处惹尘埃？"弘忍非常欣赏，认为他的境界比神秀高，所以夜半传了衣钵给他，然后叫他赶快离开往南走。后来果然有人来追杀他。慧能还在猎人堆里待了很多年，才出来在广州、韶州弘法，是为六祖。目前他的肉身佛塔仍在韶关南华寺。

以上这些中国佛教的故事多得不得了，都很有趣，也都成了文学典故，不但文人诗文常使用这类典故，相关小说戏曲更不知有多少。但考诸史实，却大半是假的。佛教传进来的时间不至于那么晚，金人入梦、白马西来，是六朝刘宋以后才编出来的故事。达摩的故事则更晚，要晚到北宋《景德传灯录》，这批故事才体系化。这类故事，跟印度都没关系，是在中国独立形成的。中国佛教在佛教中是一个很特别的，甚至是个独立的体系。

佛教传入中国已有几千年了，而在印度的佛教，却受到伊斯兰教极大地冲击。现在的印度，主要是伊斯兰教、印度教，还有一部分锡克教。印度佛教的传承在中国。佛教是世界性的宗教。但中国佛教跟其他地方的佛教有诸多不同，如我们一谈到佛教就说是出家、吃素，其实全世界和尚都吃肉，只有我们中原汉传佛教这一小块区域不吃，日本的和尚还结婚呢！汉地佛教原来也吃肉，后来戒律渐严，梁武帝颁布《断酒肉文》，唐代开始又每个月有几天市场上不卖肉，形成断屠戒杀的风气。到了明朝末年，不杀生思想大盛，甚至居士都被要求吃素，这才成为佛教徒特殊的伦理态度，慢慢发展成为汉传佛教的特点。戒杀、劝善、放生、护生的诗文多至不可胜数，到丰子恺还作有《护生画集》。

出家，本来也是中国人不能接受的。第一，身体发肤受之父母，不可毁伤，很多人宁愿杀头不愿剃头。第二，断子绝孙，中国人常说不孝有三，无后为大，所以出家跟中国人的伦理态度有巨大冲突。那怎么办呢？先是容许娶妻。六朝和尚就有不少是有老婆的，现在日本僧人结婚生子或韩国的"带妻僧"，其实就是中国早期的状况。后来中国佛教更是发展了一个特别的策略：提倡孝道。它告诉人：出家是大孝，如有一个人出家，他的祖先七代都会受到保佑，即使在地狱里面也可以超度。中国寺庙最大的生意来源就是办超度法会，替孝子孝孙来为祖先做超度。敦煌出土的文献中，《父母恩重难报经》等等亦多达五六十种。唐朝开始，还宣传目连救母的故事。说目连母亲作恶多端所以落入饿鬼道，吃什么都没法进咽喉，永远饥饿。后来目连拿着一根锡杖打入地狱去救母亲。所以佛教有个特别大的法会，叫盂兰盆会，要做一个月。这是中国社会很大的节日，叫中元节。从七月初一，鬼门打开，鬼都回到人间，享受子孙给他的供奉；孤魂野鬼也一样回到人间，每家每户除了祭祀自己的祖先，还要给孤魂野鬼吃。一直布施到七月底鬼门关了，才结束。农历七月因此又被称为感恩或孝亲的月份。这是中国佛教的特点，佛教为了说明自身不是提倡不孝，所以要比中国人更强调孝道。目连救母的故事，更成了中国戏曲的题材。敦煌所存目连变文即有十六种之多，据《东京孟华录》记载，宋代已有连演七天的目连杂剧，可说是我国完整戏剧演出最早的记录。元明间，目连戏长演不衰，万历中更出现了一种一百零四折的郑之珍《目连救母劝善戏文》。到清乾隆间张照编《劝善金科》，竟多达十本二百四十出，是我国戏曲史上最宏伟的巨制，吸收了各种民间小戏、小曲、弹唱、杂耍。其他山西、河北、四川、湖北、安徽、福建、山东、江苏各地方戏中还有数不尽的目连戏呢！

对文人、宗派信仰的张冠李戴

这是中国佛教特殊伦理观以及它影响下的文学。下面再谈谈它的宗派。

中国人平常自称是大乘佛教。大、小乘，仿佛是大车、小车。小乘佛教车子小，载不了许多人。我们大乘的精神却是要普度众生，所以大乘显然要高于小乘。

这套说法，只能在中国境内讲讲，到了泰国、缅甸、斯里兰卡，如此说，别人会生气的，因为那些地方都信仰小乘佛教，人家可不认为小就不如大。为什么？佛陀入灭后，过了几年，弟子聚集在王舍城，举行大会怀念老师，每人回忆并背诵出当时佛陀怎样说法的情况。中国是个文字体系，印度却是个语言体系，故一切都靠背诵。所以佛经的体例都叫"如是我闻"，意为佛在什么地方、如何说。这是佛经的第一次结集，后来还有第二、第三次。

但是正如孔子死后，儒家尚且分为八派。老师讲一段话，学生领会总有不同；老师在不同的情境中也会有不同的讲法，听的人也有不同的领会，这些都会形成分歧。所以佛弟子的结集背诵不但没有调和分歧，反而将之扩大，佛教分裂成很多派，史称部派佛教。后来渐渐统一，是为小乘，然后再发展到大乘。

小乘有点类似天主教（姑且如此譬况）。在马丁路德改革之后，天主教分化出了新教。旧教以神父为主，神父不结婚，人要忏悔时，由神父替你祈祷。新教改革旧教，人可以自己跟上帝沟通，不需通过神父，人也可以直接读《圣经》，不需要庞大的教士阶层。宣教的牧师更可以结婚。小乘在印度叫上座部。上座就像长老一样，高于一般人，要供养这些僧人。在缅甸、泰国，僧人的地位很高，一家生二、三个小孩，有一个要出家，有点类似天主教有庞大的僧侣阶层。大乘叫作大众部，大众部是向大众说法的，属于平民化的宗教。在中国，早期流行的也是小乘，到了南北朝的中期，才开始流行大乘。后汉支娄迦谶已经翻译过《道行般若经》，这是大乘经典译来之开端，但其十部译经皆岁久无录，也就是流传不广、传承不明。其次，道安在《道行经》序中也说得很清楚，早期译本很差，朱士行以后的本子才有用。道安自己亦是到东晋太元元年才读到《光赞般若经》。其得力处在此经而不在支谶译本。故综合言之，只能说早期也有传入大乘之迹象或传说，但大举传来毕竟在南北朝中期，大乘宗派也要到那时才开始有。后来更是越来越强调自己是大乘，现在大概只有云南的一部分有小乘了。

在大乘里面，中国又独立发展出了一些新教派，是其他地区没有的，如天台宗、华严宗是中国人自己创的，禅宗也是。在佛教里，宗和教是不同的，教指其他各派，禅宗却独立叫作宗，故又称"教外别传"，是独立的系统。禅法是普遍的，各宗派都讲禅法，但是禅宗之禅却是中国特有的。

佛教宗派问题乃至禅法等，一般人不注意，也搞不清楚，但其实非常重要，弄不明白是要闹笑话的。我举几个例子。

一是王维。王维是文人中与佛教关系最密切的代表人物。他自号摩诘居士，后世则称他为"诗佛"。研究他的人多得不得了，但因不懂佛教宗派关系，所以常是乱扯一通，说他是南宗禅。

王维其实与南北宗禅师均有交往。《为舜阇黎谢御题大通大照和尚塔额表》写的是神秀与其弟子普寂，《谒璿上人（并序）》写的道璿，亦出于普寂门下。道璿弟子元崇，则于安史之乱后，在王维辋川别业游处。《过福禅师兰若》写的也是普寂同门的义福或惠福。这些都是北宗禅师。王维所写的南宗禅师，如给慧能撰写碑文、给马祖道一的诗或《同崔兴宗送衡岳瑗公南归（并序）》说"滇阳有曹溪学者,为我谢之"等，数量上绝不比写给北宗禅师的多，关系也不特别显得亲密。因此，说王维是南宗禅，纯是论者主观的想象。

再说，论王维的思想，也不能仅由他与谁交往，或替谁写过碑铭来判断。为舜阇黎写谢表，其实只是应酬文书；《能禅师碑》也明说该文乃是受神会之托而作。这些应酬文字与另一些自我表白的文字，如《大荐福寺大德道光禅师塔铭》，是迥然不同的。谈古人思想，应鉴别资料的性质，不能只因王维给慧能写过碑、去住过马祖道一的寺院，就断言他思想已归入南宗禅。如此断言，也显示了大家对禅宗史的陌生。把王维归入南宗顿教，其实是受了南宗禅在后代宣传成功的影响。

王维（三十六诗仙图卷）

据《菩提达摩南宗定是非论》载，开元二十二年，神会在滑台大云寺设无遮大会，主南宗顿教宗旨，攻击北宗，"南北二宗时始判焉"（《宋高僧传》卷八）。可见南北宗之分，乃神会时的事。六祖慧能的故事，大抵也出自神会之传述，故贬低神秀，自诩传宗。后世讲禅宗史，受此影响，不自觉地都以南宗为正宗，北宗则被污名化。把王维勉强纳入南宗思想谱系中，即是此一思想作祟。不知此等认识是大有问题的。亲近某些大德、与某派人士有交往，跟他自己的思想并不必然相等。王维本人对禅法的证会，更是恰好不在顿而在渐。

王维《过卢四员外宅看饭僧共题七韵》曾形容自己："跏坐檐前日，焚香竹下烟，寒空法云地，秋色净居天。身逐因缘法，心过次第禅，不须愁日暮，自有一灯然。"次第禅，正与顿悟禅法相反，是北宗所提倡的。故《大唐大安国寺故大德净觉禅师碑铭》说禅师："九次第定，乘风云而不留。"《为舜阇黎谢御题大通大照和尚塔额表》说神秀："登满足地，超究竟天，入三解脱门，过九次第定。"这是王维理解的北宗禅法，也是他形容自己境界的用语。所以说，王维的思想绝非南宗顿教。

何况，南宗禅号称祖师禅，王维欣赏的却更是如来禅。在为净觉禅师写的碑铭中，他说："无量义处，如来之禅，皆同目论，谁契心传。"固然是对净觉的描述，但证之以《过香积寺》所云"薄暮空潭曲，安禅制毒龙"，即可知王维所修禅法必非南宗禅。

如来禅，是小乘的数息观和大乘的三昧禅法。达摩的禅法虽有人认为已是祖师禅，但其壁观之法，"外止诸缘，内心无喘，心如墙壁，可以入道"（宗密《禅源诸诠集都序》）。实与慧能以后禅法差距甚大。达摩之后，道信讲"五事"、弘忍讲"念佛"，也都是渐修的。因此，王维才会将之称为如来禅。

第二个例子是白居易。白居易也是著名佛教徒，所以他自号香山居士。研究他跟佛教关系的人也很多。其中日本人平野显照在《唐代的文学与佛教》第一章《白居易与唐代文学》说道：白居易对佛教确有真挚的求道热情，也具有高度识见，但最重南宗禅。不过，他透过对白居易所撰释教碑的注释，说："我们在

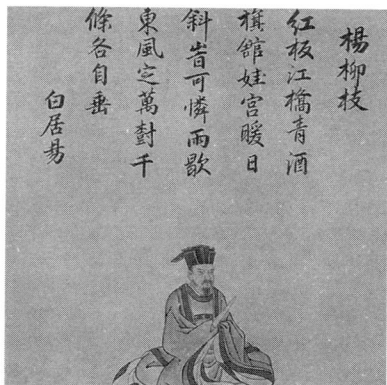

杨柳枝
红板江桥青酒
横馆娃宫暖日
斜岸可怜两歇
东风定箇对干
条各自垂
白居易

白居易（三十六诗仙图卷）

释教碑上看到有关禅的教理，与今天禅给我们的印象不同，是具有相

当广义融通性的东西。"意谓当时禅师"心行禅，身持律"，又有净土思想，非常融通，白居易也具此特点。

可惜他全讲错了！白居易不是禅宗。平野自己注释过的白居易释教碑中，如《唐抚州景云寺故律大德上弘和尚石塔碑铭并序》明明讲庐山东林寺僧来请序，而此僧乃属律宗，阐南山宗，说四分律，入灭于东林寺。《唐江州兴果寺律大德凑公塔碣铭并序》也明言兴果为律师，"志在首楞严经，行在四分毗尼藏"。只有《如信大师功德幢记》说如信"禅与律交修，定与慧相养"。此外，《华严经社石记》载杭州沙门南操等结社，则是华严经社。《修香山寺记》，又为净土。唯一论及"讨论心要，振起禅风"的，仅有《沃州山禅院记》一篇。如此，怎能说白居易与佛教交往最多或与其思想最近的是禅呢？

平野未必不知此理，但是为了说白居易是禅宗，竟说当时禅宗非常融通，所以禅家也可以融通律与净土等，这是曲说。禅宗可兼净土、可兼律，是一回事；白居易来往的，许多乃是华严宗、律宗之人而非禅宗，是另一回事；白居易是否曾想或实际上用禅去汇通律宗、华严宗、净土宗等等，又是一回事。论文学史不能如此乱扯。

姚南强《禅与唐宋作家》另出一解，谓："白居易在教理上有一种统一论的倾向。虽然他接触最多的是南宗禅，但也不排斥北宗禅，以至华严、楞伽、净土、律宗都有参悟。"这仍然坐实白居易为南禅。且不说南禅会通其他，甚为困难，南宗禅与北宗禅又如何统一？"统一"或"融通"的基础又是什么？白居易又是如何融通的？

佛教各宗之不同，是佛陀再世也融通不了的。白居易之依违来往于各宗之间，正显示了他对宗派之分不甚了了，对佛理亦无深究。

不但如此，要更进一步说明的是：白居易对佛理的掌握，也不是南宗禅。如元和六年作《自觉二首》云："我闻浮屠教，中有解脱门。

42

置心为止水，视身如浮云"；九年《渭村退居寄礼部崔侍郎翰林钱舍人诗一百韵》说："息乱归禅定，存神入坐亡"；宝历二年《感悟妄缘题如上人壁》云："有营非了义，无著是真宗"；大和九年《因梦有悟》云："我粗知此理，闻于竺乾师，识行妄分别，知隐迷是非，若转识为智，菩提其庶几"……这些诗，哪一点可证明他是南宗禅，更不用说他以读经持斋为修行了。

论者于佛理禅法蒙无所知，只见白居易《赠杓直》说"近岁将心地，回向南宗禅"，就以此判断其宗派归属，殊不知白居易虽自认为他归向南宗禅，可是其所得，仅在"外顺世间法，内脱区中缘"而已，其禅亦仅为禅定息乱而已。何况诗多因机应缘而作，逢禅客即说禅，见律师则说律，此处自称回向南宗禅，用来论证其思想的证据力不会高于同年所作《读庄子》"为寻庄子知归处，认得无何是本乡"，不足以定其平生祈向。而纵使此时倾向南宗禅，长庆以后也以持斋受戒、"寻诣普济寺宗律师所"为事了，怎能说他就只是南宗禅？

白居易不仅无固定宗派信仰，对佛理之认识亦无统绪，颇为随意，颇为肤浅。这点，古人亦已指出，如阮阅《诗话总龟》谓："世称白乐天学佛，得佛光如满时（旨）趣，观其'吾学空门不学仙'，'归则须归兜率天'之句，则岂解脱语耶？"

许多人又不懂禅，不知白居易诗中虽提到不少禅师，却并不是禅宗。如《正月十五日夜东林寺学禅偶怀蓝田杨主薄因呈智禅师》："新年三五东林夕……松房是我坐禅时。"东林非禅宗寺院，在其中坐禅的，当然不是禅门中人。何况，南宗禅亦不以坐为主。早期禅法，不论各派都均强调坐，道信《入道安心要方便法门》就以坐禅为入门；弘忍《修心要论》也说："端坐正身，闭目合口，心平观，随意远近，做一日想守之。"慧能则起来革命，他一方面把坐禅解释为"外于一切境界上念不起为坐，见本性不乱为禅"，另一方面说"一行三昧者，于一切时中行住坐卧常直心是"，谓禅悟不是靠坐出来的，行住坐卧都是禅。此僧松房兀坐，显非南禅宗趣。又如《晚春登大云寺南楼赠常禅师》云："求师治此病，唯劝读楞伽。"《楞伽经》是达摩至五祖所宗法的。南北分宗后，北宗仍奉此经，南宗则以《金刚经》为主。故此处所称之禅师也必非南宗禅。

佛教儒学化

以上所说，是佛教宗派的问题。大概十世纪前后，印度又出现了密教。这是佛教发展的最后阶段，因为后来佛教就被灭了。密教回头受了印度教的影响，也受中国道教的影响，还吸收了不少印度地方信仰。

现在大家一想到密宗，就想到西藏，其实密教最早不是传进西藏的。西藏是很特别的地方，有它自己的宗教，叫作本教。本教可能有波斯的影响，而且根基牢固，佛教传了很多次都没有传进去。所以密教原先的大本营是在洛阳、长安，称为唐密。我们中原寺院属密宗的本来就不少，你到寺庙里去看，有千手千眼观音或十一面观音的，就有密宗渊源。唐代密宗曾东传到日本，由空海大师创立了真言宗，号称东密。空海是创造日本文字的高僧，书法、文学造诣也甚高，还编了一本《文镜秘府论》。此书在文学批评史上非常重要，若无此书，唐人诗格之学就难以稽考了。

后来密宗传入西藏，北是文成公主入藏，南边又有从尼泊尔进去的莲花生大师，一南一北影响都很大，因此西藏密教很复杂，既有尼泊尔的传统，又有唐密传统，还有本教的一些东西，以至于跟中原地区不太相同。

这是宗派。另外，中国人拜的佛也跟其他地方很不一样。例如现在我们拜的观世音，是一位中年妇女坐在莲花座上，其道场在普陀山，她的样子既有妈妈的慈祥也有少女的美丽，穿的是观音兜。在龙门石窟或者云冈石窟里面其实也有很多观音像，但是你一定不认得，因为没有和我们拜的一样的这种观音。为什么？因为在佛教中，女人是不能成佛的，所以菩萨和佛都没有女人。女人要成佛，唯一的办法是修炼到变成男人。女性化的观音乃是中国独创的。这样的观音还常以注生娘娘、送子婆婆、鱼蓝观音、水月观音的形象出现在小说、戏曲、绘画、雕塑中。

还有弥勒。同样，在龙门，你也找不到这样的胖大肚子笑呵呵的弥勒。他其实是五代时期的布袋和尚，中国人相信他是弥勒化身，所以就以他的形象作为弥勒佛的像。这是佛。再说理论。

木雕弥勒佛（明末清初）

中国佛教的理论与原来的印度佛教有很大的差距，例如一说到佛教，大家都说：我佛慈悲，众生平等。可是我刚刚讲了，佛教本来是

45

不认为女人可以成佛的。男女都不平等了，还怎么众生平等？印度是个种姓社会，佛教虽然反对婆罗门教，但是仍然受到了它那个社会的制约，还是有这种思想，所以没办法真正讲众生平等。像佛陀的姨妈想加入僧团，求了很多次，佛陀都始终不答应。后来连身边很多弟子都看不下去了，佛陀才不得已让她参加。可是此例一开，佛陀叹气说，从此佛法要倒退五百年了。不但如此，女人出家后在僧团中仍是不平等的，地位低于男性比丘。比丘尼所受的戒律，亦远较比丘更加严格。另外，还规定女性受戒要由比丘主持。而这样禁制重重的比丘尼戒律，在十一世纪以后终究还是失传了。本来开了个小门，最后连这个小门也关了，可见佛教根本不喜欢女人出家。一九九七年我随台湾地区佛光山僧团到印度去，才把比丘尼戒重新传回印度。大家常骂中国社会男女不平等，殊不知相较于西方和印度，中国男女关系最是平等，所以只有在中国才有比丘尼的传统戒法，理论也强调众生平等，人人都有佛性，都可以成佛。

人人都有佛性，都可以成佛，也只有在中国是这样讲的。最早提倡这一讲法的人叫道生法师。当时他讲这个道理，没人理他，都认为他是异端，胡说八道。因为没人要听，他只好对着石头讲。今天你去苏州的虎丘，还可以看到一块大石头，那就是生公说法石。道生对着石头讲，可能累了，眼睛也花了，觉得石头都在晃，这就叫"生公说法，顽石点头"。这个典故即充分说明了，众生皆有佛性并不是佛教本来的讲法。

晋朝道生以后，此说在中国渐渐流行，到唐代，却引起了另一法师的怀疑，他就是玄奘法师。以玄奘的聪明，他应已经觉察到中国人讲的佛理跟印度不一样，所以他才决心冒死出关，求取真的佛学。到了印度之后，他很了不起，学得比印度人还好，名动五天竺，把印度佛学吃透了。

可是以他这么高的名望、这么大的成就，带回去那么多经典，还大开译场，翻译佛经，却只传了两代就断了。为什么？就因为他是原汁原味的，所以才断了。他的弟子窥基大师，曾问哪些讲法可以对外宣传，他说五种姓说可以。意思是说：种姓，不只是社会阶级制度，它还涉及人的品种问题。你要成佛，得有佛性，也就是佛种子。种丝瓜，能长出葡萄吗？所以成佛要有佛性，有些人成佛慢，因为佛种子不纯粹；有些则根本没条件成佛，例如一阐提就是不能成佛的。中国人不吃这一套，喜欢说众生皆有佛性。这其实是儒家的说法，孟子、荀子都讲过：人皆可以为尧舜、途之人皆可为禹。因此，这是儒家思想的佛教语言版。

也因在中国讲佛性是受到儒学的影响，或为适应中国社会而生，故佛教在中国说的佛性，与印度颇有不同。在印度佛教中，佛性主要是指真如、实相、法性，谓一切诸法均为佛性之显现，具有本体论的含意；在中国，则佛性主要是指人的心性，天台、华严、禅宗俱是如此。而其所以如此，无疑与儒家哲学传统有关。故不仅与小乘佛教否认众生皆有佛性不同、与大乘空宗依空无我得解脱不同、与大乘有宗五种种性说不同，也与般若学由实相说佛性不同，更与印度佛教所说之"心"不同。

要了解这些，才不会像现在有谈唐代佛教与文学，或论唐代古文运动的先生们那样，乱掰一气，颠倒着说梁肃、权德舆、柳宗元、韩愈、李翱等人是阳儒阴释，受佛教影响，用佛教心性论改造儒学等等，令人见之，哭笑不得。

还有，我们说的因果报应，善有善报、恶有恶报，从刘义庆《幽冥录》以来，不知有多少文学作品在阐释这个道理。这是佛教的因果观吗？答：术语是，但理论不是。

佛教是说：任何事物都是因缘相生的，世界正因为有此果报，故我们都在因果循环之中不能解脱，所以我们现在的人间叫作秽土，是个痛苦的世界，我们要渡到彼岸净土清凉世界去，才不再受到干扰。到了彼岸，就可以解脱，脱离因果，进入涅槃。所以佛教重在断因果，我们则宣扬因果报应不能逃脱，善有善报、恶有恶报。其实这是什么？这就是儒家的观点啊！《易经》上讲："积善之家必有余庆，积不善之家必有余殃。"

佛教影响下的文学世界

中国佛教还有许多特点，但我想我不用再介绍了，可参看我的《佛学新解》。我现在并不是要讲佛学，所以重点还要放在这种佛教形态如何表现在文学上，或形成了什么内容、对中国文学有什么影响等问题上。首先，佛教在弘法过程中，讲道理的方法和语言，就成为佛经文学，本身即具有文学性。例如佛的本生故事。

印度人的生命观与中国人不一样，中国人的一生指"我"自出生到死亡，没有来世与前世，只有这一生。在印度，人生则可理解成一条不断流的河，这一生只是河的一段。或譬喻学生们在这一个教室里听课，下课了，就去另一个教室演绎另外的人生。在不同的场景中，经历不同的角色，但你还是你。这就是印度人的生命观。本生故事，即依这个观念，讲佛的很多前世的事，利用这些故事解释道理。这类故事，现在留存有几百个，因为都是故事，所以颇具文学性。传入中国后，也大大丰富了文学题材。

佛教说理，又善于使用譬喻。中国也重视譬喻，《礼记·学记》讲"不学博依，不能安诗"，诗主要靠譬喻，六义中之"比"也。所以佛经之譬喻传来后立刻被文人大量吸收，直到鲁迅还重印《百喻经》呢！另外就是诗偈。这是短的韵语。因为理论很难记忆，中国人要记东西的时候常把它编成歌诀。如记文字时的《千字文》、《急就章》，记中药的《汤头歌诀》等，佛教也是如此。诗偈主要是说理，像前面提到的神秀、慧能二偈那样，但写得好时，也充满诗意，如"终日寻春不见春，芒鞋踏破岭头云。归来笑撚梅花嗅，春在枝头已十分"之类。

此外就是佛经本身的文学性，对后来影响很大的，譬如《维摩诘经》。经中较为人所熟知的是维摩诘示疾，假装生病了，佛陀派了他门下智慧最高的文殊菩萨去探病。

诸天菩萨听说文殊要去看维摩诘，都很兴奋，因为这两大智者一定有精彩的对答，所以都赶去看热闹。这时又有天女来散花，心清净的人，花就不会沾到他身上。如此如此，该经的文词也很优雅。六朝人就喜欢画维摩诘经故事。唐代俗讲的《维摩经变》，现在留下来的也还有一大堆，是俗讲中很重要的主题。

另外如《法华经》是天台宗的根本经典，讲如来佛的信仰，其精华《观世音普门品》影响也很深远。《华严经》则是华严宗的根本经典，据说是龙树菩萨到龙宫取出来的，本身就带有神秘色彩。其中有一个大家熟悉的东西：善财童子五十三参。善财童子遍访善知识，是少年成长小说的雏形，犹如《射雕英雄传》中的郭靖，是少年经历了很多思想上的启发，慢慢成长的故事。

这些经典影响中国很大。你想：为什么鲁迅会重新去印《百喻经》呢？因为他研究六朝小说，觉得六朝志怪里奇怪的想法，如阳羡鹅笼、幻中出幻，恐怕曾受到印度的影响。

六朝隋唐还有转生故事。《唐传奇》里讲"三生石上旧精魂，赏风吟月不要论；惭愧情人远相访，此身虽异性长存"，即是这类故事。三世因果，是中国小说很重要的思想，但是六朝隋唐之前的小说里并未有。

佛教传进中国后影响深远的还有地狱观。中国古代没这种观念，只说人死了以后归于尘土，人间的世界有一个帝王在管，地下的幽冥世界则归泰山府君管。乡间常可看到一颗石头，上面刻有"泰山石敢当"字样，是用来辟邪镇妖的。因为泰山山神管一切鬼，人死以后魂魄都归于泰山之下。泰山是华北平原最高的山，往上通天、往下通地的。但这不是地狱，地狱是指人死后都要进地底下的监牢，接受十殿阎王的审判。由于人多半都有点罪，所以审判的结果，大抵都得服刑。好一点的，罪轻些；重一点的，就不免上刀山、下油锅。为什么人死以后，佛教徒鼓励家属要做超度法事呢？超度犹如去监牢里打点，好让亲人少受一点刑罚，早去转世投胎。这种地狱观念在六朝以后深入人心，相关的戏曲、小说、笔记也不可胜数。像施耐庵、曹雪芹，就有笔记说他们在地狱中受苦，永世不得超生。

相传龙树菩萨是去龙宫取得《华严经》的。中国很早就有龙，《易经》中就用龙来形容阳气，但我们没有龙王、龙女、龙宫这些观念。印度人也没有龙，他们只有大蛇。可是我们用龙字去翻译佛经里面讲的大蛇。这大蛇，是佛的护法。在东南亚，你可以经常看到佛陀后面有一个背光，是大蛇盘起来的样子，有时候是九条蛇。所谓龙宫，其实就是蛇窟，里面有龙王、龙女、龙王太子等一大窝。但说蛇，感觉就跟龙宫龙女等等差很多。六朝以后龙王、龙女大量出现于文学作品中，唐传奇《柳毅传书》就属于这类故事，到了《西游记》讲东海龙王、南海龙王、龙王三太子等等也是属于这类。还有一只大鹏金翅雕，也是佛的护法，是蛇的克星，很多佛龛上都会画上这只大鸟。它在小说里也经常出现，比如据《说岳全传》说岳飞就是大鹏金翅雕转世的。至于金刚、罗汉，如来、观音，这些都算是佛教人物影响中国文学的题材。

佛教影响下还出现很多文学的类型，如斗法这类题材就不是中国的，来自佛跟外道的斗法，后来在小说、戏剧中经常出现。又如说因缘，就是解释一件事情的因缘关系，比如评话《三国》用刘邦、韩信、彭越等人的关系去解释为什么有曹操、孙权、刘备。还有人生如梦的主题，对后来也影响深远。佛教讲的是万法皆空，最早传入时，中国人不了解，就用道家的"无"去解释。其实空不是无，空是有，而且是解释有之所以为有的。如现在你的前面有桌子、有杯子，但仔细想想，桌子、杯子不是本来就有的，而是许多因缘条件凑合成的。一成即不变吗？不，这些条件都会改变，"成、住、坏、空"，最后条件改变，因缘散了，就坏了、消失了。因此《中论》说缘起性空："因缘所生法，我说即是空。"没有一个桌子的固定不变之本质，人也一样，没有固定不变的"我"，万物皆因缘生成，所以万法皆空。这个讲法很迂曲，中国人不惯于这样思考问题，所以就理解为：原来我们以为是真的、有的，仔细一想才发现并不能真的掌握，就跟做梦一样，醒来才知道是一场空，所以说人生如梦。这是一个跟道家思想相结合的解释。六朝以后即有很多讲人生如梦这类想法的文学作品，佛道兼通。此外还有舍身求法、化身下凡、二妇争儿、出家求道等主题，也都很值得注意。

人生如梦，一种是自己领悟到的，如《南柯太守传》；一种是由神仙或和尚来点化的，如《枕中记》的黄粱一梦。戏剧中的度脱剧，就是讲度化的，如《惠禅师三度小桃红》、《月明和尚度柳翠》，桃红、柳翠都是妓女。又如元杂剧吴昌龄《花间四友东坡梦》，讲苏东坡教白牡丹去引诱佛印，佛印又教柳、桃、竹、梅四女去引诱东坡，故曰"云门一派老婆禅，花间四友东坡梦"。这类又被称为禅宗戏。

谈戏曲，还不能只看这类戏剧类型，应注意整体戏曲跟佛教的关系。现在讲中国戏曲史，大体都如王国维的《宋元戏曲考》，说中国戏剧是宋元朝才发展出来的，时间特别晚。其前身是唐朝的参军戏，或是古代的俳优，是说笑话的，形态都非常简单。但是近些年的研究却不采用王国维这个观点，因为我们民间演戏最常用的舞台都在寺庙宗祠中。寺庙对面就有戏台，中国传统戏台很高，原因是给庙里的神看的，演戏是拜神的。在中国演戏最主要的场所是寺庙，演的内容是忠孝节义。所以，中国戏的功能不能单从文学审美的角度来看。

假如这样，我们往上推，就知道中国早期的巫仪可能就算戏了，《诗经》中的"颂"即是歌舞大事的，《楚辞》里也有巫祝歌舞，这个传统发展到南北朝之后，则有佛教因素的加入。佛教法事，如放焰口、招请、结界、施食、施水、超度，唱八十四曲，本来就像一场大戏。戏剧中，勾栏、切末等术语，据考证也跟佛教有关。佛教寺院作为剧场，僧人在里面扮演角色，也影响了中国戏剧演出。这个渊源是我们不能忽视的。

除此之外，还应该讲几个重点，比如中国人对于声音的理解，可能有来自佛教对我们的启发。沈约讲四声八病时，曾说："自骚人（灵均）以来，而此秘未睹。"从屈原以来，中国人都没有发现这个奥秘，到沈约才发现。他之所以能发现，许多人认为有个非常重要的助缘：印度和尚来华传道。我曾讲过，印度是个语言系统，和中国是个文字体系不一样，印度和尚必须从语音上掌握中国文字，因此他们开始替中国文字造字母，今传守温三十六字母即属此类。他们对声韵的辨析，帮助我们理解声音，也就是后来格律诗、对联等等的基础。隋唐以来的中国文学，脱离了平仄、押韵、四声，简直就没办法讲了，所以这是影响很大的一部分。

在民间中，则有俗讲、变文和宣卷（宝卷），皆生于佛教之传播。宝卷主要是讲佛经，后来普遍到一切民间宗教及传说故事，包括孟姜女、七仙女、白蛇传等都是宝卷唱出来的。中国人相信的观世音，也不是佛经里的观世音，而是宋朝《香山宝卷》以后的观世音。

　　另外就是佛教本身的文学化。以上讲的都是佛教影响到文学的，这里说的则是佛教本身的文学化。

　　佛教是外来宗教，中国社会的主体是文人社会，佛教传进中国后便不断文学化，最早是找文人写碑记，如写《文心雕龙》的刘勰，就替僧人写了不少碑记；然后是翻译佛经时讲究文采，梁启超《翻译文学与佛典》对此已有说明；慢慢则出现了诗僧。诗僧六朝就有了，像支遁；唐代以后更多，《全唐诗》里即有大量和尚诗。最后，整个佛教，特别是禅宗理论需要诗文来表达，所谓《石门文字禅》。宋代很多诗人说"学诗如参禅"，讲诗禅合一，过去的研究者都解释说这是禅宗对文学的影响，其实是倒过来，是文学对佛教的影响。要知道，禅宗是反对文字的，故说不立文字、直指人心。慧能甚至根本不识字。早期禅宗对文字或经典的态度即是如此。但到了宋代却倒转过来，由不立文字变成了文字禅。所以诗禅合一是整个佛教的文学化，佛教的意义通过偈语来表达，其境界须用诗歌来表现。因为开悟不是逻辑性的，开悟是有一个特别的领会，所以须用诗歌来说。禅宗的语录里充满了文学性，很多机锋都类似诗，这就叫作佛教本身的文学化。

第四讲　文学与经学

目录分类中的文学与经学

"文学与经学"这个题目本来不需要单讲，因为我们在谈文学与儒家的关系时，已大致介绍过。不过，今天是从另外一个角度来谈，接下去介绍下文学与史学、文学与子学的关系。

这几个系列，不是我们以前讲文学与儒家、道家、佛家那样一个思想体系的关系，现在是从图书分类学的角度来看。中国的图书分类，最主要的当然是四部分类，即经、史、子、集。我们从这样的区分来看文学和其他部分的关系。

那为什么经、史、子、集四部，我们只谈文学与经学、史学、子学呢？因为文学和集部是虽二而一的。

所谓集部，"集"这个字，听起来是集合，把不能归入经、史、子的部分，通通归到集部，所以集部好像是杂七杂八的东西群集在一起。其实不然。在中国，自从开始有集部以来，就是文集的意思。因此集部实际上等于古人所做的文学分类，有关文学这类作品合起来，就叫作集部。

打开《钦定四库全书简明目录》看看集部的书，马上就会发现，集部下分五大类，除了楚辞类、诗文评类、词曲类专门之外，一是总集，即好多人的东西集在一起；还有就是别集，个别人的集子叫别集。故集部乃文章之渊薮，它有点类似我们现在文学的概念。

在四部分类中，集部的书最多，远远超过经部、史部、子部，比经部和史部的总和还多几本。这说明什么呢？一，中国文学的概念其实非常大，文学作品的数量也非常多，所以在中国，文学性质的界定比较杂。虽说集部只收文集，可是文集里面有谈经学的，有谈史学的，也有谈子学的，本来就什么都有，像个大杂烩。不过无论如何，集部仍然是以文章为主的。所以，现在我们要谈的是文学与经部、史部、子部的关系，跟集部的关系可另外再处理。

《钦定四库全书简明目录》（乾隆写本）

文学与经学，在分类时，我们将其分开。同样一本书，比如说《叶适集》，当然后来归入了集部。但是在古人归类时可能会想，这书不该是子部的吗？因为这本书颇有思想性。像《庄子》，不也是一个人的集子吗？性质应该跟《叶适集》一样啊，为什么《庄子》列入子部，而《叶适集》在集部？这里就有性质上的分类，我们认为《庄子》这部书成一家之言，故归入子部。假如某人的集子主要不是成一家之言，而是表达了他的文采，我们就会把它放入集部。一本书拿到手上，辨别它是经学著作还是文学辞章，作这样的区分，从汉代就开始了，表现在班固的《汉书·艺文志》或更早的刘歆《七略》中。

秦始皇焚书坑儒以后，汉朝经过很长时间才把古书收集起来。收集以后，由刘向、刘歆等人整理。整理后把图书分了类，发展出了中国最早的文献整理法，也就是我们现在所说的目录学或广义的校雠学。整理的成果就是《七略》，由刘向开其端，刘歆集其成。他们父子俩在学术史上非常重要，我们现在读到的先秦文献，大概都是经过他们整理的。而且他们的整理定出了一个中国学术的框架、规范，这就是七部的区分。比如经学书，归为《六艺略》，文学则在《诗赋略》。《诗赋略》这批文献都属于我们现在概念中的文学性的著作。这样的区分，影响深远。

经与文分，并不是说经学文献中就没有文学成分。例如《诗经》，现在都说是文学作品，但古人并不把《诗经》当文学来读。把《诗经》拿来当诗读，是宋朝人才有的主张，说我们读《诗经》，为何不将其看作唐宋人写的诗一样地去读呢？"把《诗经》当诗读"，注重的就是它的文学性。在此之前，《诗经》皆属于经学著作。读《诗经》，"温柔敦厚，诗之教也"，重在伦理的涵养而非辞章之学习。

当然，所有经典都是后来文学作品的渊源。但历史渊源是一回事，我们在阅读时，采取文学审美的读法来读它，又是一回事。在《诗赋略》里的文献，我们都会从审美的角度去阅读它。比如《登徒子好色赋》或《风赋》，我们就不会主要想从这些赋里得到道德伦理上的教诲，跟读经典不一样，所以要将这两类分开。

经书中具有文学性的表达，不但《诗经》有，其他经典也有。如《孝经》，现代人很少读了，其实《孝经》蛮有趣。古代，《孝经》是必读的，家家都以《孝经》、《论语》为入门书。《孝经》的缘起，是孔子闲坐，曾子来请教有关孝的道理，孔子回答后，被记录下来而成了《孝经》。

关于《孝经》缘起这一段，《十三经注疏》所收邢昺的注十分有趣。他说，这段是寓言，假的，没这事儿，只是假设问答，犹如庄子之说鲲鹏、屈原之赋渔父。假设问答，乃是汉赋大力发展的一种写法。比如东方朔的《答客难》，叙述有客人来看我，说：你读了很多书，道德也不错，也很有才华，怎么现在弄得如此潦倒？莫非是道德或学问上有什么亏欠呢？东方朔针对这样的来客质难，作了回答，所以叫作《答客难》。《答客难》这种文体，就是假设问答。《孝经》的注解者认为，这一段是中国寓言文学的滥觞，《庄子》、楚辞、汉赋里的假设问答，都出于《孝经》这种写法。

诸如此类，经典中有很多的写法可能启发了后来的文学作品，不过大体上说，父母教子弟读《孝经》，基本上是要让他明白孝的道理而不是教他去写寓言，却是无疑的。经与文之分，也是站在这个立场上做的区分。

文学与经学的分分合合

刘向当时把文学和经学分开。这一分，在文学史上十分重要。

从鲁迅那时起，近代讲文学史的朋友都说文学独立于魏晋。有些人还讲得更晚，说应该到刘宋设艺术、玄学、史学、文学四学（《宋书》卷九十三），把文人与艺者、修玄之士、史学家分开来，文学才独立了。其实不然，汉朝人在做图书分类时，早已有明确的文学概念。在分书时，哪些属于文学，哪些不属于，已十分清楚，不是到魏晋南北朝才独立的。

文学独立，还不仅表现在刘向编书这件事上。班固《汉书》所记载的人物，就有一种叫文章之士。如《公孙弘传》说武帝时的人才："汉之得人，于兹为盛，儒雅则公孙弘、董仲舒、倪宽，笃行则石建、石庆，质直则汲黯、卜式……文章则司马迁、相如。"

前面讲的是目录分类，即书的分类，现在所讲的是人的分类。后来刘邵《人物志》，将人分为十二类，其中有一类就叫文章家；范晔的《后汉书》在《儒林传》之外，又另列了《文苑传》，亦都是继承班固的分法。

也就是说，在西汉、东汉之交，书已经独立出文学一类；人的分类，东汉以后，也独立出了一类，叫作文士。所以文学和经学之分，在书与人两方面都越来越明确，王充《论衡》里面也做了这样的区分。他说，有一种人是经生，是研究经学的人。这类人比较笨，死读书，不会写文章，只是把书抄来抄去。要能够写出自己的一番见解，表达自己的看法，只能期待文人。这也是把文人和经生分开的。

晋代以后逐渐出现四部分类，就是甲、乙、丙、丁四部。经荀勖、李充，经史子集分类始定。《隋书·经籍志》中出现集部，自此以后，集部里面收的多是诗文，书即越来越多。所以集部的出现，跟史部脱离经学具有同样的意义。史部书在没有独立出来之前，多属于经学里的春秋类。独立出来，便蔚为大国，慢慢和经学不一样了。后来讲史学的人读《春秋》，和讲经学的人读《春秋》，完全是两回事。犹如刚才所讲，从经学角度和从文学角度读《诗经》，读法是不一样的。

这是六朝时期学术发展的重要指标，即史部独立，文学的发展也越来越盛。所以到了晋朝，挚虞有《文章志》，后来宋明帝又编了《江左文章志》，专论东晋以后的文章。可见经学和文学自汉代以后，逐渐分疆别域，慢慢地形成了两大块，人不同，书不一样，读的方式也不一样，形成了两个体系。

但天下大势，合久必分，分久必合。文学与经学分，是从汉代到晋宋齐梁五六百年的趋势动态。分开以后，文学和经学却又慢慢产生了希望重新结合的倾向。

最明显的例子是《文心雕龙》。它不但是提倡者，还显示了当时有这样一种风气。可见文学和经学分流，发展到一定程度的时候，就越来越有人觉得文学应该重新和经学结合起来。唯有文学和经学结合了，文学才有生命力。《文心雕龙·宗经》就是提倡这种想法的。《文心雕龙》是齐梁之间的作品，在他前后，有类似想法的大有人在。同时代最有名的是裴子野，代表作是《雕虫论》。

"雕虫"两字出自于扬雄。扬雄曾经说"雕虫篆刻，壮夫不为也"。雕虫小技，人年轻的时候玩玩尚可，长大了还玩这些，不怕被嘲笑吗？裴子野说，写文章，就如同雕虫篆刻一样，不登大雅之堂。文人写文章，都是卖弄辞藻。但文章不应这样，而应该回归经典。所以萧纲给湘东王的信中谈到，当时京城中有一票人写文章，专门模仿经典，用《尚书》、《礼记》的句子。

不仅在南朝如此，北朝也有此风。如苏绰提倡一种模仿《尚书·大诰》的文风，这种文风得到

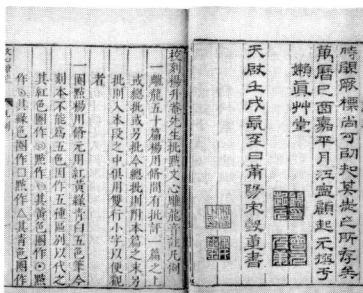

《文心雕龙》（明刻本）

北周宇文泰的支持。北朝为什么会支持这种文风？因为当时北朝和南朝之间的竞争越来越激烈，除了在政治、军事上对抗外，还要竞争文化上的正统。像北魏为什么要从平城迁到洛阳呢？就因洛阳是中原中心，迁到这里代表了站在中原正朔之地，而且便于南下进攻。南朝的兵力当时足以对抗，所以北朝并未得逞。可是在这种紧张的对抗关系中，北方开始华化。北魏是鲜卑族，但开始立宗庙、建雅乐、到曲阜祭孔、兴国学等等了。北魏强调的是自己可代表中华文化，虽然是胡人，但是胡姓都改了，拓跋改姓元。"元"在中国是有固定含义的，"元"是头、大、一、元亨利贞的意思。所有人还要穿汉服，说汉语，要祭孔、建宗庙五礼，来说明自己能代表中华文化。他们常批评南朝萧家父子并没有什么了不得，他们只是整天弄些礼乐，让士大夫都认为他们是中华正朔，所以自己也要搞这一套。

当时南朝文章华艳，北朝是比不上的。派到北方出使的人回来，别人问他北方如何，有没有什么好的作品或者优秀文士？说没有，"唯有韩陵山一片石堪共语……自余驴鸣犬吠，聒耳而已"。表示轻视，认为北方没有文采。北方要跟南朝竞争，追求文采是争不过的，所以提倡学经典，以建立一种古朴的新文风，这样反而显示自己能代表传统文化。

从北朝到隋，都是如此。隋文帝时曾经下诏，禁止文体浮艳。文章写得太过漂亮的人还要被逮捕起来治罪。唐代，这个问题又被提出来，说文章应该和经学结合。太宗、高宗时期，大规模修了十多部史书，这些史官的文学观念基本是一致的，认为六朝衰亡都是由于文风太过于浮艳绮丽之故，所以应该矫正。唐太宗有次写了一篇文章，很得意，拿给虞世南看，结果虞世南"正色"告诉他说：陛下，你忘了陈后主吗？当时史家为什么将北朝的文章抬高，压低南朝的文学，就因为有这种心理，认为文学不该像南朝那样，而应"去华就质"，要质朴且能和经典结合。

但这种想法后来并没有继续下去，因为武则天时期，宫廷内宠无所事事，特别是张易之兄弟。武则天很喜欢他们，因为他们非常漂亮。但他们在朝中做官，总得给他们一点儿事做，于是让他们去编书。中国的类书向来是文学性的居多，不同于西方知识性的百科全书。被称为类书始祖的《皇览》就是文学性的。如唐太宗时期有《艺文类聚》，一听书名就可明白那是艺文的类聚。例如讲到桃花，什么书或诗里面有描写到桃花的，都集在一起。其他的，可能书名不叫这个，但性质其实都是"艺文类聚"，是漂亮辞采的集合，让作家进行文学创作的时候有丰富的材料。传统文人引经据典，看来是读破万卷、下笔有神，实则是他们有很丰富的类书可供依赖。唐代在杜佑《通典》以后，才慢慢出现了具有知识性的类书。《通典》是讲制度的，和马端临的《文献通考》一样，偏于知识性。虽然如此，类书之大宗还是文学性的。生活性的类书更晚，大概到明清以后才有，如《万宝全书》之类，犹如我们现在的生活小百科。

类书因为是文学性的，所以武则天就让张易之他们编《瑶山玉彩》。瑶山是昆仑山，出玉的地方。一听书名便知那是漂亮辞藻的大汇集，所以这是文藻繁盛的时代。包括了沈佺期、宋之问这些人，近体诗格律的确定，都在这个时代。他们在这个时代所作的诗文，辞藻、技术都是不错的，但是没有什么深刻的思想。

唐代中期之后，独孤及、萧颖士这些人才又开始提倡结合经学的写作方式，后来便是各位熟知的古文运动了。古文运动是再一次让文学和经学结合的努力，但它并没有完全改变当时的风气，它在当时的影响力绝不如我们现在文学史上写的那样大。我们不能够相信如苏东坡讲韩愈那样，一出来就"障百川而东之，挽狂澜于既倒"。事实上，古文运动后，文风还是偏于华丽。文学是辞采的编织，中国传统上讲文学的本质最明确的就是"文"，指交错的花纹。所以文本身是有华彩的，怎么能要求它朴实呢？韩愈他们的作法是文以载道，让文采跟孔孟之道结合，以经典作为文章的典范，学《春秋》《左传》《论语》《孟子》。

但当时古文运动并没有改变时尚，亦未影响到国家考试制度。科举是考策问与经义，外加诗赋杂文。考试所考的诗赋当然未必左右文学的发展，最典型的例子是诗。今人常说唐诗之盛，是由于科举考诗赋的缘故。其实考的是排律，称为试帖诗，不是我们现在熟悉的五言八句、七言八句的律诗，更不是绝句。排律是后人最不熟悉也不看重的诗体。所以，科举与文学的发展关系不能直接看。但是古文运动毕竟没有改变考诗赋的制度。只要是考诗赋，而且是考铺张排比的排律和那排比铺张的赋，当然就继续推动着文学朝华丽的方向发展。

到了宋代，宋人想要进一步改革，因此出现了两种形态，一是欧阳修、苏东坡推崇韩愈，希望文学和圣贤的道理相结合，文与道俱、文以载道，延续着古文运动的思路，改革文风；二是王安石的做法，直接改革了科举制度，废除诗赋取士。认为做官需有经世济民的本领，不是选择一批文人来吟诗作对。所以采用经义取士，主张只有掌握了经典的义理才能做官。

可是经义取士，如何测验呢？仍然是看文章。这就像汉朝有一种选拔人才的科目，叫作孝廉。孝廉是指这个人的德行。政府选择这样的人做官，当然是着眼于他的道德。但孝廉如何分辨呢？主要靠乡举里选和地方推荐。然而这是有漏洞的，地方上有势力者往往就推荐自己人。为了杜绝私人关系，还是只能考试。考试就要写文章。很多人德行很好，但文章不行就考不上。最后孝廉这一科到晋朝以后就废掉

62

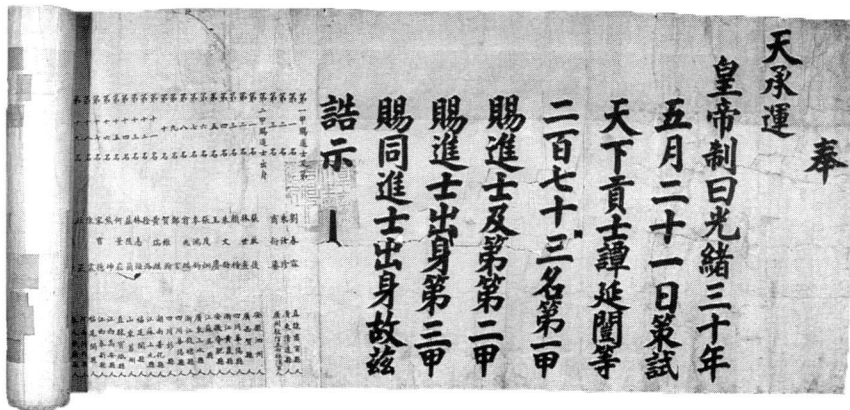

最后一届文科殿试大金榜（光绪三十年　）

了，因为孝廉没办法测验，最后还是变成作文比赛，导致这科名存实亡，还不如废掉算了。

考经义也一样，对于经典的认知程度该怎么来了解呢？写篇文章来看看！这种文章就叫经义文。王安石曾作《三经新义》，自己替经典做注，提供给考生参考。

王安石的改革受到很多批评，欧阳修也一样。我们现在看欧阳修非常了不得，是唐宋八大家之一，王安石、苏东坡、曾巩又都是他的门生。可是欧阳修最初改革文体的时候，一发榜，文人士子暴动，街上贴满大字报大骂欧阳修，是引起了公愤的。到王安石，则不是改文体，而是诗赋取士整个不要了，改成经义文，当然要被骂得更惨。但体制一旦确立后，整个文学就慢慢朝着这个方向发展，文学与经学渐渐结合。考试时写经义文，不考试时也写文道合一的文章。

北宋的政治斗争十分激烈。有车盖亭诗案、乌台诗案等，一度还禁止元祐学术。因元祐年间苏东坡当过宰相，苏东坡、黄庭坚（号山谷道人）的诗文在天下大盛。所以不准作诗，因为诗是元祐学术最鲜

63

明的表现。东坡和山谷的诗、文、书法更不准抄印流传。

后来无法禁止，是因皇帝自己就喜欢作诗，也喜欢东坡、山谷的字，所以才慢慢开禁，文学风气逐渐又朝当年欧（阳修）、苏（东坡）、王（安石）他们开拓的方向走。再加上理学盛行，理学家朱熹、真德秀、魏了翁、吕祖谦等人，论文章都强调文与道俱，在整个大环境下，经义文这种制度与文体自然越加巩固。虽然他们在政治上反对王安石，但经义文无论考试或自己写文章，都堪称文章正宗，文采须和经义结合。真德秀就编了一本《文章正宗》来宣示这一点。

所以由汉到魏晋的趋势是分，从经学中分出文学。齐梁以后渐渐求合，到南宋，文学和经学重新整合已然完成。以后元朝、明朝都以经义取士，所以大家照样写这样的文章。我们现在所批评的八股文，只是俗称，它的正式名称就叫经义文，或四书文，又叫制义。

经义文称为四书文，是因元明以后，考试以四书为主。很多人知道这一点，但又常因此而误以为元明清是不考经学的。其实经学还是照考，明代还编了一套教科书《五经大全》。考试时，四书以朱熹《四书集注》为主，五经除了读原文以外，就还得读《五经大全》。而整个文章取士的文章，则都是和经学结合的。从南宋到清末废科举、立学堂，这么长的一段时期，文学都是在和经学高度结合的体系里发展的。

合久当然又会分，清末就开始分了。现代人的文学观，受文学革命之洗礼，越来越强调分。谈文学史时，动辄痛斥汉代经学家扭曲了文学、谩骂八股制义。这种强调分的主张，乃时代思潮，自应尊重；但以此论史，就荒唐了。明朝的八股文有几次变迁，有哪些名家、哪些文学评论，我们知道多少？文学史上这一块完全被隐蔽了。但实际上影响中国文人数量最多、时间最长、参与度最高的，就属于这一文体与思路。这个思路以及呈现的相关文学现象都值得我们重新注意。

经学对文学的作用

以上是从文学史角度谈经学跟文学的分合。下面要说明经学与文学如何结合。

由汉到魏晋，经学已经渐和文学分开，变成了两个体系，各有各的规律和发展。特别是六朝隋唐，很多文学家不是经学家，跟经学没有关系。要重新让经学和文学结合，使经学对文学写作有帮助，这里面就有几种思路和做法。

一是类似《文心雕龙》的想法，认为各种文体的源头都是经典，这是从源头上讲。中国人的思维有一种倾向，我们现在也常常讲这类话，例如做事谈事要提纲挈领，不要在细目上纠缠，或者说注意一件事要有本有末，不要在枝节上浪费时间，强调掌握本、掌握纲。掌握了本，末自然也掌握了，所以一切都该回到这个本、纲、源上来。刘勰的这种想法就是返本式的，一切文体出自于经，所以从末流回到本源上，才能回归到有真理、有生命力的地方。

二是寻找经学中的条例。我们现在听人家讲话常说第一条如何、第二条又如何。这个条，即是从经学上来的，叫作条例。例，是发凡起例的意思。汉朝人注经有好几种体例，一叫章句、一叫训诂、一叫条例。章句是根据经文逐字逐句阐述。条例是归纳书中谈到的问题，找出原理原则。经典本身是有条理的，比如"孔子作《春秋》，而乱臣贼子惧"。惧什么？惧其书法。书法，指书写的方法。孔子记事，褒贬即在其书法中。故我们读书时，就要揣想：孔子为什么这样写？例如"郑伯克段于鄢"。"克"是"克敌制胜"的克。郑伯和段是两兄弟，竟用"克敌制胜"的克，岂不表示不把他们当兄弟了吗？可是明明是兄弟，却成了敌人，这岂不是又表示他们在道德上是有问题的吗？一个"克"

字就有这许多道理可说，其他如攻、伐、讨、战等，每个字词都不一样，都应深究，所以说"属辞比事，《春秋》之教也"。

怎么能够了解《春秋》里面的微言大义，如何通过文字进行褒贬呢？经过整理后知道，所谓凡例，凡是什么样子的时候，它代表什么意思，这叫凡；例，是例如。条，形成一条规则。后来条例讲得很复杂，杜预专门写过《春秋条例》，认为例有周公旧例、有孔子新例等等。这些都是研究怎么遣词用字的规则，这些规则就是我们后来所谓文法的"法"。

《春秋》的书法就是从以下这些条例上看。《隋志》所收有汉严彭祖《春秋五十凡义疏》二卷、晋杜预《春秋释例》十五卷、晋刘寔《春秋条例》十一卷、晋方范《春秋经例》十二卷、齐杜乾光《春秋释例引序》一卷、梁吴略《春秋经传说例疑隐》一卷及《春秋左氏传条例》二十五卷及《春秋义例》十卷及《春秋左传例苑》十九卷、梁沈宏《春秋文苑》六卷等。公羊、谷梁专门之学则有刁氏《春秋公羊例序》五卷、何休《春秋公羊谥例》一卷、范宁《春秋谷梁传例》一卷等。

后来我们讲文章的文法或者诗法，也是这样看。回想一下文学批评史，从六朝到唐代，有大量的诗格、诗例，六朝唐代人讲诗法的书就叫诗格，格就是格法的意思。诗格、诗例这个名称是从经学上来的，方法也是从经学上来的。我们中国第一本文话是陈骙的《文则》，全部模仿经书的条例，举的例子也都是经学的例子。所以《春秋》的书法、条例，提供给我们后来人论文无穷的启发，这就叫作"属辞比事，春秋教也"。

经学对文学可以有什么样的作用呢？

一是从文章的源头上来看，文学应回归本源，重新出发。

二是从讨论经学的方法中，寻找到建立文学的方法，这叫作条例之学。刘勰自己就说现在的文坛太混乱，"自非圆鉴区域，大判条例"，没有办法找到一个方向。刘勰所谈的文术，就是从经学条例中发展出来的。

三是以经典作为文学的材料，这属于对经典的改造。不把经典和文学看成两回事，经学里的文字本身也可以拿来作为文学的材料。这是魏晋以后编类书的做法。类书的编辑功能主要是文学的，让写文章的人有丰富的辞藻、典故可以用。类书中本来收集的材料大部分是艺文性的，但是专门编入四书五经文字，让写文章的人便于采集的也很多，像蔡清的《四书蒙引》、陈许廷的《春秋左传典略》，或者江永的《四书典林》，都是模仿唐朝《北堂书钞》，让写文章的人从经书上得到更多的材料，让文学与经学可以得到更多的结合。

四是从经学中不仅是得材料，而是从经典里面找到它本身就有的漂亮字句，这些字句本身就可以拿来用。这类似于经书中做诗词的摘句批评。中国人评论诗词有一种摘句批评，就是整首诗只选择一两句来赞赏，例如谢灵运的诗，我们常常只记得一句"池塘生春草"，这句好像就代表了谢灵运。"天然去雕饰"，李白评论谢灵运的这句话可能只是就这一句诗来说的。或者如李白评论谢朓说"解道澄江净如练，令人长忆谢玄晖"，指的就是谢朓那一句。甚至于有人拿诗集给别人看，看了之后，问怎么样，人家说只有一句"枫落吴江冷"还不错，其余的可以丢掉入水中，这就叫摘句批评。这种批评方式，后来发展为句图，也叫摘句图。读经典时，古人亦常有此法，如苏易简的《文选双字类要》，胡元质的《左氏摘奇》、《西汉字类》都是这样，把经书中比较古雅或辞藻较美的句子摘出来便于写文章的人使用。

处理规模更大的，就不是一句两句，而是整本书。像徐晋卿写过《春秋左传类对赋》。《左传》总括鲁国十二公的故事，一共两百五十多年的历史。里面人物复杂，事件很多，不便记忆。但其中人物跟事迹，有些是可以两两相对的，于是他全部用对仗写成赋。这赋本身是一篇文章，通过这文章就可以了解很多事迹、人物之间的关系。凡一百五十多韵，共一万五千多字，既可以给学童诵读，也可以看成是用文学体裁来改写《左传》的浓缩本。

后来的《四书典略》、《诗传蒙求分韵》等等这些书大概都是这样。把原先用于集字集联的方法扩展到经典上，即从经典中摘出句子再重新组织成一篇文章，很像集句诗。古人集诗功夫很厉害，甚至后来有人出词集，整本词集每个句子都是集古人的。他们跟这种做法类似。

还有一种是连珠体，也是把经书中的东西用连珠体来改写，例如北大俞平伯先生的曾祖父俞樾，就曾做过五六十篇，把经典的东西用连珠体来重写，以教子弟。这些方法大概都是用文学的方式改写或者处理经典，让经典更具有文学性。

五是以文说经，以文学的角度来解读经典。譬如《孟子》，现在打开文学史书，在讲先秦的时候，总会有很多篇幅讲先秦诸子的散文，其中一大重点就是《孟子》、《庄子》。读时确实可感受到《孟子》的滔滔雄辩，文章波澜起伏、开合跌宕，文采很好；《庄子》则汪洋恣肆，变化万端。他们的文学性确实很值得我们效仿，感觉先秦散文确实很重要。可是你不妨仔细想想：先秦诸子的散文到底是它本身写得好，本身就是一部文学作品，还是被我们读出来的？

这有点像苏东坡曾经问过的一个问题：我们弹琴的时候，琴声是在弦上吗？可是琴挂在那里，弦分明没有声音。琴声是在指头上吗？指头平常也没有声音呀。是的，只有当指头拨在琴弦上，声音才会出来。琴声在哪里？既不在琴弦上，也不在指头上。

我们刚才讲的例子也是如此。孟子的文章如此之好，但是回头看一下，人们什么时候才开始注意到孟子的文章呢？汉代《孟子》曾经列为国子学，设博士。汉人读《孟子》，有谁谈过孟子的文章吗？六朝有谁欣赏过吗？汉魏六朝，乃至唐代前期，有人谈到庄子的文章如何之好吗？什么时候才有人谈到写文章应该学孟子、学庄子？要到韩愈、柳宗元以后，甚或宋明以后，孟子、庄子的文章之美才被大力阐扬。

目前可以看到明代的戴君恩《绘孟》十四卷，是从文学角度来评论《孟子》的。其体例学自另一本宋人的书，即东坡之父苏洵的《苏老泉批点孟子》。后人考证都不相信这部书是苏洵作的，认为是伪书。不过，伪造为什么不假托别人，比如李白呢？因为说李白评点《孟子》是不可能的，那时没有人会注意到孟子的文章。孟子的文章是宋代以后才被大家广泛认可的。所以我们将它推源到苏洵，也没有大错。

过去的读法是义理的，正因为从义理上看，所以六朝时期没有人把《孟子》当作文学。昭明太子编《文选》，讲得非常清楚：《老子》、《孟子》、《庄子》等等都是"以立意为宗，不以能文为本"，不是写文章，只是表达思想。这跟宋代以后从文学角度去了解它，完全是两回事。

说《孟子》文章很精妙，在苏洵之前，很少人这样看。苏洵之后，显然就有很多了，包括金圣叹就写过《释孟子》。金圣叹怎么评《孟子》，可想而知。一直到民国，还有一位桐城派大家吴汝纶的儿子吴闿生，评点过一本书叫《孟子文法读本》。其文法不是现在所谓的文法。现在所讲的文法是《马氏文通》的概念，指语法。他所讲的则是《孟子》的写作方法。

《孟子》、《庄子》是这样，《诗经》也是如此。没有人否认后来诗的源头是《诗经》，但是《诗经》这本书在宋代以前到底有多少人是从文学角度来看它的呢？我们认为《诗经》基本上也是"以立意为宗，不以能文为本"。

我们现在讲一段话，同样的道理同样的话，两个人来讲却是不一样的。一是说什么，一是怎么说。怎么说才是文学的，不是说什么。说什么不重要。会说就是修辞，是叙事本领和修辞的功夫。文学要谈的就是这个。文学性的读法，是说这首诗为什么这样讲起，中间部分怎么处理等等。

《诗经》是经过一种文学性的解读之后，才变成了文学典籍。这种文学的典籍，到了朱熹、吕祖谦、严粲的书里面，才被不断提起。这是《诗经》，接下来是《左传》。

《左传》是一部史书，也是讲史例、讲方法的，把它看作是圣人要表达褒贬的这样一部书，对于《左传》如何叙事、叙事的方法等方面则很少阐释。到了韩愈，才谈"《春秋》谨严，《左氏》浮夸"。《左氏》里面叙事的部分有很多是夸张的，夸张本身是文学叙事的方法之一，就是刘勰《文心雕龙》讲的夸饰。到了宋代，出现了欧阳修的一本《左氏节文》，这本书也不是欧阳修写的，是别人伪托的。伪托也有道理，因为到宋代以后，《左传》慢慢变成了文章写作的典范，目前最流行的一部选本《古文观止》，打开第一篇就是《郑伯克段于鄢》，前面几乎全部都是《左传》的文章。《古文观止》以前就是这样，从真德秀的《文章正宗》开始，收了很多《左传》的文章。《左传》是编年体，不是一篇一篇文章。比如《郑伯克段于鄢》，其实并没有这篇文章，编年体像一个长卷，我们把它切一段下来，给它一个标题，说这一篇叫作《郑伯克段于鄢》，然后讲如何破题，中间怎样呼应，总而言之，这是一篇文章，文章应该这样写。这其实原本不是一篇文章，是从《左传》的整个叙事里面，摘选个段落出来，成了一篇文章，最后收入各种文集里面去，成为了文章最高的典范，这叫作文学性的解读。就是用文学性的方法去阅读经典，开发出它的文学性质。

有人认为那是因为《左传》本来就有文学性。其实每本书都是这样。《左传》是这样，《公羊传》、《谷梁传》也是这样，《礼记》的《檀弓》篇也被选到文选里，把它们的文学性读出来。后来将这种方法扩展到诸子，如《韩非子》、《管子》、《荀子》等等。连墨子这么讨厌写文章的人，肯定不会想到后人也将他的文章视为文章的典范。这便是以文学性的方法来阅读经典，从真德秀发展下来，一直到林纾都是这样，建构成一个新的文学传统。

复古是强有力的革新力量

最后谈一个问题。像刘勰、苏绰、韩愈、欧阳修等人，他们在文学上强调文学与经学重新结合，用一句话来表述他们的做法，他们是不是复古呢？

凡是有这些主张的人，他们的倾向、基本主张就是复古。刚才我们描述了文学史的动态，从文学和经学分开之后，就一直在寻求重新结合，所以不断出现复古的思潮，复古就是回到没有分的阶段。复古思潮可以说贯穿了整个中国文学史的脉络。

现代人谈到复古，几乎都要大骂一通。但是我们要知道，所有复古的人，他们的目的当然都是为了要创新，不革新为什么要复古呢？刘勰、苏绰、韩愈等人，他们之所以谈文章与经学重新结合，追复古道，为什么？因为是对当代的文风不满。所以，复古论并不是像我们过去以为的那样，是迂腐的。相反，复古是对当代有批判力的。它一定是批判当代，提出新的标准，想纠正当代。因此，复古反而是强有力的当代文风的革新力量，即通过复古而达到革新的目的与功能。

　　此外，在中国凡是讲复古的人，大体倾向都是希望文学与经学重新合一的。这是中国文学和经学复杂的动态关系。这个动态关系希望能提供一个线索，也可以结合我的《六经皆文》一书及其他资料慢慢看，看出更多的风景。

第五讲　文学与史学

先秦时期是文史一体

现代人常笑话一些学者，说某些人写的是小说而不是历史。因为我们认为历史是真实的，小说是虚构的，所以若说史家写史竟成了小说，那可就是极大的羞耻了。

确实，对历史真实性的信仰，正是近代史学的特征。现代人研究历史的目的，就是要重建、重新体会和了解过去发生的事迹——过去这段事迹虽然消失，但是根据史料、访谈等，利用各种各样考证的方法，仍可以让现代人了解当初到底发生了什么事。

这种现代的历史观，在中西方都很晚才出现。在中国，认为历史是真实的，历史的书写需要附带考证、辨析不同记载的异同，大概要到宋代以后才真正成为史学传统。司马光在《资治通鉴》之后就加上了《考异》。而西方则是要到十八世纪以后。在十八世纪以前，西方其实也可以说是没有史学。我们现在所讲的西方的史学，都是后来推源溯本"建构"而成的。

历史学，在现代学术史上亦曾是有重大争论的学科。因为历史所研究的都是已消失的东西，已经消失的东西怎么能研究呢？

我在台湾曾创办过一个学科，叫未来学。办佛光大学时，开办了台湾第一家未来学研究所。当时很多人怀疑：未来还没有发生呢，怎么研究？不是跟算命差不多吗？历史学初立为一个学科时，在西方就碰到过同样的质疑。因为历史学所要讨论的是消失的东西，它与未来还没有发生的事一样，看来都是不能研究的。正是因为面临这种质疑，史学界才开始大谈史学方法，想尽各种方法把消失的东西重建出来，让人觉得过去好像真就是这样的。这是西方十九世纪以来史学上的重要发展，史学也因此才从一种不受承认的学问，逐渐被承认是一个由明确方法得出来可信知识的学科。

但也正因为如此，近代人的史学观和文学观是分开的：史学强调真实，文学则重夸饰和虚构。用这样的观念来看中国古代的史书，却又甚不相应，必然会产生各种误解。例如孔子早就说，"文胜质则史"，意谓写作时文采太甚，超过事物的实情，就近乎写史了。这岂不是说史书向来就多夸饰、史的特征就是"文胜"吗？我们现在觉得夸张是文学的特征而不是史学的，跟孔子所说恰好相反。

历史写作本来就多夸饰、以文采见长。这个道理，在现代史学中是被嗤之以鼻或激烈反对的。但风水轮流转，后现代史学界对此却大有会心，因此有怀特等人申明：历史本来就只是写出来的故事；没有被书写出来的，都已经不可知了。历史存在在哪里？不存在于在赤壁真正打的那一仗，而是存在于对赤壁的书写。所以，历史的本质即是文学。

后现代史学家所谈，是要瓦解十九、二十世纪所讲的去除主观以逼近客观的科学史学、实证史学。事实上，客观与主观的界线又在哪里呢？作为判断标准的当时所发生的事件业已消失，故我们判断真假，常只是看书写是否合情合理罢了。我们相信的"真"，是文字上给我们的"真"，而不是事实是否为"真"。因为事件之真实不可知。

虽然受过二十世纪史学训练的人会对以上所述不以为然，但可能这才是真理：历史是写下来的故事，故其本质上即是文学，其写作手法也是文学的，里面充满了各种夸饰、想象和虚构。

虚构与夸饰的例子，一点也不罕见。例如纪晓岚曾经追问过几个故事，其中之一是《左传》所记赵盾之事。此事，后人曾作《赵氏孤儿》杂剧，乃最早介绍到欧洲的戏曲，在西方影响极大，现在也还常被拍成电影、电视剧等。

在《赵氏孤儿》所述故事之前，还有这么件事：屠岸贾派人去杀赵盾。刺客四更天翻墙进去，没想到赵盾已经起床了，穿戴整齐准备上朝。不过由于太早，还没到出门的时刻，所以坐在客厅上打盹。刺客很受感动，心想他忠公体国，是个好官，杀了他，对国家不利。可是，不杀他，自己又无法回去复命，也对不起主人。刺客左思右想，最后只好一头撞死在庭院前的槐树下。

这个故事本身很动人，而且它揭示了一个伦理学上的难题，亦即"道德理分的冲突"。什么叫道德理分的冲突？我们在谈道德，例如忠孝、仁爱、信义、和平时，可以头头是道，有条不紊。但在实际的道德实践上，却会碰到理分上的冲突。所谓"分"就是指现在的分际、身份、位置。人是有限的，道理是普遍的，人不可能同时实践一切道德，常会有"忠孝不能两全"的时候。又如孔子说管仲不忠信，可是他的不忠信，比某些忠信的人更了不起。我们都知道这并不是在否定忠信的原则，但是人在什么时候应该忠信，什么时候又可不忠信呢？很多地方都存在这类问题。后人，如吕祖谦《东莱博议》等书里，经常就这一类的问题深入讨论：人如何在道德实践中具体处理道德理分的冲突。以上所讲这个故事就是好材料。

但纪晓岚说，这故事明显是捏造的：刺客窜进去时没有人看见，赵盾又在打瞌睡，那么他临终被我们视为道德伦理教材的那一段心灵解剖，又有谁目视耳闻？

类似的情况，史书中不可胜数。试问：楚霸王垓下被围、四面楚歌，叹息"时不利兮骓不逝，虞兮虞兮奈若何"以后，虞美人是自刎的。接着项羽带了二十八骑冲出重围，最后也在乌江自刎了。那么这一段哀伤缠绵的英雄美人事迹，转化为我们至今仍在上演的"霸王别姬"剧情，又有谁得而录之？

细读《项羽本纪》，几乎每一个细节都是这样的。韩信来使请封为假齐王，刘邦大骂。张良踩他的脚，又附耳劝他，刘邦才改口说封假齐王干什么，要封就封为真齐王。故事很精彩，但难道使者是呆子，看不到前面的那一段吗？这种叙述，分明是一种舞台效果，是利用类似舞台时间切割的处理方法来写的。史书的写作，靠的就是诸如此类想象与写作技巧，才能将有限的材料组织起来。

并不是《左传》、《史记》才如此浮夸，古史本来就是这样。像《春秋事语》讲褒姒的由来，说被灭掉的古代褒族的祖先化为两条龙见于王庭，后来又如何而有了美人褒姒。所以褒人被灭亡后的报复就应在了这个女人身上。寒浞背叛后羿的种种，故事也非常复杂。《文心雕龙》讨论《楚辞》，说它有合于也有不合于六经之处，里面就专门讨论了各种有关后羿的记载，整个故事跟小说似的。

而像《竹书纪年》这类的书就更奇特了：里面记载皇帝登仙、苗人将亡、天雨雪、青龙生于庙、九尾狐、十日并出等等。我们现在所讲的尧舜禅让，是道德上的典范。可是根据《竹书纪年》的记载却不是这样的。李白有首诗叫《远别离》，说：

> 远别离，古有皇、英之二女，乃在洞庭之南，潇湘之浦。海水直下万里深，谁人不言此离苦。日惨惨兮云冥冥，猩猩啼烟兮鬼啸雨。我纵言之将何补。皇穹窃恐不照余之忠诚，雷凭凭兮欲吼怒。尧、舜当之亦禅禹。君失臣兮龙为鱼，权归臣兮鼠变虎。或云尧幽囚，舜野死，九疑联绵皆相似，重瞳孤坟竟何是。帝子泣兮绿云间，随风波兮去无还。恸哭兮远望，见苍梧之深山。苍梧山崩湘水绝，竹上之泪乃可灭。

舜死了，不知道葬在哪里，"九疑联绵皆相似"。而舜是怎么死的呢？"舜野死"，不能寿终正寝，死在湖南九疑山附近的荒郊野外。尧呢？"尧幽囚"。尧是被软禁的，舜是被流放的。他用的就是《竹书纪年》的讲法，把古代圣王都讲成攻伐斗争之士。

这就是古代的史书。我们或许会说这些只是野史，但是什么是野史，什么又是正史呢？正史野史之分要到六朝才出现，那时才有"国史"的观念。早期的历史叙述里本来就混杂着各种这一类的记载。所以孔子才会说"文胜质则史"，历史本来跟文学的关系就很紧密。

汉魏之际文、史之分

不过，孔子并不赞成这样。所以孔子以后，史学与文学的关系开始被拉开。当时史述文采太盛，孔子认为要节制一下，故说要"文质彬彬"，又说"吾犹及史之阙文也"。凡不知道、没材料，或不能确信之处，就应该空下来，"阙文"，不要自己瞎编。这种"阙文"的态度也表现在《春秋》上。王安石曾经批评《春秋》是"断烂朝报"，说它有点像我们现在的报纸，不过往往只有一个标题而没有内文，连标题有时还不太完整；有些时日又没有记录；有些事迹也很简略。《春秋》行文如此，恐怕与孔子的史学书写观念相关，韩愈不是说了吗："《春秋》谨严。"

孔子之后，历史的书写讲究直笔，不虚饰，不增美。到了汉代，这种发展越来越明确，首先体现在史部独立于经部的过程中。史部本来附于《春秋》类中，慢慢附庸蔚成为大国，独立成为史部。南北朝期间，史部越来越庞大。

南朝宋时的王俭《七志》里的经典志，还包括了《史记》。但是到了梁时，阮孝绪作《七录》时，经典录跟记传录就已经分开了——所谓记传类，包括了国史部、注历部、旧事部、职官部、仪典部、法制部、伪史部、杂传部、鬼神部、土地部、谱状部、簿录部（释道宣《广弘明集》卷三）。后来我们列为史部的书，放在阮孝绪的《七录》里面就是记传录。

在四部分类法的传统里，晋朝时，荀勖在《中经新簿》中就已经将典籍分为甲乙丙丁了。不过，当时的甲部是六艺、小学等书，乙部是古代的诸子、近世子家、兵书、兵家、术数，丙部是史记、旧事等，丁部是诗赋等。也就是说，当时所分甲乙丙丁，史部是分放在丙部，而不是放在乙部的。李充的《晋元帝四部书目》才开始把《史记》定乙部（钱大昕《元史艺文志》序）。《隋书·经籍志》延续这个分法，分为经、史、子、集。我们现在讲的经、史、子、集四部分类，史部是乙部，即是在这时期确定的。

这充分说明了六朝时期是中国史学大发展的时期。《隋志》所收，凡八七四部，一六五五八卷，于四部中为独大。史书非常多，正史、古史、霸史等等不一而足。所谓国史著作（即写一个国家或者朝代的历史）在魏晋南北朝期间就多达一百种。光是写《晋书》的就有二十几家。至于那些作起居注、故史、杂史类的，大概有一百二十多种。整个史部在六朝期间非常兴盛。之前提到的刘宋时期成立的艺术、玄学、史学、文学四学，我们可以看成是文史正式分开的标志。除了这些史之外，我们现在讲小说史时所谓的六朝志人小说，如《世说新语》、《高僧传》、《高士传》等，都应该算是史部的旁支。

从孔子反对"文胜"开始，慢慢强调实录，最后与经学分开，成为史部。这个过程，也同时是史学与文学分开的过程。但是此后文学与史学的关系，仍然有很多争论。

第一个可谈的例子，就是唐朝的刘知几。他是武则天时期人，曾被安排到史馆里去修史，但是并不满意：他的史学观念与当时风气颇有冲突。中国好讲史学，但是专门讲史学理论的书极少。刘知几的《史通》就类似于中文系所讲的《文心雕龙》，是早期史学理论中体系最完整的书，是专门讨论史书该怎么写的书。而里面最重要的观点就是强调文学跟史学应进一步分开。

六朝时期文史虽然已分，但是"文胜质则史"——历史写作的本质既是文学，当然也就很难要求它不要写成文学作品。我们近代的史学只是考证史学，他们可以轻易跟文学分开的一个关键点，就在于现代史学家都不能写史。他们只考史、论史，而不写史，不会写，也不能写。可是中国传统史学向来与史书写作是结合起来的。"史"这个字，就是书写的意思，拿着笔写东西。这大概是解"史"字中最简单的解法。民国初年，各家释"史"是一个大题目，就跟解释"儒"一样，几十家讨论，越讲越玄。

史既然是书写的，就当然会碰到有没有文采的问题。太质朴了，"质胜文则野"，则"言之不文,行之不远"，写出来的东西没人看。太精彩了，又让人怀疑那是真的吗，因此历史写作与文学的关系向来纠缠不清。

汉孝宣帝时，萧望之、梁丘贺，以儒术进；刘向、王褒以文章显。刘向是个史学家，却被称赞以文章显。班固《汉书·公孙弘传》中记载，武帝时候"汉之得人,于兹为盛,儒雅则公孙弘、董仲舒、倪宽,笃行则石建、石庆,质直则汲黯、卜式,推贤则韩安国、郑当时……文章则司马迁、相如"。司马迁也与司马相如相提并论，被推为文章家的代表。后人认为《史记》《汉书》《后汉书》《三国志》四史是"二十五史"里最好的，只因为它们史事考证明确，记录不讹？不是！在史实方面纠正它们的人很多，《史记志疑》、《汉书辨疑》这类考证的书不胜枚举。它们的重要，恰好就在于"文辞可观"。

《史记》不仅文采斐然,更重要的,还是它对文人的态度。譬如屈原。屈原本来是名不见经传的人，在所有先秦文献里，都没有任何人谈到过他。我们现在所知道的屈原生平,是后人逐渐考证出来的。那些考证，分别看似乎都很有道理，合起来看却矛盾重重。根据他们的考证，屈原的生平大概有五十几种。我并不是要否定有屈原这个人，而是要提醒大家，对于一个在先秦名不见经传的人，司马迁会用无限同情与崇敬的心情去写他的传，只不过是表达了他阅读了《天问》、《离骚》的那种感动而已。这样动情的文章，在《史记》的列传里亦不多见。

如果屈原是因其特殊身世让司马迁有这样的感受——他本人也是忠而见谤，那我们还可以看看他如何评价司马相如。司马相如一生没有什么功业，行为又有颇多可议之处。他情挑卓文君，不但是想得到美人，更可能还看上了她家的财富。后来又靠一位狗监晋身成为武帝的文学侍从之臣，被皇帝"俳优蓄之"，与杂耍、唱曲子，即皇帝身边要嘴皮子、开玩笑逗趣的人差不多。生平不过如此，但是在《史记》中，司马迁几乎把司马相如所有重要的文章都抄进去了：《子虚赋》、《上林赋》、《大人赋》、《哀秦二世赋》、《上书谏猎》、《谕巴蜀檄》、《难蜀父老》、《封禅文》等等。这些文章都很长，所以通篇多达九千多字，比《项羽本纪》都长，是整个《史记》中最长的一篇。

要知道，史书篇幅有限，什么人进《列传》、什么人的《传》该长、什么人的《传》该短，都是很讲究的。

如汉武帝的大臣桑弘羊，权倾一时，武帝的很多政策是靠桑弘羊来推行的，因此也积怨很多。有一次，天大旱，武帝求雨，有人就说不必了，把桑弘羊丢进锅里烹了，天自然就会下雨。当时这么重要的一个人，《史记》里却是没有传的，可是对司马相如这样一个小人物，却写那么长。整个《司马相如传》所记事迹亦甚简，重点只在于抄录这些文章。此举岂不具体说明了什么叫"文章者，不朽之盛事"？一个会写文章的人，在史书要比当时权倾一时的大臣更重要。

《史记》重视文学价值的不止这一篇，还有像《李斯传》收了李斯的《谏逐客书》、《论督责书》，《乐毅传》录了《报燕惠王书》；《贾谊传》没有收贾谊论政的《论积贮疏》、《治安策》，却录了《吊屈原赋》、《鸟赋》。李商隐（字义山）诗曾云："可怜夜半虚前席，不问苍生问鬼神。"贾谊当时其实是有治国平天下的手段与主张的。若从经世、社会政治的角度来讲，《治安策》《论积贮疏》这些文章当然远比《鸟赋》更重要。可是《史记》没有选，却选择了后者，选择的标准当是文章本身的文学性，使贾谊看起来更像是文人而非政治家。

再如《邹阳鲁仲连传》收了鲁仲连的《遗燕将书》、邹阳的《狱中上梁王书》。明朝茅坤曾评论说，邹阳本不足传，太史公只不过是因为特别喜欢他那几篇文章，所以采入为《传》。

这完全说明了太史公的编撰态度。人本身没有什么可说的，但是

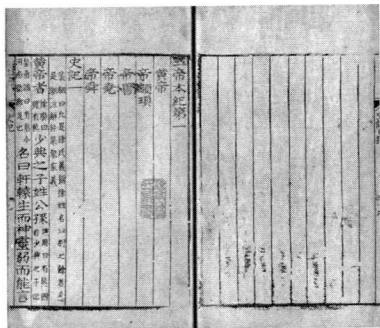
《史记》(明版)

这些文章不错，所以实际上是因文而把人列了《传》。太史公《自序》自己亦说过"三子之王，文辞可观"，因此才作了《三王世家》。《三王世家》结尾这样道："燕齐之事，无足采者。然封立三王，天子恭让，群臣守义，文辞烂然，甚可观也，是以附之世家。"因为文章太好了，所以把他们的事迹附在世家里面。司马迁的态度，正是因文而立传。

班固也是如此。班固自己就是个了不起的文学家。他也写《邹阳传》，但是邹阳本身的事迹不太多，单独收一篇文章有点单调，所以又补收了《上吴王书》。同时又作了《东方朔传》，收了《答客难》、《非有先生论》。另外，在《扬雄传》里把扬雄的主要文章《反离骚》、《甘泉赋》、《河东赋》、《校猎赋》、《长杨赋》、《解嘲》、《解难》等全部抄进去，使得《扬雄传》成为《汉书》当中最长的一篇，比《司马相如传》还要长，竟有一万两千多字。

这些重要的史学著作，本身就文采动人；写史的人对于文学作品的敏感与对于文人的态度，更充分影响到了历史的书写。所以史部虽然独立，但是仔细勘察，《史记》以下，史书跟文学的关系仍然是非常紧密的。汉代如此，更不用论说六朝了，六朝本就是文采大盛的时代。

刘知几的重要性是分开文、史

刘知几的重要性也就在此。他对文学与历史紧密结合的做法十分不满。他说，六朝时的史书"非复史书，更成文集"；而且更讨厌的是，叙述方式运用了很多类似小说的手法,"似小说家言"。六朝的史书写作,比汉人更讲究文采,记录的很多事迹又类似《竹书纪年》,多有夸饰和小故事。写这些小故事本是古代史书的传统,韩愈就说过"《春秋》谨严,左氏浮夸"。《左传》就有很多小故事,如讲赵公明之鬼,或晋公出殡时棺材抬不动,里面发出牛鸣之类。所以古人说"左氏之失也巫"——《左传》的缺点是涉于神怪,太过于夸张怪诞。

对于这样的风气,刘知几的《史通》明确反对,主张文史分开。分开的方法有几种:

第一,反对《史记》以来传记中大量收录文学作品的办法,认为这样使得史书有点像文选了。事实上,《史记》、《汉书》确实很像文选。后来我们读的名文,基本上都是从史书里选的。《史记》、《汉书》以下,史书一直保留了这个传统。刘知几最反对这种风尚。

但是后代也没有什么人听他的。实际上,刘知几《史通》的接受史也很有趣,跟《文心雕龙》可相比观。刘知几所谈史法和史例,乃至史学理论,大家都是很推崇的,他的地位很高;但实际写作时,聆听照做的人却很少。他反对史书收录文章,后人几乎没有谁遵循。

仅有另作折中之语者,为章学诚。章学诚不是现在大家所说的史学家,他的书叫作《文史通义》,是一本文史学著作,想要文史通贯,不只是史学而已,特别不是考证性的史学。所以《文史通义》谈古文的文章很多。他认为刘知几的讲法也有道理,讲述一件事情时,大段引文会阻碍叙事,故解决之法就是两者并行。

所以在述史之外,可以另立"文征",把所有文学作品录到"文征"中。也就是把原来收录在史书中的文章独立出来,跟史书并行。一是从文章来看这个时代,一是从事情的发展来看这个时代。这就是刘知几的主张和后来的反响。

第二，史书体例上，刘知几反对正文后面的"论曰"和"赞曰"。"论曰"和"赞曰"完全是文章。事情记录完毕，后面却又附了"太史公曰"，到了班固更变成了论赞，论赞是四言诗。一件事情前面已经讲过了，后面又用韵文总贯起来再述一遍，他觉得实在没必要。

第三，叙述部分应该黜华就实。他认为六朝以来都是"苟炫文采"，他主张的是一种简约朴素的写法。所以《史通》有个《点烦》篇，以古代的史传为例，说明哪部分该删除、该简化等。

但即便如此，他的《史通》本身还是用骈文写的。这是时代的风气，所以他是一个很特别的史学家。当然他也并非孤俦寡匹，唐朝初年已经有这样的议论，之前隋代的王通《文中子》论史也是如此。但此后文史想完全分开，还是没有办法，基本上总是不断地融合的。

文学与史学融合的体现

我们可以从几个方面来考察这种融合现象：

如史书里面的史法史例，后来成为我们文章的写作方法和文例。为何如此？这些例法都是从《春秋》来的，春秋之教，属辞比事，而这一部分即被我们运用在文学创作之中。

再者，我们的正史，主体是什么？是列传！所以史书与文人文集有一个最大的交集即是碑、志、铭、诔、行状和传记。打开文人文集，大多数数量最多的就是上述文体。像《韩愈集》，文章总共才四十卷，碑志就有十二卷，加上行状四卷、哀祭三卷，竟占了一半，远胜其他诸体。而这些作品，也是史官叙传的参考资料。而文人在写这些传记时，根据的也是史家写史传的方法，结果其成品反过来又成为史家撰述时的基本材料，有时更是直接照抄进去的。所以这两大部分基本一致。如潘昂霄《金石例》、黄宗羲《金石要例》等书讲的就是，文人应该如何写墓志铭和碑刻。而这些写作体例，在中国的散文，特别是古文家的写作中，是至为讲究的。古文家为什么说写文章要学司马迁？主要学的，就是史的写法。

还有诗与史的关系。诗的传统是言志。但是孟子讲过"王者之迹熄而《诗》亡，《诗》亡而后《春秋》作"，所以王通说《诗》跟《春秋》同出于史。也就是说《春秋》未作以前，《诗》就是当时的国史，故《诗》与《春秋》同源、同性质。

后来，诗跟史也仍有非常复杂的关系。如班固、左思有咏史诗。咏史，指历史中的人物和事件都是歌咏的素材。到唐代，尤其到了晚唐，又出现像胡曾那样以《咏史诗》名集的，篇幅越来越大，涉及人物、事件、地域等；从一个朝代开国一段一段谈下来，慢慢发展出一种通过诗歌来叙史的方法，像杨慎《二十一史弹词》等，这就是完全在用诗歌来叙史了。不只文人这样做，民间的说唱弹词也大量以诗歌的形式来叙史。这是诗跟史的关系之一种。

以诗歌叙史，与左思等早期的咏史诗有点不太一样：早期的咏史诗是抒情言志。如看到某人咏屈原，我们就知道这个人是因不得志、不遇，才去吊屈原的。像刘长卿《长沙过贾谊宅》一样，哀贾谊以自哀。咏史很重要的就是表达自我；叙述史诗并不如此，往往从开国往下叙述，其写作旨趣就不一样了。不是借人借事来感慨兴叹，而用这样一种方式来叙说史事。因此写作的目的，是外指的，不是内向的；多指向一个外在的时空或当时的事件。所以它的史的成分也就更重。咏史诗在唐朝以前更倾向于诗；晚唐以后则更倾向于史，更体现出了"诗亡然后春秋作"，即诗作为历史的那一种特质。

另外，还有几个特别的人物和现象值得我们注意。

像咏史诗这种外指而不是内在倾向的表述方式，晚唐以后还有些其他题材，如宫词。宫词讲的是宫中女子的事，"白头宫女在，闲坐说玄宗"这一类的。借女人，慨叹经过的安史之乱与过去经历之繁华，像微缩的《红楼梦》，描述一种历史沧桑感。而借女人和老人来说则用得最多，逐渐成了套路。咏怀、吊古，也都是这样的写法。吊古如刘禹锡《石头城》："山围故国周遭在，潮打空城寂寞回。淮水东边旧时月，夜深不过女墙来。"过去富丽堂皇，现在只剩下了"潮打空城寂寞回"；月亮，"夜深还过女墙来"，过去看过繁华，现在目睹衰微。再如李白《越中览古》写当年"越王勾践破吴归"，越王勾践破吴国归来，如此繁盛，"宫女如花满春殿"；但是"只今惟有鹧鸪飞"。这样的写法表达的都是历史的哀感，宫词也是如此。但是，从王建的宫词以后，慢慢就不如此了，逐渐开始写宫中女人，她们的动作、生活，她们生活的情趣成为了诗作的主体。因此诗作变成外指的了。这些宫词一作就是五十首、一百首，就如同胡曾的咏史诗一样，成为叙史与记事。

　　除了咏史、宫词以外，这种叙史、记事之诗，还值得注意的是竹枝词。早期竹枝词主要讲情感，如刘禹锡到了长江中游，即巴蜀、武汉之间，觉得这些地方风俗有趣，因此采风而模仿巴渝歌唱作了竹枝词。那都是些"东边日出西边雨，道是无晴却有晴"之类，有些像吴歌西曲发展下来的男女情爱之辞，不过可以从中看出当地的风俗罢了。后期的竹枝词则完全不一样，重点不在男女的情思，而在于借竹枝词来叙风土。

　　所以从宋代之后，竹枝词就有各种各样的变形。一个诗人跑到一个地方去玩，觉得风俗很特别，就会作竹枝词。比如新疆竹枝词、真州竹枝词、海南竹枝词等等。清朝朱彝尊《鸳鸯湖棹歌》也属竹枝词。它们都很长，一作大概就是一二百首。

　　本来这种风土诗是在唐代中期以后慢慢开始兴起的。早期文人都是贵族，基本上游历于政治中枢一带，后来才开始出来游历。早期出游只是散心式的，作的是山水诗；后来或是因贬谪，或是游幕，所行之处也更为广阔。贬到偏远的地区也就开始出现了对偏远地方的描写，《永州八记》即是这一类型的。

当然也有些是被贬谪之后心怀不甘，又没心情体会地方风土民情的，像白居易被贬到九江，"浔阳江头夜送客，枫叶荻花秋瑟瑟"这样的《琵琶行》，是一首悲伤的诗。听见琵琶女弹琵琶而感慨万千，"座中泣下谁最多？江州司马青衫湿"。哭的关键，其实不是这个女人的琵琶弹得有多好，而是对比：所贬之九江，"浔阳地僻无音乐"。一个地方怎么会连音乐都没有呢？"岂无山歌与村笛"？但终究"呕哑嘲哳难为听"，故闻得琵琶音而泪下矣。

文人游幕，则是因在京城为官不得意，就选择给一个大官做幕僚，到各地去任职，以致有了些地方风土民俗的记录。

这些风土记，从六朝就有了。当时北方人因永嘉之乱而南下，到了南方，看到南方的风土民情甚感奇异，就作有《荆楚岁时记》、《南方草木状》等等。这些风土记，后来又在诗文方面慢慢拓展开来。文人的流寓——包括贬谪、游幕，以及短期派任到某地做官，扩大了他们的生活面，此类作品越来越多。

像李商隐，在京城做官不得意，就跟着郑亚、柳仲郢等人，到广西、四川等地做事，因而留下了"巴山夜雨涨秋池"等写四川的诗。宋以后，此风越来越盛。如陆放翁，跟着朋友范成大到四川为官，因此才有"此身合是诗人未？细雨骑驴入剑门"(陆游《剑门道中遇微雨》)这样的诗。他作有《入蜀记》，范成大则有《吴船录》。这些风土记的文章都非常好，但你通常不会在中国图书分类的文类里找到它，它们都放在史部的传记类。也就是说，文学作品，其实有不少是被归到史部里的。

同样，作为风土文字中的一支，竹枝词从原先讲男女情思转移到讲风土、讲祭祀、讲社会的各种情状，是研究中国社会民俗、地方民情非常好的材料，因此它既是文学的，又是社会史的。

这样的作品后来越来越多。如宋朝开始的《西湖百咏》，《四库全书》载其目有一百。《嘉禾百咏》则是写嘉禾地区的，也是一百首。这种写法，它的源头是一本奇书，叫《洛阳伽蓝记》。

《洛阳伽蓝记》借佛塔、寺庙来讲历史社会。因北魏兴盛时，佛教亦大盛，寺塔很多，伽蓝精美，无与伦比。等到尔朱荣之乱以后，竟成一片废墟。作者记录了寺塔的兴衰，也就同时写下了洛阳的盛衰，哀感溢于言表。

唐朝段成式曾仿它另写了一本《寺塔记》。不过《洛阳伽蓝记》是散体，《寺塔记》里则录有诗篇。它讲当年大家在长安一起玩赏，曾经去过哪些寺塔，乱后这些寺院都不见了，盛衰之感同样动人。

后来从这里又发展出很多写法。例如针对每个地方写一首诗，每首诗后面再附上对当时史事的说明与考证。诗跟文章、史事开始结合起来。以诗为主，以事迹考证当注解。这是后来竹枝词常见的写法，也被称为"杂事诗"。作品极多，清朝厉鹗、钱载、万光泰、汪孟鋗等人，都写过这一类东西。黄遵宪到日本去以后，还写了《日本杂事诗》，又作了一本《日本国志》，与之相辅。章学诚说编方志要另外编一本文征，黄遵宪就是既作了史志，又写了杂事诗。又如藏书，中国并没有图书文献史，要了解中国印刷、刊刻、藏书、文献集散的历史，读的就只能是《藏书纪事诗》。好多人写过《藏书纪事诗》，还有专就江浙、广东写的，集起来就是一部中国图书文献发展史。诗即史也。

这其中还有一部规模最大的诗集，是雍正元年西湖间的诗人约在了一起，写成了《南宋杂事诗》七卷。作者是厉鹗等七人，一人写一百首，合起来共七百首。详细记述了南宋一百五十年的事迹；空间则以杭州为中心，记录相关史事。南宋史是很复杂的，因最后亡国很惨。临安城被攻下后，端宗皇帝逃走，从浙江逃到福建、广州，端宗在路上不断惊、病，最后死去。宋元最后决战于崖山（今深圳珠海之间）。宋军在海上结了一个城堡，与元军决战，最终还是不幸失败，据说海上浮尸几十万人。整个朝廷灭亡，所有的文献也都没有了。特别是南宋最后几位皇帝的纪年、事迹等等都不完整。我们现在读元朝人编的《宋史》，又特别芜乱，是"二十五史"里比较差的一部。所以读《宋史》很难，做宋史研究也比做其他朝代史困难，特别宋末这一段。我通常会先读《南宋杂事诗》，因为里面有诗，一段段史事又几乎含括了南宋所有事迹，读起来提纲挈领，文学感又很好。这些作者都是史学家，对南宋史很有研究，因此其诗与注对理解《宋史》非常有益。

另外，研究南宋史必读的就是文天祥的《集杜诗》。这是很特别的一组诗。集诗是王安石开始做的文字游戏，把诗从古人的原作中摘出来，重新组织，百衲成衣，集腋成裘。这本来是一种文字的技术功夫，后来则越做越多，文天祥所作尤具特色。他集杜，集了两百首，用来叙个人之史，讲自我的生平与遭遇。而他的个人史跟国家史又是结合的。所以黄宗羲就讲过：景炎、祥兴诸朝的历史，没有文天祥《集杜诗》、汪元亮的诗，就根本无法了解（《万履安先生诗序》）。在没有史书时，如宋朝将亡的时候，没有历史记录，靠的恰好就只能是文天祥、谢皋羽、郑所南等一类文人的诗歌来说明当时的历史。

诗，在这里完全发挥了历史功能，是诗史含义的极致表现。

因此，一部分史体与文体是完全叠合的，就像是纪传；一部分就是文学作品，无论是写风土，还是集杜，它的功能就是记录一代史事，而本身又是不折不扣的文学。如果我们现在讲文学、讲诗，只知道"诗言志"、"诗者，缘情而绮靡"，就不清楚诗同样也被用来纪事了。

纪事之诗在中国源远流长、数量庞大，而且都具有史的意思，是史学上非常重要的东西，而不是旁枝细流。其中杜甫最是复杂的。杜甫很早就被称作是"诗史"，认为它表现了当时安史之乱的历史。后来诗史观念被谈得更复杂，清朝钱谦益、黄宗羲等人讲诗可以当史、诗可以代史、诗可以补史，其涵义越来越深刻。

此外，小说本来也出于史。大说是诏诰，小说呢？左史记言，右史记事。小说也者，亦记言亦记事。言有大言，有小言；事有大事，有小事。记大者为大史，记小者为稗官、为野史。故中国的小说向来就是史的支流，出于稗官野史，也是史的一部分。所以自班固以下都说小说是"稗官野史，巷议街谈"。鲁迅以后，才为中国小说另外找了源头，说它一部分源于神话，一部分来自六朝志怪，意图切开文学与史的关系。

可实际上这个关系切得开吗？不要说六朝，就拿唐人来说好了。唐传奇被形容成是"作意好奇，语多幻设"，鲁迅说它才是中国小说正式的开端。但别忘记，唐人传奇，是要能见诗才、史笔与议论的。其写法，正是史传的写法。被我们视为传奇的作品，很多都收在《旧唐书》、《新唐书》中，比如《吴保安传》（《新唐书》卷一百九十一）、《谢小娥传》（《新唐书》卷二百五）等，并不像现在人所以为的只是虚构故事。

宋元以后，说话人四大家数里，最重要的就是讲史。讲史最早是讲三国，说三分；后来章回长篇小说中，数量最多、最成体系的，也仍是演义类小说。

这些演义类讲史小说有个特点：按鉴——根据《资治通鉴》，按照编年史述的体例来讲故事。像明朝的演义，标题几乎全是"按鉴"如何如何，绝少例外，以此来强调它的根据即是《资治通鉴》。

但其实他们也根据朱子《通鉴纲目》。朱子《通鉴纲目》的价值判断跟司马光并不一样。比如三国。正史的《三国志》，是以魏为正统的。所以叙述诸葛亮六出祁山，一定讲诸葛亮是"入寇"。到了《三国演义》，变成了以蜀为正统。而实际上，司马光《资治通鉴》仍然是以魏为正统的，是从汉到魏到晋这样叙述下来。《三国演义》的价值、道德判断，都以朱子的《通鉴纲目》为准，故相对于《三国志》、《资治通鉴》，来了个大翻转，一切人物情节之刻画遂随之而变了。这讲的是演义的第一个特点：据史而作。不是天马行空，拿着历史材料来瞎掰。

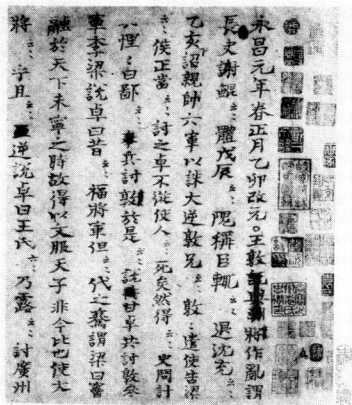

《资治通鉴》手稿

其次该注意的是它的性质。这类演义，正确的描述应该是什么？应该是古史的通俗写作，即通俗版本的史书。因此它们会大量收录引证古代史书中的章表奏折。这类演义，是中国小说中数量最多的，且从盘古开天地一直写到民国。近代人评价中国小说史时却最不重视它，无论胡适、鲁迅都觉得演义比较差，演义中也没有什么伟大的作品。这跟古人的态度极为不同。

以上是就诗和小说等文体说的，在文学理论方面，文学和史学结合也是很多的。如明清朝人常认为史书是文章的最高典范，《古文观止》中第一、二卷就都是《左传》之文，所以那不但是史书的文学性解读，也把史书篇章当成了文学的最高典范。这种观念在明清间达到高峰。

总之，文学与史学由原来交融在一起，到后来分开，后来再结合，这种动态关系是迷人而复杂的。

第六讲　文学与子学

洋溢文学意识的子部书

子学，主要说先秦诸子。在《汉书·艺文志》中《六艺略》收的是经学著作，《诸子略》收的是诸子，分为九流十家。九流，指儒家、道家、墨家、法家、名家、农家、阴阳家、纵横家、杂家，再加上小说家，则为十家。这些都是能自成一家之言的，如太史公所说："通古今之变，成一家之言。"

每一家，各有各的门道，方法与宗旨皆不一样，这就称为家数，严羽《沧浪诗话》说"辨家数如分苍白"，即指此言。古人称为辨章学术、考镜源流。在学术上，我们要弄清楚各家学术之异同、明白每一家的源流变化；作诗也一样，得分辨每一位诗家的风格路数。辨家数如分苍白，如分辨黑跟白那样。这是古代治学方法的诀窍所在。

诸子百家是泛称，总括则为九流十家。各家都是自成体系的，只有小说家被认为是不入流之学。为什么不入流？因小说凌杂，出自稗官野史、巷议街谈，杂录见闻，罕有宗旨统绪，亦少心得语。但我们现在认为小说是文学之一。这是文学与诸子学有关系的第一个部分。

《汉书·艺文志·诸子略》之后，历代文献学家所分的子部书都不一样，到《四库全书》时，它所分的子部书有哪些呢？除了上述儒道兵法农等诸子学以外，还包括了：艺术类（书画琴谱、篆刻、杂技）、谱录类（器物、饮馔、草木禽鱼）、杂家类（杂学、杂考、杂说、杂品、杂纂、杂编）、类书类、小说家类（杂事、异闻、琐语）、释家类、道家类等。

平时我们查文学资料，很少人会去查史部，更少人去看子部书。可是实际上史部书跟文学的关系十分密切，子部也一样。我们看《四库全书》子部的目录，除了传统九流十家外，还收了上面列举的各种书，就可知这个道理。

如艺术类书，并不放在集部，可能很多人就没想到。艺术类中囊括了书画、琴谱、篆刻、杂技。其中篆刻向来就是与文学一起说的。

其实，整个子部都充满了文人的意识与文学观点。雕塑、调漆、刻石、捏陶、烧瓷、斫木、莳花等等算艺术吗？从现代人的观点说，那当然都该算。但为什么《四库全书》的艺术类只有书画、琴谱、篆刻这些呢？

所以，我要提醒大家：在中国，什么才叫艺术？是唯有文学与文学有关的东西才能叫艺术！雕塑、烧陶、建筑等等都只是工技，工技不是艺术。

艺术这个词，是比较晚才有的。古代只说艺，如礼、乐、射、御、书、数六艺。艺指技能，它最早是指植栽，我们现在还保留着这种艺字的古义，如园艺。"小园艺菊"，美人在小花园里种菊花，就是很雅的画面。

这儿的"艺"字就是艺的本义——植栽。后来扩大来说，把所有跟动手有关的技术活动都叫作艺。古代把射箭、骑马、驾车等等皆称为艺，就是这个道理。

术的含义则跟我们现在不同。我们现在把艺看得比较高，其实艺在古代是比较低的，指动手的技术。古代的术，则不是技术，是通于"道"的。跟"道"字一样，指人可以走的路。道术也常合在一起成为一个词，如庄子说"古之道术"。这"术"就不是技术，而是指古代的大学问。古之道术，后来儒道名法各家都仅能得到其中之一端。

把艺跟术合成一个新词，是很晚的事。在这个词形成时，中国的文人阶层以及文人意识已经高度膨胀了，所以艺术竟专指文学及其相关技艺而言。我们看清朝末年刘熙载的《艺概》，它是介绍中国艺术的专著，《艺概》即艺术概论之意，但是它只介绍了文、诗、赋、词曲、书、经义（八股文）等等，可见一斑。

古人看待文学与现在是不一样的。唐朝皇甫湜曾说：文章有多了不起、多伟大、多重要呢？"文于一气间，为物莫与大"，即文学比什么都大，雕塑、调漆、刻石、捏陶、烧瓷、斫木、莳花等等，都只是工匠技能，哪能跟文学相比？

文学之外，如果还要谈艺术，第一当然是书法，因为书法和文学皆是文字艺术。其次是古琴。古琴是春秋以来孔子就重视的乐器，君子之器，不是表演给人家听的。此外，下棋也还勉强，孔子曾说："不有博弈者乎？"就是说下棋也还可以，不失为清品，是个清雅的活动。除此以外，都是杂艺，都是工匠的才技，不入品裁。像绘画，一直到唐代均是画工之作，是工匠的东西，不入流品。宋以后转为文人画，地位才慢慢抬高，才具有文学性。具有文学性，才可以列到艺术类。为什么书法、绘画、琴谱会被列入《四库全书·子部·艺术类》，就是这个缘由。

　　至于篆刻，古人本不重视。现在篆刻艺术的典范是汉印，篆刻家都学汉印，但是汉印乃至于唐宋之印，原本却都不是刻的，皆工匠所铸。文人什么时候开始刻章呢？文人刻章很晚。因古代都是铜印，太硬；石头也一样太硬，没法契刀，只能让工匠去处理。到了文征明的儿子文彭时，也就是明代中期，发现了软石，比如青田石、寿山石等等，便于刻契，才形成了文人刻印之风。篆刻之地位开始抬高，文人参与很多，形成不同流派，《四库全书·子部·艺术类》也才有篆刻的一席之地。

　　所以子部书的艺术类就显示了文人意识或者文学性，是从文人观点来看艺术的。艺术被收入的部分，都是能与文学相发明，或就是文人在玩的东西，比如琴谱即是。故我们谈文学也当注意这些资料，它本身不一定是文学，但是它是具有文学性的。

　　里面有没有文学呢？其实也很多，如琴谱中有很多诗词歌咏，还有很多琴有铭文。书法、绘画中更有很多文学作品，如写诗文、画诗文。

艺术类之外，还有谱录类。琴谱虽也是谱录，但我刚刚已说过，它的地位比较高，非一般杂艺，故不放在谱录类，而是在艺术类。谱录类中则分为器物、饮馔、草木禽鱼等等。

草木鸟兽虫鱼作为一个知识门类，是由文学来的。因为孔子曾说读《诗》可以多识鸟兽草木之名，后人研究"诗经学"，有一派就专门研究《诗经》的草木鸟兽虫鱼，如陆玑《毛诗草木鸟兽虫鱼疏》之类作品极多。这一支，与中医本草的研究不相干。中医的本草也是研究植物、动物，但在我国，这是两系，一个是实用的、医疗的，而《毛诗草木鸟兽虫鱼疏》却是文学的。从"诗经学"发展出来研究草木鸟兽虫鱼，研究的目的跟指向不是纯知识性的，不能与现代的植物学等同齐观，也不同于中医的本草学，它是不同的体系，是文学性的研究。

中国的食谱。此处只能略说，详见我的《饮馔丛谈》。中国的饮食，比如现在北京的仿膳、满汉全席等等，全是现在编出来的，中国其实没有宫廷菜的传统。为什么？这就像中国没有贵族礼仪一样。中国的礼，儒家所传，只有士礼。古代贵族的礼，如诸侯会盟、天子之礼，儒家是不大讲的。因为儒家要推行礼乐社会，所讲的礼需切实可行。《诗经·关雎》中提到的"钟鼓乐之"，百姓家里不可能有这些东西，所以儒家所传，如《礼记》《仪礼》所载都只是士礼，婚、丧、冠礼等都叫士昏礼、士丧礼、士冠礼。后代皇帝只是在士礼中加点东西，每个朝代再创造一些典礼而已。老百姓则在传统士礼下做一些更加简化的处理。

中国的礼基本上就是这样，饮食亦然。中国的饮食是有变迁的，唐代之前与之后不同。比如我们去吃饭，蛋炒饭、青椒炒肉丝、葱爆羊肉，好像都是很容易见到的菜，但全世界没有其他国家会做青椒炒肉丝，我国境内的少数民族也不会。不只他们不会，汉民族古代也不会。炒菜是很复杂的事！

中国菜的绝技，一是蒸。蒸菜、蒸馒头、蒸饭、蒸包子等，无所不蒸。蒸菜好像很简单，但其他地方人不会，周边少数民族也不会。比如你到欧洲，在湖边钓了条鱼，欧洲人一定把鱼头鱼尾剁掉后拿来烤，而不会蒸，少数民族也一样。再比如《红楼梦》中有牛奶蒸羊羔，少数民族也不会这一套，只会烤鱼或煮鱼，如万州烤鱼、贵州酸汤鱼。羊肉就是水煮羊肉、烤羊肉，没有蒸的技术。蒸的技术在中国有六千年以上的历史，但现在包括韩国、日本，蒸的菜都极少，其烹调手段一是生吃、二是烧烤、三是水煮。蒸这种技术连我们周边地区都不太会，更不要讲欧洲、非洲这些地方了。

另一绝技是炒菜。炒菜更难，就像古代的医书，唐代以前基本上皆是单方，如人参是什么药性，茯苓是什么药性，枸杞是什么药性，羊肉又是什么药性等。补益之药，皆是单品。宋以后医书中就很少有单方的药了，多是复方，如现在所说的鸡尾酒疗法，要好几种药配起来，讲究君、臣、佐、使，即什么做药引，什么做主药，什么做烘托。有些药可能有毒，比如砒霜，不能吃，吃了会死。但是在某些时候是可以吃的，如冬天这么冷，渔夫要潜水取珠就要吃点砒霜，才可以御寒，但也不是直接吃，而是配起来吃。即炒菜也一样。不同的菜，怎么样搭配起来，它的温、热、凉、寒大有讲究。例如白菜性寒，我们会在里面配姜丝、配虾米，做成开阳白菜，调节它的寒热。各位去吃涮羊肉，里面的配菜，如豆腐、粉丝、鸭血、茼蒿、大白菜，都是寒性的。因为羊肉温热，火锅烧起来更热，所以加的菜都是凉的使之平衡。炒菜也一样，要会搭配，我们流传下来的做菜之法，都是千锤百炼而成。时间也是到宋代以后才有炒菜。我们的菜谱、食谱，在唐朝以前都是单品，宋代以后才有这样的菜。

这是做菜方法的变迁，菜的风格也有变化。早期饮食纪录，多是《齐民要术》式的，主要是农家言，是针对老百姓的，老百姓的食材，老百姓的吃法。到了唐代，奢侈了，所以有烧尾宴，流传有王公贵族的食谱。但宋代以后，像《东京梦华录》、《西湖老人繁胜录》所记载的就只是市井的吃食了。好比今天若有人记录北京的吃食，告诉你稻香村卖什么、六必居卖什么，这是民众的吃食。这种庶民吃食能反映风俗，但品味不高。品味慢慢改造以后，才出现了文人针对饮食这件事如何求其清雅的做法。食谱慢慢变成文人写作的一种方式，如大家熟知的袁枚《随园食单》之类。食谱，在中国独领风骚的即是这种，庶民风味和王公贵族气派的食谱后来都绝了迹。这是文人所讲究的，这种品味不同于皇公贵族的豪奢，豪奢是吃钱吃排场，不知味。文人食谱当然还包括喝茶，这些都是文人生活所讲究的。

另一种是器物。器物的书为什么也是文人的呢？因为同样的道理，中国人该过什么样的生活、该有什么样的居住环境，在明代才逐渐定型。早先，宋朝人就常学苏东坡，大家喜欢他、模仿他，如东坡屐、东坡巾，模仿东坡的服装。东坡出去淋了雨，帽子打湿了歪一边，大家都学他。文人的生活、文人的模样，成为社会人所喜欢、所追求的，跟现在大家学明星模特儿一样。

再讲杂家类。杂学、杂考、杂说、杂品、杂纂等，这些依然跟文学有关，中国的笔记、小说、杂俎都是这一类，比如《容斋随笔》、《绀珠集》、《东坡志林》等。杂品，明朝人编了很多这一类书，像文震亨的《长物志》、高濂的《遵生八笺》等。遵生是一种道家式的生活方式，遵循生命之自然，勿斫勿伐。《遵生八笺》则是被文人消化了的一种养生的方式，所以和真正修道的人并不一样。它和《长物志》这两种书，开启了一大片文人生活空间。比如熏香：文人焚香默坐，读书时点什么样的香，会客时又点什么样的香。这样的熏香文化，现在基本没了，只在日本发展为香道，和茶道、剑道一样。还有文房四宝、茶具、家具、屋里的各色摆设，有相关人物等，有几谱、砚谱等各种谱。这些都属于器物，它们都是在一种整体文人生活气氛中才能出现的东西，所以都跟文学有关，具有文学性。

类书。我讲过，中国的类书和西方的百科全书是不同的，西方是知识性的，中国类书是文学性的，且从来就是文学性的。知识性和生活性类书是后来才发展出来的，年代比较晚。类书主要提供文学资料，供文人写作时去翻检。

小说家也放在子部，里面包括杂事（如《世说新语》）、异闻（如《山海经》）、琐记（如《酉阳杂俎》）等等。另外就是释、道。

子部书的持论之风与论难并行

这是从目录学的角度来看文学跟子学的关系。下面再补充几点。

子学在汉代以后不是没有传承，我们一般只讲先秦诸子，好像后面就没有诸子了，其实后面诸子就是各朝代的思想家。比如董仲舒、扬雄、王通，他们的书可能不叫子，但是我们也称他们为董子、扬子、文中子等，谓其学自成一家。也有一些专门著作叫某某子的，像葛洪的《抱朴子》、萧绎的《金楼子》、刘昼的《刘子》，或者如颜之推的《颜氏家训》。《颜氏家训》并不叫《颜子》，但我们也把它归到子部。这一类书在后代还是有传承的，因为它自成一家之言，比如《郁离子》。

自成一家之言的写作方式，在汉魏南北朝叫造论。造论是整个东汉魏晋期间非常重要的动力。当时人认为所谓著作，要么像经生一样注经，要么就是造论。如吴质，是曹丕的朋友，曹丕给他写过一封信《与吴质书》。吴回答他说，从前汉武帝时文章为盛，但东方朔、枚乘之徒不能持论。这些人当然很棒,但不能持论,就没法讲出一个自己的主张,文章虽好,但理论不能贯串。这不是只批评汉武帝时的人,对于同时代文人,曹丕也很不客气地说"孔融体气高妙,有过人者",说孔融很棒,"然不能持论,理不胜词",颇觉遗憾。

换句话说,不能持论,在当时即不能算第一流人才,所以建安七子中,曹丕最欣赏徐干。徐干著《中论》二十篇,词义典雅。吴质觉得建安七子都死得早,只有徐干留下了一部《中论》是不错的,同时也鼓励曹丕写论,后来曹丕遂写了《典论》。吴质说《典论》及曹丕诸赋颂,意句益然,华藻云浮,把《中论》、《典论》推崇得很高。现在《中论》、《典论》都已亡佚,看到的只是一鳞片爪,不能清楚它整体的规模,可是我们由此大概可以知道当时人对论是非常重视的。《文心雕龙·论说》篇称赞嵇康的《声无哀乐论》、夏侯玄的《本玄论》,还有王弼的《周易略例》、何晏的论文,都是非常好的作品。《声无哀乐论》、《本玄论》等论体在当时非常之多。不仅呈现了辞彩之美,更重要的是它有观点,它的理论使得它在思想史上亦占有很重要的地位。从汉代扬雄、王充以下,即特别推崇这一类的论。

文章跟思想结合起来,这是论的最主要表现。可是子学在后代有些并不是以这种单方面立论的方式来做的。持论有个特别的风气,这是刘勰的《文心雕龙》没讲到的,那就是持论之风和论难并行。

古人论学的方式跟我们现在不同,古人强调论难。"难"是为难的意思。老师教学生,而学生执经问难,就是拿着经典质问老师。老师,你刚刚讲错了,应该是这样,这叫作问难,是公开的质难。《昭明文选》中有个文体,就叫作"难"。"难"体大盛于汉魏南北朝,是要往复论难的。比如你提出一个论来,对方攻击你,你再申辩。如此往复。

魏晋论体大盛跟论难有关,论难又跟清谈有关。清谈时我持一论,你要攻击或者破我，跟现在的辩论会差不多。有一天，王弼去拜访何晏，何晏家高朋满座，看到他来了很高兴，说我们刚刚正讨论一个问题，得到了个结论，我们认为已经很完善了，你能不能作个难来破它？王弼坐下来立刻造论，讲了一番道理，破了刚刚大家讨论的那个理论。何晏他们都称好，说我们怎么都没想到这里。王弼接着反过来，又说了一番理论，把他刚刚的论推翻了；再倒过来又做一论，把前面的理论又攻破了，"自为客主数番"，所以一座叹服（《世说新语·文学》）。这叫作造论，清谈时大家来论，各持己见。当时有《声无哀乐论》、《言尽意论》等名论。

所谓子书基本上即是论体，一篇一篇的，它算不算文学是有争议的。《昭明文选》就排斥这种东西，认为诸子是"以立意为宗，不以能文为本"。但《昭明文选》里还是收了大量的问难。这正是子书的一种体制，这是正宗的。

子书还有另一种写法，就像刘基的《郁离子》，不正面持论，而是以寓言的方式来写。柳宗元的《捕蛇者说》、《黔之驴》就是如此，其源头是庄子的《渔父》、《说剑》。到了苏轼的《艾子杂说》，则是从寓言又走到笑话了，强力发展了寓言写作的传统。

另外还有些思想家的写作是邵雍型的，表现了理学家、思想家跟诗歌的关系，写的都是说理诗。说理诗的传统不是从宋代才开始的，《文心雕龙》批评晋朝大倡玄风，晋朝诗人所做的玄言诗就是说理的。古人常嘲笑这些玄言诗，说"平典似道德论"，像韵文的《道德经》，或只是把《庄子》内七篇用韵文表达出来。到了宋代，邵雍所开创的道学家诗就很像玄言诗，说理论道，而非吟风弄月、缘情绮靡。这种说理论道诗，今人常不重视，可是它在诗歌史上也是一大宗，好作家不少，如陈献章、王阳明等，写得好的诗如朱熹的"问渠那得清如许，为有源头活水来"等，是中国人励志的诗、见道的诗、对人生有体悟的诗。

从目录学上来看，可以发现子部书跟文学要么有直接关系，要么有间接关联，而诸子本身的作品在文学上也往往很精彩。先秦诸子暂且不论，后代诸子，如扬雄《法言》、王通《文中子》、葛洪《抱朴子》，本身文采就非常好。像《郁离子》、《艾子》的寓言写作，道学家的诗、玄言诗，不也都是文学吗？

诸子的文学化

下面接着讲诸子的文学化。

前面提到的都是顺讲，顺讲是从目录上来看，这些书怎么样、这些人这些作品又怎么样，现在回头讲先秦诸子。先秦诸子为什么要单独讲呢？《昭明文选》已谈到诸子是不该列入文学范畴的，然而在中国后代却不乏把先秦诸子当成文章典范的，如现在的文学史书必有一章大谈战国时期的散文，介绍孟子、庄子、韩非子他们的文学表现。这不是一种倒转吗？

诸子本来皆以义理见长，没有人在文章上特别着力，尤其像墨子，根本就反文非乐，他的文章怎么竟变成了文学典范？这就要注意诸子的文学化。

不是诸子对文学的影响，而是诸子的文学化。这两者是有差别的。诸子对文学的影响，是说诸子本身即是文学，故它对后代文学创作有影响。但实际历史不是这样的。实际却是诸子那时根本还没有文学的观念，文学的观念兴起得很晚，诸子本身也不从事文学创作，不强调文学的价值。汉人讲诸子学，也不着重它的文采，而是重其思想。

在什么时候我们才把诸子纳入文学范畴来讨论呢？首先不能不谈

《文心雕龙》。《文心雕龙》讨论的文学范围很宽，比如经典的注解，刘勰就看作是文学，如王弼的《易经注》即是；讲文体时也把诸子考虑了进去。但《文心雕龙》是个特例，刘勰有很多观点和那个时代是不吻合的，而且《文心雕龙》之后，中间也没有继承，没有同声共响之人。

到什么时候又重新谈到我们可以从文学角度来看诸子，认为可以向他们学写文章呢？就是韩愈、柳宗元。他们告诉朋友说，学《左传》《尚书》之外，还要学《庄子》、《孟子》，把它们当作我们学习文章的典范。换句话说，他们承认了《庄子》、《孟子》的文学性。

但这种讲法同样未形成普遍的时代风潮，因为整个古文运动是回归孔孟的。回归孔孟，所以参取《庄子》等的文采只能是旁支。可是到了宋代，《庄子》的文学化却有大发展，如林希逸《南华真经口义》等皆从文学角度来解《庄子》，阐发它的文采之美。这样的路数到了明朝，更普及到所有的诸子，包括《墨子》。墨子根本反对文学。墨子的文章，古人也从来没有人觉得好。但是墨子、荀子、韩非子、管子、庄子的文章都有很多人去替他们做评点，阐述其章法、句法、字法，这样一种讨论方式就叫作文学化，是一种子书的文学化。

在明朝，《韩非子》、《荀子》等都有很多家的评点，也有人把它们集起来，如陈治安《南华真经本义》，汇集了历代评《庄子》的言论，上从战国直至明代，又加以己评。

这类书虽以阐发它的文采美为主，在义理上却也颇有作用。我在大学一年级时就注过《庄子》三十三篇，几乎所有跟庄子有关的书我都读过了，渐渐发现其间有几种不同的脉络，庄子一本书有很多不同的读法。其中一个解释传统，就是文学性的。依这种传统看，郭象的《庄子注》就不行，为什么呢？宣颖《南华真经解》说，因为郭象连文章都不懂，庄子章法奇幻，要读懂《庄子》，须懂《庄子》的文章。要把《庄子》

的文气、文章脉络搞清楚了，义理才能懂。所以这一派不但要提示评点《庄子》句子如何好、章法如何妙，更是通过对文章的解析来掌握《庄子》的义理，跟那种从训诂、从哲理上注解的很不一样。这种注解很多，成为一大体系。

这是子学的文学化而发展成为一个传统，这种传统一直发展到现在。现今会把《韩非子》、《荀子》的篇章选进课文中也是同样的道理，这就是诸子的文学化。诸子文学化的过程中出现过许多大评书家，如明代的陆西星。陆西星是个奇人，根据柳存仁先生的考证，他可能是《封神演义》的作者，乃道教内丹东派的祖师，很有学问，著作很多。不止评点过《庄子》，更遍评诸子，如《韩非子》《管子》《庄子》《墨子》等。他评书用好几种符号，有直线、虚线、点、勾等。这种评点的重要功能，就是带着你读，就像金圣叹评《庄子》、《西厢记》一样。诸子本来是说理的，怎样把它读成文学，使它在文学性方面被推崇呢？这就是评点的功能了。带着你从评点上读，慢慢体会什么地方吃紧，什么地方精彩，什么地方该如何看，使你从阅读中养成文学品味和提高文学写作的技能。

诸子与文学的分途

相反，将诸子和文学继续分开的，也不是没有人。延续《昭明文选》的讲法，但是整个评价系统跟《昭明文选》刚好颠倒过来，代表性的人物就是章学诚。

他的观点非常奇怪，只是我们现代人由于受胡适等人的影响，推崇章学诚，把章学诚的观点讲成是史学。其实章学诚的观点是文史学，但现今没有人谈他的文学观。章学诚的文史学很特别，讨厌孔子，喜欢周公，认为崇拜周公和崇拜孔子是学术上重大的分歧。如果我们尊孔，学术就完蛋了，一定要尊周公才行。其次他反对私学，主张官学，主张学在王官，要恢复到孔子以前。

在文学和诸子关系上，章学诚的讲法呼应了《昭明文选》，但价值倒了过来。《昭明文选》觉得文很重要，可是他认为文学是很坏的东西。他看学术史，认为学术史是个下降的过程，越来越差。周公最好，到孔子已经不行了。周公时六经皆史。"六经皆史"云云是反对一般儒者之所谓经学的。说六经实际上是周代的史，孔子只不过是这些史的整理者罢了。六经本身是周朝的东西，而周代这些史又不只是史料，记录古代的事而已，它本身皆有实际的功能。因为周朝的典章制度、政治教化等都显示在经里，经不只是一套空谈的理论，是实用的，与当时政教结合在一起。

由于周朝学术跟实用、政治教化、典章制度完全结合，所以那时是学术最昌明的时代。中国人都希望学问不只是空谈，还能见诸实事、经世济民。后代都做不到，真正实现的只在周朝。孔子开启了平民教育，诸子百家兴起以后，就如庄子讲的"道术为天下裂"，学术就衰落了。学术在私家，每个人你讲一套、他讲一套，各讲一套的目的是要张扬自己的名声、谋自己的私利。学在私家，与从前学在王官，是不一样的。从前是学术为天下之公器，后来是学术为各家之私言。

诸子学已是经学之衰了，谁知到汉代，又出现了文集，学术就更差了。子书后来越来越少了，因为学者都去写文集。文集兴，而诸子衰。

文集跟诸子有何不同？诸子可以持论，成一家之言，虽是私、虽然坏，但毕竟能成一家之言，是有体系的。文集却是东一篇西一篇，杂乱不成体统，七拼八凑，所以叫作集。集者，杂也，其字像一堆鸟杂聚于树枝上。学术到集时便差不多完蛋了，故他老先生感叹："子史

衰而文集之体盛;著作衰而辞章之学兴。"（章学诚《文史通义·诗教上》）

这已经够差了,不幸的是后来还更糟。宋人开始写诗话。《六一诗话》讲得很清楚,诗话记杂事、琐谈,乃文人之遣兴。可是从章学诚的角度看,那就更连文章都不是,只是东一条西一条地闲扯。所以说后来这些东西根本不值得看,要回到古代,回到周公,回到官学的时代去。章学诚可能极端了些,但是思想家（诸子）反对文学并不罕见,墨子就反对音乐、文学;后世觉得文学不值得钦慕的人也很多,如扬雄说:"雕虫篆刻,壮夫不为。"《文中子》也讲过类似的话,《抱朴子》《颜氏家训》也都有。

《颜氏家训》还教训子弟:你们读读书、做个好人,这就行了,不要去舞文弄墨,"必乏天才,勿强操笔"。除非你有天才,否则舞文弄墨徒然惹人耻笑。而且文人有很多缺点,例如文人发引性灵,感性生命太强而理性化不足,常常情感不能控制。文人又太重视文字,且老是认为"文章是自己的好"、批评别人不行,因此文人甚不和睦,喜欢相互讥谤,"文人相轻"之所以被特别提出来谈,即由于此。社会上各行业的人虽可能也都会相轻,但是文人擅作轻薄语,讥讽别人的语言特别有文学创造力,听的人更不能忍受。言语伤人,惨于戈矛,所以梁子越结越深。《颜氏家训》觉得这些都要不得。

宋儒对文人与文学,也有类似的批评。另外还指出韩愈这一类文人虽然想要成为孔孟,但是却着力在文上,很可惜,没有学道,只重在学文。换言之,韩愈他们的想法是"文以载道",所以要把车子（指文）打造好,用来装上好东西（指道）。可是他们搞错了,应该先把东西拿到手;东西都没拿到,精力全花在打造车子上,岂不舍本逐末?程伊川就以此批评韩愈"可惜倒学了"。

可见即使是强调文以载道的文人,从道学家的角度来看还是不及格的，至于那些吟风弄月的文人就更不用说了，道学家对他们的评价极低，认为唐诗只不过是文人之巧而已，如果谈内在之守、人伦之用，唐诗就很差。从他们角度来看，宋诗比唐诗好，就好在有"道"，唐诗只是文字之巧。

这就是思想家对于文人的批评。早期当然并没有文人，文人被当作一类人出现于汉代。像王充提到能造论，能写出自己见解而不是光会注释古书的就是文人。可是文人要持论，要讲出一番道理来，在义理上就必须要深入。义理上越要深入，当然就越偏向成为思想家，这本身就成为一种吊诡。

文学，讲来讲去，无非是"要说什么"跟"如何说"的问题。以前面举到"文以载道"的例子来看，要载道，道是什么东西，有没有搞清楚？在这边讲得越多，你就成为道学家了。如果不在道的问题上深入，而是注意如何表达，那就偏于文学家了，彼此各得一偏。文人之理想，当然是文道合一，既有思想内涵，又能文采斐然。但实际上，文人跟思想家在历史上经常是分离的。很多人着眼于合，实则仍是聚少离多。

所以才有人干脆分之，说诸子"以立意为宗，不以能文为本"，将之排出文苑。可是不管合还是分，都有很大的争议。

子部书里的文学现象

例如风格与人格的问题。文人相轻，是文人的一种毛病；文人发引性灵，感性活动太强，而理性化的节制不足，是另一种毛病。它们都导致"文人无行"，在道德上常有缺失。然而，文人因为能写文章，才华被社会上所推崇，就像金圣叹说天下才子书，"才子书"是专从文学上讲的。一个有道德的人，没有人会称他是才子，一个大政治家也没有人称他为才子，一个大商人或大画家或大学者或大工程师也都没有人会说他是才子。谁代表有才呢？只有他有文采时，才可能被社会认为是才子。而才子是有光环的，大家崇拜他，所以德行、操守不完美也不甚计较。久而久之，好像文人竟就有了道德豁免权，文人好像本来就可以无行似的。文人无行的现象，乃愈来愈普遍。

所以就有人提出："士之致远，先器识而后文艺。"（《旧唐书》卷一百九十裴行俭语）就是说，你要先把自己培养成真正的人才，然后再谈文章能否表现你是个才人。这叫作文跟德的冲突。文德的冲突，自曹丕讲文人无行以来，一直很严重，而亦未得圆融之处理，故至今仍为一大问题。

文德的冲突看起来像文人跟道德家的冲突，其实不然。诸子论理，多谈人生，讲做人做事的道理。文人之说，可做人生之正理吗？道学家对文人的不满，很多地方即来自于此。如文人个性上少拘检，行为放荡不羁，也就罢了；文字里一样如此，益发令人不安。"伊川尝见秦少游词'天还知道，和天也瘦'之句，乃曰：'高高在上，可以此渎上帝？'又见晏叔原词'梦魂惯得无拘检，又踏杨花过谢桥'，乃曰：'此鬼语也。'"（陈鹄《耆旧续闻》卷八）。

文人之通脱无拘束，在道学家来看，乃是大有问题的。人格跟风格的问题之另一面，即文章中所表现的人和现实生活中的人是否一致。我们一般都认为是

元好问

一致的，所以才能谈作者心迹、性情等问题，诗言志嘛！当然应该一致。可是实际上不见得。我们读文学作品时所知之作者，依我看，恐怕只是作品中的作者，未必即是真实生活的作者。元好问（号遗山）《论诗三十首》中有诗曰："心画心声总失真，文章宁复见为人？高情千古闲居赋，争信安仁拜路尘。"就是说文章虽写得闲适淡泊，真正行迹却可能奔竞钻营，人跟文章是两回事。道学家是要求言行一致的，文人则文章跟人常有分离的状况，纸上说得明白、说得义正词严，可是人不一定是这样。

再看文与道的分合关系。文人虽强调"文与道俱"或"文以载道"，但依道学家看，文不一定可以载道，文人的"文"尤其不能载道，费心力写的诗文更会被认为没有必要。程伊川曾说：如今言诗无如杜甫，如他的"穿花蛱蝶深深见，点水蜻蜓款款飞"，如此闲言语有何义理可说？这种诗写它作甚？（《二程遗书》卷一八）作诗文章不是要有利于国计民生、阐发道理吗？文章不是经国之大业、不朽之盛事吗？

这部分争论多极了，衍生出另一个大争论：诗文须以理为尚吗？宋朝严羽说过："诗有别才，非关学也；诗有别趣，非关理也。"显然不认为诗该主理。后来的人有赞成有反对，吵成一团。若赞成"诗有别趣，非关理也"，则主张文学跟理不相干，跟学问也不相干，跟诸子当然就远了。就是在文学中，说理的诗文也不罕见，难道也要排除出去，说它们不是真正的文学吗？明朝就有许多人是这么主张的。例如诗，宋诗与唐诗相比，似乎较重于理，于是在明朝就发展出了唐宋之争。从前宋人看不起唐诗，说唐诗只是风花雪月，雕章琢句，它内未定其所守，义理太差；可是明朝人看宋诗充满理语，更不喜欢，觉得唐诗好，唐诗才香色流动，字面好，声调也好。清朝人又反对严羽，如冯班写《严氏纠谬》，风气渐渐朝向诗人与学人合一的方向走。诗歌从浙派到同光体，都是这个路数，包括浙派作词之法亦是如此。

因此这个情理之争还影响到整个文学史上的动态。此一争论，后来又演变成诗文之别。什么叫诗文之别？就是说诗应强调情的部分，文章才重视理，所以诗文的性质不同。文章像吃饭，诗像喝酒，用这个譬喻来区分诗文、情理、唐宋、文学和思想性文字。

总之，文学跟子学的关系，在中国从诸子、学者、思想家、道学家以来皆纠缠纷纭，他们之间的关系影响了文学史和批评史的动态。其中有合的，想让文学既有文，又有思想，这就是古文运动的思路。古文运动的思路当然是要回到孔孟，韩愈、柳宗元他们的作品本也是要表达他们自己的思想。像韩愈的《原道》以下几篇《原性》、《原人》、《原毁》、《原鬼》等，或刘禹锡的《天论》、柳宗元的《封建论》，都像先秦诸子一样，在思想史上是必然要讨论的。宋代的理学家也是如此。此外，诗歌如江西诗派，也是一个讲究文道合一的宗派，它跟理学的关系极为密切。凡此，文跟道的分合、情跟理的分合等等，都跟我们这部分谈的问题有关，请各位留意。

第七讲　文学与书法

所谓现代书法

这一讲要谈文学与书法，所以请各位先欣赏一下"现代书法"。

田绍登《走出误区》

洛齐《为何忧虑》(局部)

刘毅《无题》

邢士珍《NO-1》

邱振中《待考文字》

这些作品跟古代书法，如王羲之、颜真卿、董其昌、何绍基等人作品比起来，哪些更有美感？

显然不行！这些作品，要不就丑，要不就乱，更多的是看不懂，不知所云。去展览馆看看这些"鬼画符"，笑一笑，当然无所谓，但让你买回去挂在房间里欣赏，怕没几个人愿意。

但他们也不是毫无道理的瞎胡闹。这些作品虽然谈不上美，可是也许他们本来就不追求美，而是另有追求的，其中有很强的观念性。这是现代艺术的特征——表达观念。但要表达什么观念呢？例如"走出误区"，这是一幅现代书法，相对于传统书法，它更着重创新，但要如何创新呢？

自王羲之以来，讲永字八法等各种法度，慢慢已经形成了格套。现代人写书法，写来写去，无非是临帖，拿着古人的帖开始临，写来写去就陷在这些法里，被法困住，忘了书法的本质即是笔墨。所以他们要破这些法，呼吁"走出误区"。简单讲就是要打破传统，传统是错的或者是禁锢，所以要走出来，才能创成一个新的东西。

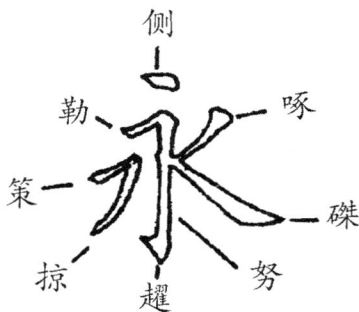

永字八法图

在这个基本观念下，他们写的文字，我们往往看不懂，又不了解是在写什么。像"No-1"、"无题"、"为何忧虑"、"待考文字"，都是把传统文字拆解掉，脱离了文字。原先中国书法基本上就是写字，所以他们一是不要传统的那些法，脱离永字八法等来"写字"。其次可能根本不"写字"，因为传统的书法被文字限定了，所以要把这两层都打破。

113

打破以后，它就回归到只有笔墨的点、画、线条，或者墨块，都是把文字解散了。有些只有线条，没有墨块；部分是有墨块、有线条的。线条化以后，欣赏它的线条与它的墨点，或点与线结合成的图案即可。而线条也不是传统的笔墨，常是用类似西画用的笔在上面刷出来的。线条与墨块中间，也有一些小的造型乐趣，感觉中间的空间好像一条鱼或是一只水上的鸭子，用一些文字以外的造型符号来构成。

总之，书法脱离了传统的中国文字，也不用中国传统的方法，回到最原始最本质的线条墨块，讲一个构图，这就是现代书法的路数。

这个思路，在大陆二十世纪八十年代后期才成为一种艺术运动。但其实中国这些现代艺术只是吵着要创新，摆出一副创新的架势，做的大抵却是延续别人已做过的东西，许多仅是日本"现代书法"的延伸或翻版。

早在一九四九年，日本人的书法作品就已经完全线条化，而且构图抽象化，它跟文字的关系便已经完全没有了。日本的现代书法，也被称为墨象艺术，用以区隔传统书法。墨象，就是用笔墨构成的一种抽象的艺术，这种艺术曾在欧洲得到好评，因为跟欧洲的抽象画有很多互通之处，欧洲人觉得从中国书法中发展出的这些抽象画非常新鲜。

但这些作品，虽然在国际上有其市场，在日本国内却并不被欣赏，为什么？因为大家觉得如果要这样做，那干脆去画西方的抽象画好了，现在弄得既不像中国书法，又不像抽象画，邯郸学步，日本人也不太能接受。所以后来就走一条折中路线，叫作少数文字派。

从前那是瓦解文字，把文字拆解、丢掉。现在还是写字，但这些字基本以草书、行草为主，因为草书、行草可以比较不受字型的限制，可以局部脱离字型。其次，它们跟字义的关系也不紧密。字有字的意思，人、手、足、刀、尺，各有其义；一句话也有一个完整的意思，比如"黄河远上白云间"，意思很美。所以古代中国书法，都是拿一首诗、一篇文章来写，如《赤壁赋》《归去来兮辞》，整篇文义相发，意思既美，书法也很漂亮。现在则反其道而行，不要写一句话、一首诗、一篇文章，要脱离文字。

因为文字有形、音、义，声音在书法上表现不出来，书法主要表现字形与字义，所以字形要松开，完全瓦解字形大家不能接受，就局部瓦解，成为草书或是行草。字义也是局部脱离，要放弃字义。而如何放弃呢？就是不要写一句成词，成为一句的意思，例如写少数两个字、三个字。这两个字、三个字可能有意义，也可能没有意义。譬如作品"崩坏"，可能有碎石瓦解、山石瓦解这样的感觉，基本上是用少数的字，提取它最主要的意象就够了。整篇文章内容很繁复，那就讲一个主要意象，一幅作品主要集中表达一个意象，一种笔墨的感觉，这叫作少数文字派。两个字、三个字，像"崩坏"、"一屋处"、"古"、"树"、"风起"、"冰春雪"等，都属于这一类。

中国也一样，刚刚我们看的若干作品也有属于这种路数的，像"放达"、"云龙"即是。"云龙"这类，当时日本人也是这种做法，就是一整个字写出来以后把它切割，呈现的时候它可能只有一半。

现代书法发展到现在，比上述走得更远，愈来愈像拼贴艺术。例如拼贴或是写两幅书法后把它们剪贴了拼组在一起，跟现代的装饰艺术、拼贴艺术很像。这种应用像是房子里面的壁纸，把古代名家的书法糅合起来，贴在墙壁上，纯粹做成一种观赏性的作品，属视觉艺术，而跟它的文艺内涵没有什么关系。各位可以看到现在很多年青人穿的T恤衫，上面写着中国字，很多中国字是写错的，是什么含义也不知道，但是穿在身上觉得很好看，类似这样都属于这种路数。

这是现代书法中的几个派别，另外刚刚讲的新文人书法，也是希

手岛右卿《崩坏》

望跟传统的书法不一样，它也吸收了刚刚说的现代书法的特征，脱离了传统的法度，强调它的趣味。这些新文人书法，跟小孩子的字差不多啊！这样的形态，在日本、韩国的书法里面也有类似的作品。现代书法主要的发展方向、路数、思想大体上就是这样。

传统书法的现实境地

现代书法家也花了很多的气力、精神，想走出一条新路，但这条路，我想首先是缺乏美感。我们会把一幅古代书法作品挂在书房、卧室来欣赏，但是那样的作品，挂在客厅、喝茶的时候看到一幅这样怪怪的东西，或在卧室里看到这些，恐怕不能产生审美的愉悦，其美感效果好像都有待加强。

正因它的审美效果有点疑问，所以整个现代书法其实跟现代艺术差不多，已经脱离文字，变成语言艺术。通常，你看现代艺术，第一是时常看不懂，第二是没美感，你得听他讲，讲他的理念，就会觉得这个理念太好了、很动人、很伟大等等。所以它已经变成一种语言艺术，要用很多附加的言说来陈述为什么要这样做，就如我刚才替他们辩护的那样，说明这样做有什么伟大的意义，突破古代、突破法度，所以它只是一套语言艺术。

而这些东西，又只是语言艺术的一种道具，其本身很像行动艺术。譬如在韩国有人办了个书法展，是作者穿着一袭道袍，在水上写字，这就变成行动艺术了。

还有，就是强调展示性。现代书法展示的量体很大，配合展示空间，造成视觉震撼，这都是现代书法尝试走的道路。这条路看起来，我们的评价可能跟他们自己的期许有很大的落差吧。他们自己可能觉得很伟大，比王羲之还伟大，因为他们能够打破传统！

但是这些创新，虽然跟古代不太一样，可跟国外一比就知道，往往是拾人牙慧，跟人家走的路是一样的，没什么创新。我们的现代艺术，所谓的创新，无非就是学日本、欧洲，一部分学非洲，真正的创新其实有限。

之所以这样说，是要作为我们今天谈文学与书法的引论。为什么要从这里讲起，就是要告诉各位：中国的书法传统，在当代是被批判的。

这个态势，由于我们主要生活在中文系里，所以不觉得。事实上我们现在的书法教育，基本上都不像在台湾这样传授。在台湾，小学、中学、大学都有书法课。在大陆这儿大抵没有。那么现在书法教育主要在哪里呢？主要在美术院系。因为在美术系，所以用美术的角度来看书法。

书法就只是美术，才会只强调它的线条、墨块、构图、视觉效果等等。书法变成了美术，变成了一种视觉艺术，这在现代中国是很重要的发展方向。所以这些现代书家、现代书法艺术才会要努力脱离文字，认为传统书法之所以不能变成一种纯粹的美术，即是因它跟文字太紧密了，跟文字结合度太高。因此要把它拉出来，还原到只是墨块、只是线条、只是构图。

不要说现代书家他们这样，就是写传统书法的朋友，不写错字的也都很少了！书法家很多都不认识字。我见过一书家送将军一大匾额，上头写着"国之幹城"；他不晓得那是干戈的"干"，执干戈以卫社稷，不能写成"幹"。还有一次看电视，有一座王爷府外挂个大匾额，居然是"鸿天齐福"，有这话吗？是"鸿福齐天"才对。有次到张良墓，墓前挂了一副对联，说张良"决机于千裡之外"，千里的"里"写成衣服里面的"裡"。这种错误很多，有次收到中秋节晚会的请柬，"千里共婵娟"的"里"也写成衣服里面的"裡"。江苏有个旅游区——水乡同里，宣传介绍文字把"里"也写成衣服里面的"裡"。这是正简字不分。还有就是同音字，简化字的同音字互相替代久了以后，一般人往往没法区分。我看了一个鸡血石展，前面写了个说明，收藏鸡血石的人应该是有点学问的书法家，结果一看就有好几个错字，"尤其"写成"犹其"、"即使"写成"既使"、"正直"写成"正值"。诸如此类，不胜枚举，书家不写错字的很少。

这是因为整个书法教育不在文学院体系内，而主要在美术学院，学生一般就学会了些技术，对书法的文化不熟悉。可是无知者无畏，不懂传统的人经常有要打破传统的冲动，更要把它走向美术形态，变成一套视觉艺术，甚至抽象化，变成拼贴、拼图这样。这是我们现在整个书法发展的基本思路。

守住书法的法

除了这一思路，另外还有一些仍然是写字的，仍要守住书法的法。

这以早期北大沈尹默先生为代表。沈先生是很了不起的书法家，地位也很崇高。过去人民文学出版社的《西游记》、《水浒传》等书的封面题签都是沈先生手笔。沈先生不能写了之后，才由启功先生写。

沈先生近视极深，他完全靠着法度纯熟，才能在看不清楚的状态下写。这真是太难了，所以是很特别的书法家。由于法度谨严，故沈先生有个特别的主张。他说古代书家主要分为两类，一种是书法家，一种是善书者。善书者很会写字，但不叫书法家，跟书法家不一样。例如苏东坡就属于善书者，不是书法家。书法家需要对书法之法能有所掌握，所以各体兼擅。这包括沈先生自己。

当然大家看到他留下来最多的是行书，但是他四体都能写，法度娴熟，这叫书法家。善书的人是字写下来也很漂亮，也很有趣味，大家也很喜欢，但是他对法度的掌握不是很严谨，这里面就会有些问题。

这就像什么呢？像唱戏，一种是演员，一种是票友。票友有些也唱得很好，但只能唱几出，只能熟悉几部分，对舞台上相关的知识不如科班出身且从事唱戏这行的。所以一个是当行本色的专家，一个是玩票的票友。

用这样的区分来看，所以他说写字好看的人，点画虽有时与笔法暗合，但有时则不然，尤其是不能各体兼工；书家则不同，书家精通八法，点画使转，处处皆需合法，不能丝毫苟且从事。所以书家的书，好比精通六法的画家的画（书法是八法，绘画是六法——谢赫六法）；善书者的书，就好比文人的写意画，也有它风姿可爱之处，但是不能学，只能参观，以博其趣。也就是说：学书法，要跟专业书法家学，不能跟那玩票的人学。

陈师道曾说东坡"以诗为词，如教坊雷大使之舞，虽极天下之工，要非本色"（陈师道《后山诗话》)，就是说东坡词不错,但不是当行本色。

因为词是歌曲，懂音律是基本条件，这叫当行。跟吹笛子一样，不能说我吹得很好，只是我不合音律罢了，没这话！当行，才能叫作行家，行家就是干这一行的，就是我们现在讲的专业。文人画跟画家相比，基本工不行，靠的是文人趣味。

可是后来文人势力大，反而认为专业画家只是画工画，贬抑他，说他匠气。苏东坡有一首长诗比较吴道子跟王维，说吴道子当然很好，但跟王维比就略逊一筹，为什么？吴道子的工妙，"犹以画工论"，仍在画工的层次；王维就超越了画工，他的气韵不一般（苏东坡《王维吴道子画》）。这即是文人画的宣言。

宋代以后，玩票的、非专业、不当行之文人画，地位越来越高。文人奉王维为南宗之祖，认为我不需要这么多的笔法，我有气韵，故我的高雅，就比你这画工强。

沈先生论书法，也采取了行家与戾家之分。说有一种人，他的法度并不太精，不过他有别的条件，所以写起来也很风姿可爱，就像文人画一样。沈先生当然不是倾向文人画，他是倒过来的，认为我们不能再走这条路。你要干这一行，就不能玩票，需是当行本色，要这样才是正路。沈先生为什么这样说，为什么东坡字那么好却不能算是书法家？

我解释一下。例如握笔，我们现在一握毛笔，就都是高执其管，以拇指食指扣管，其余三指绻曲其下。这主要是清朝包世臣所推荐的方法，写小字枕腕，写大字悬腕，都这样写，这叫作凤眼法。单勾提起，一指上绰，像个凤眼。东坡写字不然，他跟现在拿钢笔、圆珠笔是一样的。这样能写吗？当然可以，但有个缺点，譬如写"轼"，左边一个"车"，右边一个"式"，这一勾不太拉得起来。因为圆珠笔、钢笔是硬笔，毛笔是软笔，软毫这样一拉拉下来，压到这里刚好毫塌了，上不去。

所以东坡这一笔一定是塌的，毫下来到这里勉强勾上去。

沈先生就说说握笔不能这样，这不合笔法，笔法有其基本要求。关于法，细说很复杂，简单说就是如此，各位可以举一反三。由于东坡的法度不严，好的时候非常好，写得差时也很一般，很多地方也都不能学。黄山谷曾开东坡玩笑，说他的字像石头压蛤蟆，扁扁的；东坡也说山谷的字像树上挂蚯蚓。虽都是玩笑，似乎也说明了宋人的法度都存在问题。因此沈先生主张回到晋唐。

黄宾虹论专业画家和文人画，也有类似的意见，说："习画之徒，在士夫中，不少概见。诵读余闲，偶阅时流小笔，随意摹仿，毫端轻秀，便尔可观……莘莘学子，奉为师资。试求前贤所谓十年面壁，朝夕研练之功，三担画稿，古今源流之格，一无所有，徒事声华标榜，自限樊篱。画非一途，各有其道，拘以己见，绳律艺事，岂不浅乎！"（黄宾虹《章法因创之大旨》）

黄宾虹、沈尹默所代表的，都是具有现代性的专业化分工态度，强调专业书家、专业画家。文人书、文人画在其观念中，等于"业余"或"外行"。专业，才精通这一行所该具有的法度技艺；文人玩票，虽也偶有暗合处，毕竟非真积力久而得，故不牢靠。虽有趣，却不正规，不足为训。

但文人书法如此不堪吗？如今书坛之弊是文人书法造成的吗？要打倒或摆脱文人书法才能发展书法艺术吗？对这些问题，我有跟沈尹默和倡言现代书法的朋友不同之见。

道理非常简单：当代书风，到底是文人气太重还是缺乏文人气？当代所谓"书法界"，无论各协会、学会、书法教室以及展售场所，参与者不都是戮力钻研笔法、苦练欧虞褚颜诸家遗迹，各体皆工的吗？

书家仅以善书著称，文名则罕觏。故古人多写自己的文章诗歌，今人只能抄抄古人的诗文或节临古碑帖。诗文既非所长，文人气自然也就难得具备。古人批评专业书人、画匠时所指摘的毛病，如"本色之弊，易流俚腐"、"腔或近乎打油"、"气韵索然"等倒是极为普遍常见。

在这样的现实状况中，救弊之道，理应是提倡文人书法，焉能倒过来再批文人书法？这不仅是打已死之虎，非英雄手段；抑且开错了药方，会使时代病更入膏肓。前者是无的而放矢，后者是庸医误诊，不免害人性命。

因此，无论从哪方面看，文人书法在今天，不是应被打倒，而是该再提倡。今天书坛的一些弊病，不是文人书法造成的，反而是对文人书法认识不清，却又胡乱反抗使然。

何谓真正的书法

书法之本质是文字的艺术化。把字写得好看，从实用文书变成艺术欣赏对象，乃其形成之原理。脱离了这一点而去谈墨色、线条、抽象、构图，就都是胡扯。书法既是这样的一门艺术，其首要就是对文字的掌握。韩愈曾说"为文宜略识字"，书家与文人一样，需有此基本能力。

所谓识字，不是只有字典式的字学知识，知道某个字该如何写，不致讹误便罢，更须对文字于组织运用上娴熟精能。因为我们平时看字，绝少孤立地看一个字，都是在一个语脉中辨识的。那就是文章。书家要能识字，自然便当擅长文章。

在这样一种结构性关系中，文字学家、文学家、书家之内在乃是关联为一体的。汉代司马相如编《凡将篇》、扬雄作《训纂篇》，都是文学家兼文字学家的例子，其书法虽不传，但另一识字之书史游的《急就篇》，却为章草之祖。《急就篇》与《凡将篇》都是七言诗的形式，为我国七言诗体之先声，比魏曹丕《燕歌行》还早得多。此外，汉代大书法家蔡邕，也是大学者、大文学家。班固、许慎、蔡琰等亦皆文人而有书名者。

这是从作者这方面说的。若从作品来看，石鼓大籀；小篆的泰山琅玡刻石；汉隶的史晨、曹全、张迁、石门，本身就都是纪功载德之文。后来钟繇宣示表，传王羲之曹娥碑、乐毅论、兰亭序，王献之洛神赋十三行等等，或是自作文，或抄录文章，渐成定式。就是一些杂帖，随手文趣，亦多可观。而且文与书相发，文之风格跟书法风格是一致的。故刘熙载《艺概》云："秦碑力劲，汉碑气厚，一代之书，无有不肖乎一代之人与文者。"

平时我们说碑说帖，因都就着书法说，所以常忘了它们本是文章。古人刻碑、志墓、铭功、记事、题名，或抄录值得珍藏的美文，都是极慎重的事。对此类大事，必求宏文巨制或赏心惬意之篇，并请著名书家书之，如此才能相衬，有兼得益彰之效。因而著名碑帖多是文书双美的。文的艺术性与字的艺术性互为映发，合为一

《石鼓文》（局部）

汉　张迁碑拓片（局部）

123

体。这才是书法之令人着迷处。后世书家作字，大抵也都以写诗、抄文、录经、作对联、撰题跋等方式出之，绝少有人孤立地写一两个字，或写些杂乱不成句读之语、俚鄙不文之句，正因此故。

由于书法讲究的不只是那些笔、墨、点、画、线条，因此书法艺术自一开始就不是从技术上说的。赵壹《非草书》批评汉代社会苦练书法的风气，说如此苦练只是徒劳："凡人各殊气血，异筋骨，心有疏密，手有巧拙，书之好丑，在心与手，可强为哉？"这跟曹丕《典论·论文》说文章"以气为主，气之清浊有体，不可力强而致……引气不齐，巧拙有素，虽在父兄，不能移子弟"是一样的。

写文章，谁都晓得必要条件是才华，充分条件才是学习。才若真大，学不学其实也无甚要紧，此所以严羽说："诗有别材，非关学也。"反之就不然。没才华，再怎么苦学，亦只如赵壹所云，乃是徒劳。这种创造性能力的差距，赵壹以心之疏密、手之巧拙来形容；曹丕以气之清浊来表示，道理都是一样的。其他人或说是灵感、是神遇、是妙手偶得，总之非由技术之揣摩研练能得。

除了诗和书法，什么技艺敢如此申言天才的必要性呢？柏拉图曾区分诗和技术之不同，谓技术传承，可资学习；诗人则是天生的。诗人之所以常是预言家，诗歌之所以常成为诗谶，即因诗人特膺神庥，获得了上天的眷顾，被视为神的使者或代言人。这类说法在中国也很多，书法中犹然。

这当然也不完全是天才决定论，人力之巧在此中并非全然用不上。但诗书一道，其"学"与寻常技艺毕竟不同。一般工匠式技艺只是"技"，诗书却是要"技进于道"的。要学的，不是技术，而是创造技术的那种心灵、那种悟性。

若诗书创作的源头确在心、在气，那么创作者该练习的就是去培养、锻炼心气，而不是去苦苦钻研技法，工夫应落在创作主体上。蔡邕所作《笔论》、《九势》虽是讨论笔势，却已说到作书须"默坐静思、随意所适"。这就表明了：笔势要好，须有内在之工夫，才能得势。此与司马相如论作赋相似。

司马相如说赋应"合纂组以成文、列锦绣而为质，一经一纬、一宫一商"，讲的是文章的组织、声律、辞采，可是这些形式却有个本源，那就是赋之心："赋家之心，包括宇宙，总揽人物，斯乃得之于内，不可得而传。"这跟《新论》说扬雄作赋时，"困倦小卧，梦五脏出，以手纳之。及觉，大少气，病一岁"一样，都形容他们在创作时进入一种不与外物相关的"凝神"状态。唯其如此，才能得赋之心。蔡邕所说，则类似庄子所云"解衣盘礴"，亦与司马相如、扬雄相仿佛。

换言之，从事诗书创作者都明白：形式上的一切技艺，诸如线条、结构、笔势、笔法、辞采、声韵、布局等，皆只是"迹"；心才是"所以迹"。迹可以学习，可以传授，有法度规则可循；"所以迹"才是创造性的本源，而这是不可传的，唯有天才，或通过类似庄子所说"丧我"、"心斋"、"坐忘"、"冥合"之类修养工夫才能获致。

因此我们便可发现，在汉魏南北朝前期，书法理论以体势论为主，齐梁以后笔法论渐兴，其内容与当时在文学上讲文体、讲格法相同。然而，无论如何讲法，讲形势，这种技进于道的形态是不变的。不断有人要提醒学书者，"书之妙道，神采为上，形质次之"，"必使心忘于笔、手忘于书、心手达情"（王僧虔《笔意赞》），"欲书之时，当收视反听，绝虑凝神，心正气和，则契于妙……故知书道玄妙，必资神遇，不可以力求也。机巧必须心悟，不可以目取也"（虞世南《笔髓论》），等等。

在这方面，书法家强调心、强调意在笔先、强调技进于道、强调风神力度，甚至还在文学家之前。

沈先生等人以为文人书法是宋元以后才兴起的，不知书法本来就属于文人，本来就具文学性，本来就与文学发展相协相发，甚至比文学更具典型作用，故而竟欲上溯二王欧虞，以法自矜，岂不谬哉？虞世南论书，辄言："假笔传心，非毫端之妙。"二王嘛，张怀瓘云"逸少天质自然"，庾肩吾称献之"早验天骨"，哪里是只讲笔法笔势就能成为二王欧虞呢？

书法与诗法同重意、韵

一般人总说唐人尚法、宋人尚意。这种书法史的描述，跟文学史相当类似。文学史上魏晋南北朝一直到唐代，是个法度建立的时代，陆机等人探讨文例、文则；沈约这些人创造了声律的格式，然后一直到唐代，近体诗的格律才慢慢确定，所以诗格、诗例的学问，唐代很盛。

到了宋代，重要的是什么呢？是"活法"，活法是什么？法慢慢定形了、稳定了，就像《淳化阁法帖》这样，法帖这个法稳定了。这个书法之法是魏晋南北朝、隋唐到北宋才灿然大备。但法度体系建立之后，就要破这个法，或者叫作活法，这是宋人诗学上的特点！所以南宋还出现一大堆"学诗诗"，写一首诗来讨论怎么学诗、诗到底可学还是不可学、又如何从学到无学。学是有法有规则，如果学而无法可教，像禅宗讲的，无一法可得、无法可传，那就是无法。从法到无法到破法，这是书法史和文学史完全相似的一个走向。

不过细细看，你又会发现书法史的走势还要略早于文学。如唐代孙过庭就已颇不以六朝之论笔势为然，谓其"尚可启发童蒙"而已，真正的书法，不应于此求之。那要怎么求呢？他说："凛之以风神，温之以妍润，鼓之以枯劲，和之以闲雅，故可达其情性，形其哀乐。"（孙过庭《书谱》）写字被视为是一种抒情的活动，所以像王羲之写字，就是"写《乐毅》则情多怫郁，书《画赞》则意涉瑰奇。《黄庭经》则怡怿虚无，《太师箴》又纵横争折"（孙过庭《书谱》），令后人见之，可以目击道存。这种见解，显然是把书法视同抒情言志的诗，故说："书表情性，技进于道。"

看孙过庭此说，便知一般所谓"唐人尚法"云云，乃皮相之见；宋人尚意，实自孙氏说"技进于道"、"意在笔先"衍出。宋人若苏、黄等，不过综括唐贤所强调的再予强调之而已，其特色并不在说意、说字外之奇，而在于把书法与诗文更紧密地结合起来说。如东坡云：

> 余尝论书，以谓钟、王之迹，萧散简远，妙在笔画之外。至唐颜、柳，始集古今笔法而尽发之，极书之变，天下翕然以为宗师，而钟、王之法益微。至于诗亦然。苏、李之天成，曹、刘之自得、陶、谢之超然，盖亦至矣。而李太白、杜子美以英伟绝世之姿，凌跨百代，古今诗人尽废，然魏、晋以来高风绝尘，亦少衰矣。（苏东坡《书黄子思诗集后》）

把书法史跟诗歌史直接模拟，且明说书法之妙本来是在笔墨之外，犹如古诗之美，难以句摘；后来颜柳重笔法而古道衰，则如唐诗律法大备而古意遂离。

明白了苏东坡此说乃是归本于诗书老传统，才能明白他为何说："书之美者，莫如颜鲁公，然书法之坏，自鲁公始；诗之美者，莫如韩退之，然诗格之变，自退之始。"（魏庆之《诗人玉屑》）又，东坡更常拿来跟颜真卿模拟的诗人，是杜甫。据他看，颜鲁公代表专力笔法的书法家，和古代书法重神采不重笔墨形质者迥异，故曰钟王之法益微。

在这种情况下，东坡于书，重意不重法，也是必然的。其《石苍

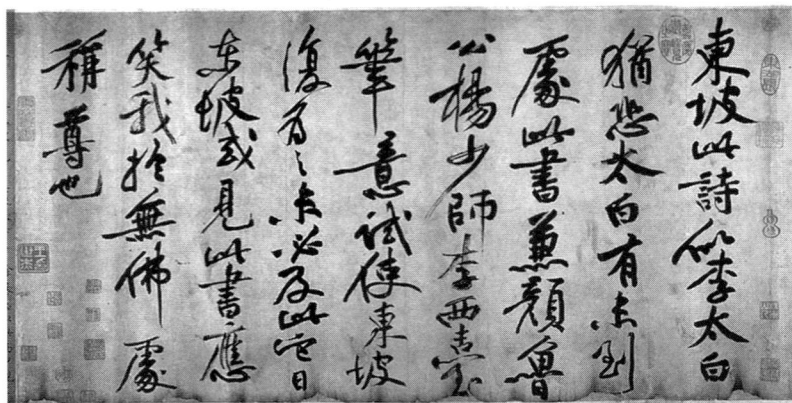

宋　黄庭坚《跋黄州寒食帖》

舒醉墨堂》诗自述曰："我书意造本无法，点画信手烦推求。"黄山谷则为他辩护道："士大夫多讥东坡用笔不合古法，彼盖不知古法从何出尔。"（黄山谷《跋东坡水陆赞》）他们强调的，都是我在前面说过的：创作的本源。

黄山谷也是个自称"老夫之书，本无法也"（黄山谷《书家弟幼安作草后》）的人，与东坡一样，称赏萧散简远、妙在笔墨之外的作品。何汶《竹庄诗话》卷十四载："黄鲁直尤喜沈传师岳麓寺诗碑，尝为之说曰：沈传师字画皆遒劲，真楷笔势可学，唯道林岳麓诗殊不相类，似有神助。其间架纵夺偏正，肥瘦长短各有体。忽若龙起沧溟，凤翔青汉；又如花开秀谷，松偃幽岑……千变万态，冥发天机，与其诗之气焰，往往惊敌。"这也是在描述山谷所欣赏的诗与书都是法度不那么谨严，但具有天机、风流气骨，令人别有感受。

这种令人别有感受的笔墨之外的东西，他称为韵，并以此衡鉴诸艺。如云"魏晋间人论事，皆语少而意密……论人物要是韵胜，为尤难得。蓄书者，能以韵观之，当得仿佛"，"往时在都下，驸马都尉王晋卿时

128

送书画来作题品，辄贬剥令一钱不直，晋卿以为过。某曰：'书画以韵为主。足下囊中物，无不以千金购取，所病者韵耳。'收书画者观予此语，三十年后当少识书画矣"（黄山谷《题北斋校书图后》）。前一则，从论事论人物讲到论书法，说应当看是否有韵。其中"语少意密"一句，正是讲韵之所以为韵。韵是含蓄的、意余言外的，故语简而意远，山谷《跋法帖》谓"今人作字，大概笔多而意不足"，指的就是时人用笔虽精能，却乏韵致。后一则，讲收藏书画也应以韵为标准。

韵，不但是山谷论人物书画的标准，对他自己的字，其自负也在此。故引晁美叔语，说自己书法波戈点画均未必佳，只是有韵味而已。那么，要怎样才能有韵呢？山谷说："若使胸中有书数千卷，不随世碌碌，则书不病韵，自胜李西台、林和靖矣。盖美而病韵者王著、劲而病韵者周越，皆渠侬胸次之罪，非学者不尽功也。"（黄山谷《跋周子发帖》）也就是从本源：心气、修养、胸襟、气质等处入手。

山谷这些意见，与其诗论之关系密切，是不用说的，书论完全可以移去说明其诗论。他本人也有意如此以书道喻诗。观以上我所引各段，即可见到他这种论叙方式，而这种方式及其观念又对诗学深具影响。

让我先引钱锺书一段话，略作考辨，以说明这一点。钱先生《管锥编》：

> 吾国首拈"韵"以通论书画诗文者，北宋范温其人也。温著《潜溪诗眼》……因书画之"韵"推及诗文之"韵"，洋洋千数百言，匪特为"神韵说"之弘纲要领，抑且为由画"韵"而及于诗"韵"之转折进阶……融贯综赅，不特严羽所不逮，即陆时雍、王士禛辈似难继美也。

神韵说在中国诗学里的位置及重要性，似不用多作介绍了。而此说之谱系，钱先生认为即起于范温之论韵。而范温能有此见识，则是因他由书画推及诗文之故。不过，在书与画间，钱先生似较重画，故云此乃由画韵及于诗韵之转折点。

这两点都是错的。首拈韵以通论诗文书画的，非范温，乃山谷。范温"从山谷学诗"（吕本中《紫微诗话》），其论韵亦明确表示是阐发山谷之说，书名"诗眼"，更由山谷来。前文引山谷曰诗家"须具此眼目方可入道"云云，又见于《潜溪诗眼》。其次，山谷、范温论韵，都以诗书并举为说，画只是附及。山谷本人不擅长作画，其体会均自诗与书来。范温则明说："自三代秦汉，非声不言韵；舍声言韵，自晋人始。唐人言韵者，亦不多见，唯论书画者颇及之。至近代先达，始推尊之以为极至。"（范温《潜溪诗眼》）这"先达"就指山谷。

韵本来是个音乐上的概念，但范温已排除了它跟音乐的渊源，只说晋人舍声言韵、唐人用韵论书画。钱锺书先生因此想到南朝画论里说到的"气韵生动"。范温谈的确实不是声韵而是气韵，但他已讲明六朝及唐人说的，跟他所说并不相同："古人谓气韵生动，若吴生笔势飞动，可以为韵乎？予曰：'夫生动者，是得其神；曰神则尽之，不必谓之韵也。'"

别人又或以陆探微简逸的画法为韵，他也不以为然："如陆探微数笔作狻猊，可以为韵乎？余曰：'夫数笔作狻猊，是简而穷其理；曰理则尽之，亦不必谓之韵也。'"（范温《潜溪诗眼》）可见他的说法非由画论来。

然则其说究竟从何而来？韵，据范温说，乃是"备众善而自韬晦，行于简易闲澹之中，而有深远无穷之味"（范温《潜溪诗眼》），但此处他并未举例。他接着说："其次一长有余，亦足以为韵；故巧丽者发之于平澹，奇伟有余者行于简易，如此之类是也。"这里便举了《论语》、

130

《六经》、《左传》、《史记》、《汉书》为例。再者，就说到山谷书法了："至于山谷书，气骨法度皆有可议，唯偏得兰亭之韵"云云。如此这般，范温论韵与山谷书法的关系还不明白吗？何须再去六朝找画论当祖宗？

其实整个《潜溪诗眼》都是以诗和书法并论来说意说韵，例如，"是以古今诗人，唯渊明最高，所谓出于有余者如此。至于书之韵，二王独尊……夫唯曲尽法度，而妙在法度之外，其韵自远"之类均是。

诗文与书法并论，或以书道喻诗，且特重其韵，事实上亦不只范温一人如此。诗的神韵一派，即由此导出。其余以书喻诗者，不可胜数，乃后世论诗论书之通套。如王穉登跋《祝京兆张体自诗卷》云："祝先生诗法奇矫，大类其书。"沈德潜跋云："枝山草书，人赏其豪纵，我爱其谨严。如太白古乐府，错综变化，随意所之，无笔不入规矩。"不胜枚举。

清人书风源于苏黄而非汉魏

重意重韵的理论，通贯着书法与诗法，已如上述。但书法与诗法的关联还不仅限于此。

一般书法史，都说苏黄下开文人意趣，至明末而极，乃生变态，因此清代遂有别求另一"美典"的运动或趋向。这也是不通的，为什么？

明清之际，傅山已提出救弊之说，谓："宁拙勿巧、宁丑勿媚、宁支离勿轻滑、宁直率勿安排，足以回临池既倒之狂澜矣！"（傅山《霜红龛集》）把丑拙支离和巧媚轻滑对举着说，欲以前者救后者之失。

清人则以此为南北书派之殊，说欧、虞、颜均出于北碑，与六朝姿媚者不同："鲁公楷法，亦从欧、褚北派而来，其源皆出于北朝，而非南朝二王派也……夫不复以姿媚为念者，其品乃高。"（阮元《揅经室集》）提出一个"北派"的概念来，想在二王或整个南朝姿媚书风之外另寻出路。

而南北书风的美感差异，即是拙朴与巧媚之分。阮元《南北书派论》有云："北朝族望质朴，不尚风流，拘守旧法，罕肯变通。唯是遭时离乱，体格猥拙，然其笔法劲正遒秀，往往画右出锋，犹如汉隶。"北派是朴拙中见出遒秀，南派则是巧媚，为了改革这种巧媚之风，所以才要提倡北碑，甚或以丑为美，打破旧时典范。

这种变局，近人论之已多，且大抵均认为这是为了打破唐宋以后流行的帖学传统，故上溯汉魏。可是这个观念最直接的来源是什么？恐怕还是苏黄！

郑板桥《范县寄朱文震》说："米元章论石，曰瘦、曰皱、曰漏、曰透，四字可谓尽石之妙。而东坡乃曰：'石文而丑'。一著丑字，则石之千态万状，皆从此处。彼元章但知好之为好，而不知陋劣之中有至好也。东坡胸次，其造化之炉冶乎？余今画之石，丑石也。"自述画作渊源，推本东坡。而所谓文而丑之妙，刘熙载则用以论书，曰："怪石以丑为美，丑到极处，便是美到极处，一丑字中，丘壑未易尽言。"以丑为美，本是宋人论韩愈诗时所开发出来的论旨，梅尧臣诗即以"老树着花无丑枝"著名，清人论书画讲的文而丑、以丑为美，渊源即本于此，东坡语尤其影响深远。

山谷论书则说过："凡书要拙多于巧。"又说作字须无意于俗人之爱好："往时作草殊不称意，人甚爱之，唯钱穆父、苏子瞻以为笔俗……数年百忧所集，不复玩思于笔墨，试以作草，乃能蝉蜕于尘埃之外，然自此人当不爱耳。"（《漫叟诗话》）凡在意别人称赏的、别人看着喜欢的，都叫作俗。山谷说诗，亦是如此："谢康乐、庾义城之于诗，炉锤之功，不遗力也；然陶彭泽之墙数仞，谢、庾未能窥者，何哉？盖二子有意于俗人赞其工拙。"（胡仔《苕溪渔隐丛话》）论诗论字，宗旨相同，所以后来罗大经《鹤林玉露》卷三重申其意，曰："作诗必以巧进、以拙成。故作字唯拙笔最难，作诗唯拙句最难。至于拙，则浑然天全，工巧不足言矣。"傅山所云宁拙勿巧、宁丑勿媚，所直接承继的就是这一思路。

这一思路下开清人去巧媚而求拙朴的书风，是无疑的。纯从书迹上看，此一进路仿学碑碣，用笔拙重，或旁求简牍，奇奇怪怪，与文人诗书所强调的疏淡简远、风流韵趣迥异。实则内里正相一贯，如傅山就曾说过："文章小技，于道未尊。况兹书写，于道何有？吾家为此者一连六七代矣，然皆不为人役。至我始苦应接俗物，每逼面书以为得真，其时对人作者无一可观。且先有忿懥于中，大违心手造适之妙，真正外人那得知也？然此中亦有不传之秘。"（傅山《不为人役》）书家不传之秘，不就是山谷所说要无意于俗人赞毁，或更早孙过庭所说要技进于道吗？故知此为中国书学之秘要，观者以皮相见之，乃以为清代书学变古；或谓清人书学，力反文人书法，其实都是妄说。现在我们要重振书法，恐怕还应该从注意它跟文学的关系着眼。

我另有《书艺丛谈》一书，有兴趣的话也可找来细读。

第八讲　文学与绘画

中国绘画是转向文学的

中国人喜欢说书画同源，认为中国画主要是线条，而中国的文字又是象形的，所以绘画与书法有共同性，书法像是抽象一点的画，而且文字、书法、绘画都属于线条的艺术。

这个讲法影响深远，直到现在还有很多知名教授、专家论中国画都从这里讲起。但这本身就是中国绘画的"特点"，是逐渐演变而来的，原先其实并不如此。

从历史渊源上说，书和画不但本来无甚关系，书与画的性质可能还恰好相反。图画是画形象的，文字则是脱离形象的符号。书法由文字符号来，绘画却不是符号，而是想对事物的形状做些掌握。两者本质即不相同。

西方人常误以为中国字都是象形的，中国人也有不少人如此胡说。象形仅是六书之一，且数量最少，在五万左右个中国字里面大约只占了百来个。故文与画在最先或许有一部分同是象形的，但分道扬镳，久已分别成了两个体系。

当然，每种艺术是否具有独立的本性或本质，有些艺术家是不以为然的，认为艺术之间的区别，可能只是表现形式不同，在材料和经验上有所差异而已，未必是本质上即有所区分。

这样的主张，最具有代表性的，就是克罗齐。他认为一切艺术都是表现。只不过历史的经验造成了表现方法与材料上的差异，并不是本质上有什么区别。因此，不但文学与绘画之间是相通的，即使和建筑、雕塑、音乐等也没有什么不同，都是表现。所以克罗齐说：一切艺术的分类都是荒谬的。

但是大部分美学家并不持此观点，仍然认为不同类型的艺术确有区分。如黑格尔认为艺术可分为很多种类型，如建筑和雕塑是象征型的艺术，而绘画就是浪漫型的艺术。早期的艺术，如埃及的金字塔、希腊的神殿，都是象征，是以建一个塔、神殿的方式来表现他们的观念。从象征型艺术慢慢发展下去，就出现了浪漫型艺术。象征艺术用巨大的造型，如雕塑、建筑等来表达观念，这种方法很费劲。浪漫型艺术，比如绘画，就不需要借助于石头、钢铁等物体的对象、体积，只需形状就可以了。

什么时候连形状都不要了，仅用声音就可以表达自己的情感与想法呢？这就是音乐。音乐没有形体、没有物象，也不必有体积与重量。浪漫型艺术发展到音乐，已经可以充分表达了。

但是音乐的表达仍有缺点。它在表达感情上没有问题，但是没有办法具体说明发生的事情，也没有办法辩说事理，更不能描述人的外

135

在世界。对客观世界、理性说明，音乐皆力有未逮。所以最高级的艺术，就是文学，就是诗。诗既可以表达主观的情感与理性，又可以说明客观的实际事物。

当然这只是黑格尔的一家之言。其讲法也并不一定经得起艺术史的检验。因为我们知道绘画的兴起并非那么晚：几万年前的岩画就已经是形象的艺术了。早期的艺术不可能像黑格尔所述，仅有东方型的艺术，如埃及的神殿等。

不过，若不拘泥于时间，只从分类看，象征型、古典型、浪漫型等说法还是蛮有意义的。不同的艺术具有不同的特质，因此各有优缺点。例如绘画可以表达物象，但是表达感情、说理就不如文学；音乐表达感情很不错，但不能通过音乐具象。这种区分不只是黑格尔的关切点，整个西方美学史其实经常在讨论这一类问题，探讨不同艺术之间的异同关系。如莱辛即专门议论过《拉奥孔》，论证同样的题材在诗人和雕塑家那里显现了完全不同的内容，因此才有了诗画之分。中国学者，过去如宗白华、朱光潜等先生，也都有专门的论文讨论它。

可是在中国，传统上一般还是比较强调诗画一致，较不谈诗画之分。虽然诗画一致的说法在宋元之后极盛，但也并不是没人反对。张岱就有一篇文章，详细地讨论我们常说的"诗中有画，画中有诗"这个论断。

这话本是苏东坡说的。他称赞王维的诗，其中有画；又说王维的画，画中有诗。但是张岱说，这只不过恰好王维兼有这两种才能，所以我们用这句话来恭维他罢了。可是，仔细想来，诗中有画的诗，必非好诗；画中有诗之画，必非佳画。

因为有很多诗意是画不出来的，比如李白的《静夜思》。整首诗讲的是人的内心活动，有何可画？画出来无非是一个人呆呆坐着，内心的思虑过程无论如何画不出。所以有些诗难以入画，即使画出来也不

136

精彩，诗意往往消失了。

　　而且，就算是景物也不见得就能画出来。我们常以为绘画与诗歌相比，它的优势是形象性，例如用万般言语描述贾宝玉长得什么样、穿戴如何，都不如画一张贾宝玉的像。但是诗里的物象却不见得可以用画表现出来。张岱举了一诗为例，"蓝田白石出，玉川红叶稀"，这是可以画的。但是再下去就不一定了，"山路原无雨，空翠湿人衣"，湿冷的感觉穿透了衣服，这种感觉就未必画得出。至于"泉声咽危石，日色冷青松"，描述深秋溪水稀少，在石头缝里困难地流动着：太阳虽然出来了，也不能使松树热起来——这样的诗句，恐怕也是画不出的。

　　所以他说诗中有画，画中有诗，其实还不是最好的诗、最好的画，能够入画的诗"尚是眼中金屑"。因为两者都还未发挥诗与画各自独立的优点；不能用画来表达的，才是最好的诗。艺术各有其界限，不同的艺术最好还是分开，诗与画不应混在一起。

　　他讲得很有道理。不过在中国，如他这般强调诗画之分的人甚少，强调合的势力比较大。我们还会认为诗画结合是中国诗与画的规律。其中最有代表性的就是钱锺书先生。

　　他早期有一篇论文，并未收在《管锥编》或《谈艺录》里，叫作《中国诗与中国画》。其观点，也常为后学所沿用，即"出位之思"。《易经》上讲"思不出其位"，即不在其位，不谋其政之意；而钱先生说，艺术的规律恰好就在出位之思：一种艺术发展碰到了瓶颈时，就会向其他艺术去借法。

　　这代替了我们之前所熟知的另一种观点，即王国维的讲法：一种文体流行既久，豪杰之士只好遁而为他体。钱先生不甚赞成此说。他认为文学的发展不是遁而为他体，而是"出位之思"。如中国的诗与画，诗歌发展到某个地步，可以引用画的元素来产生变化;画也向诗歌借鉴，从而产生突破，不必另寻他体。这就是艺术的"出位之思"。西方也存在这种不同艺术之间的相互借鉴现象。

对于这样的讲法，我不完全赞成。二十多年前我即曾发表论文《说文解字——中国文学艺术发展的结构》，说明钱先生所述，并非中国艺术史变化的原理。出位之思，当然是有的，但是有局限的，只局限于绘画向文学借鉴，而文学却不向绘画转变。中国所有的艺术，都是向文学转化的，这是中国传统艺术共同的特点。而西方的画，并不向文学转向，西方绘画是转向哲学的。

中西绘画的不同走向

西方早期绘画画的是物象。现在我们谈西方艺术史，除了苏美尔两河流域，早期的铜雕与镶嵌之外，我们主要是从希腊讲起的。而实际上，在我们谈论希腊、罗马时，普遍存在一个认识上的问题。

例如，我们在讨论中国的法治问题时，常认为中国传统只有人治没有法治，常说中国古代法律主要是刑法而没有民法，整个法制体系不健全。这些说法虽然广为流行，其实却是荒谬至极。

中国古代没有民法，那中国古人不结婚吗？结了婚，可不可以离呢？要打离婚官司，或要讨论能不能停妻再娶，根据什么呢？古代的财产继承问题又如何解决？这种户律、婚律，在中国法律中是非常明确的。古代没有民法，那不是说笑吗？

再看法律制度。不必说秦汉以后，《论语》讲："听讼，吾犹人也，必也使无讼乎！"孔子就常审案子，听民众打官司了。我国自周朝以来，这种法治体制就没断过，是世上唯一的。

再说法学教育。从汉代以来，官方除了设立五经博士、经学博士

138

以外，还设有律学博士，负责教授法律，培养司法官员。中国的法律体系，从汉代到《大清会典》，也是没有断的。唯一的断裂期是"文革"十年，直到改革开放以后才接上。

法制专业人才的选拔，从唐朝设科举以来，除了算学、经学的考试以外，还设有明律科。这点跟我们现在法制专业人才特考是一样的。这种传统从唐代到清代也没有断过。而西方在十六世纪以前，并没有这些。现在从罗马、希腊所讲下来的西方法律传统，其实是经过修补的。我们现在所读的柏拉图、亚里士多德的著作，在西方曾经失传多年，是后来从阿拉伯文献中找出来重新翻译成了拉丁文的。最早被恢复的是亚里士多德哲学，起初也遭排斥，后来才被神学家利用来讲神学。

而大规模恢复希腊罗马的文化，是文艺复兴才开始的。在信奉基督教的这么长一段时间里，那种彰显人的意志、凸显人的精神之艺术与哲学都是被埋没了的。那时期西方的绘画，只是很呆板的平面画法，都是宗教画。整个艺术也只是宗教艺术。这段期间也只有宗教法，没有世俗法。

一直到十六世纪以后，罗马法才被重新发现，经过十七、十八世纪慢慢完善，成为了现在所谓的大陆法系。而那时，中国已经到了明代了。

艺术也是一样。希腊罗马是遥远的、被摧毁了的传统，直到文艺复兴以后才重新被发掘。这个推动工作的主力还是教会。米开朗基罗、拉斐尔主要从事的都是教堂绘画。但是从十五世纪始，宗教画画法与希腊罗马观念相结合，确立了后来的西方绘画传统。其理论主要是透视法与三原色，用色彩和远近的构图关系来重建物体的形象。因此西方绘画从十五世纪开始确定了这样的典范——以刻画物象为主。

我再次参观纽约大都会博物馆时，有些特别的感触，很受启发。

希腊馆的雕像，断手瘸腿，都是被抢救出来的。但雕得甚好，而且可以感觉得到希腊的雕塑远胜于绘画。绘画特别平板，不如雕塑。在我们的一般想法中，雕塑是立体的，因此感觉要比绘画那种平面处理物象更难些。但希腊似乎相反，擅长处理雕塑而不是绘画。同样的题材、同样的时代，雕塑皆胜于绘画。

非洲馆的感觉又不一样。与希腊不同，非洲的艺术非常有想象力。希腊很了不起，但其艺术太过于写实，甚至到了一种病态：对于人的肉体的迷恋，使得盔甲都要模仿肌肉。它的艺术完全就是人体，就是物象。非洲则不然。想象力彻底超乎形体，对人物形象作了各种的夸张、扭曲、变形，表达很多观念。例如木雕大角羊，羊头雕得很长，眼睛往下；但是换一个方向看，便会发现它不是羊，是狼。将羊与狼放在一件雕刻里，这是希腊人做不到的。

希腊这种以物象为主的绘画，一直到了印象主义出现才有转变。印象主义强调绘画传达心象。心象包括了读者的心象和作者的心象。我们早期画花，都是呆呆的物体形象；而印象主义，画的却是人的感觉。莫奈之后，都是向这个方向发展。到了后期印象派，绘画在构图和透视法上也有所改变，色彩上也不采取复原物体本身的颜色。到了十九世纪塞尚以后，物象本身又被拆解了，再用几何图形来重组，用想象来重新连接。拆解之后的物象之呈现，可能是把不同时间所看到的样子拼在一起。从呈现一个时刻，到呈现整个过程，这里面涉及了对"如实"的重新思考。

梵高之后，形象的表现更多体现在色彩上。色彩从实物中释放出来，不是附着在物象之上，而是用色彩来表现个人的一种力量。

从塞尚、梵高以后，野兽派、立体派、表现派、未来派、达达派、超现实等，都是向这个方向发展：物象越来越从色彩、从造型、从透视法中抽离出来，从强调印象一直延续到强调观念。因此绘画发展出了很多思辨性，例如如何去拆解形状等，以至于谈论西方绘画史的很多人都会说：西方的绘画，特别是现代绘画以后，越来越变成了一种观念的艺术，强调的是观念的表达，包含更多的是哲学性。而这种思维与中国绘画是不一样的。

两者走的道路不一样，西方的绘画向观念、向哲学转向，而中国则向文学转向。不过，两者都走向了拆解形象、不重视色彩与透视法的道路，但是西方更多地强调表达作者的意识与观念，而中国表达的是一种情趣与精神状态。在中国，这样的转变发生于宋代文人画的出现，比西方早得多。

诗画合一

然而中国文学与绘画结合，最早还不是发生于宋代。

晋朝太康年间，汲冢除了挖出《竹书纪年》之外，还有《图诗》一篇。《图诗》是古代的画赞。画赞是诗画结合的一种方式：一幅画配上一首诗，诗用韵文表达画意或对画的赞美。我们现在还可以看到王羲之写的《东方画赞》。

画赞的来历很早。有些研究楚辞的朋友说《天问》其实也是画赞。因为这一篇是屈原"呵壁问天"而作，屈原面对的"壁"，并不是空空洞洞的墙壁，而是画有壁画的墙壁。因此，《天问》是针对壁画而发出的咏叹。古代《山海经》、《楚辞》等恐怕都有这类东西。陶渊明说："泛览周王传，流观山海图。"读周穆王的传、看山海经的图，说明当时《山海经》是配了图的。《楚辞》恐怕也是配了图的（后来也是画家绘画的重要题材，文征明等许多人都画过《楚辞·九歌》）。把绘画当作诗歌咏赞的题材，渊源古老，大概在战国就已经很普遍了。

六朝时，庾信的《咏画屏风二十五首》这类作品，代表画赞的发展。古人除了在墙壁上画，在屏风上也画，庾信诗即咏此。而这类作品，正是杜甫咏画诗的前身。许多人以为对画的歌咏起自杜甫，不知咏画诗是有渊源的。另外，画前后一般附有题记，或是诗，或是小段的跋文。这种形态在六朝也已经很多了。

唐代杜甫有许多咏画诗，如《丹青引》、《画鹰》之类。宋代以后应用愈广，到了元代，题画诗竟成大宗。宋人的题画诗很少题在画上，而到元代则变成了普遍现象，不但在画上题诗，而且题画诗在诗人的诗集中也占有很高的比例。这是因为文人画在元代有重大发展，文人与书画的关系更为紧密。而文人之沉湎艺事，在书画中找寄托，性质跟归养林下其实相同。尤其是那些山水画，所写的正是胸中之丘壑与意中足以归休之山川，更可以与其逸气相浚发。故烟云供养，艺事足以怡情，题画之作亦可以明志。

元人题画诗之多，超迈往古，佳作尤多。赵孟頫、杨维桢、吴镇，皆号称诗书画三绝。其他如虞集《道园学古录》六百余首中，题画占一百七十首；杨载《杨仲弘诗集》三百九十七首中，题画也占六十四首；揭傒斯《揭文安公集》二百九十二首中，题画占七十六首，比例都极高。内中且多表达逸士人生观之作，如赵孟頫《题李仲宾野竹图》："偃蹇高人意，萧疏旷士风。无心上霄汉，混迹向蒿蓬。"即其一端。《石洲诗话》说："元人自柯敬仲、王元章、倪元镇、黄子久、吴仲圭，每用小诗自题其画，极多佳制。此外，诸家题画绝句之佳者，指不胜屈。"确实！

明胡应麟《诗薮》甚至发现："胜国诸名胜留神绘事，故歌行绝句，凡为渲染作者，靡不精工……至登山临水，真景目前，却不能著语形

142

容!"古来山水题咏,如谢灵运、王维、柳宗元,都是真山真水的游历所得。画山水,理论上是山水的摹本。故题画中的山水,应是诗人根据他对真山水的体会,移来欣赏画中山水;或以对真山水的认知为基础,来品味画里山川。诗人须能登高能赋,始能以其观山临水之感,移以题此画中山水。可是元人恰是相反的。胡氏说:"如谢康乐五言古,王中允五言绝,皆闲远幽深,读之如画。乃元世无一篇近者。"(胡应麟《诗薮》)

古人写真山水,读起来如画;元人却是咏山水画如真,面对真山水倒写不太出来。这种状态很特别,对假山水钟情无限,对真山水却文思枯竭。

明清以后,题画也不乏名家。一些画家,像恽南田等,题画诗甚多。很多诗人还会把题画诗列为专册。从画赞到咏画诗,再到题画诗,是诗画结合最常见的一种方式。

题记与题诗一样,本来也是另外单行的,譬如韩愈的《画记》,用一篇文章来讲画马。这后来演变成了有关画的题跋。欣赏中国绘画,还要欣赏题画诗与前后的题跋。前面有引首,后面有拖尾。一幅长卷,引首或是请一名家写个标题,如"林泉高致"、"万壑松风"等;兴许在前就有题记文章,带着人进入画境。看完,后面还有拖尾题跋,带领观者继续玩味、品味画境。题跋有长有短。短的,只是记录画作的来龙去脉、作者、时代、内容、流传的经过等。有些则会发感慨发议论,对作品本身有品鉴有讨论。

除了这些之外,还有许多有趣的方法,可以促进诗与画的结合。

如历代都设有画院,画院中都是职业画家,称为内廷供奉,主要是帮皇帝画画。据说宋代的画院出过这么几个考题,如"古木无人径,深山何处钟",很多人画出崇山峻岭、茂林修竹,之后于云岭之间露出飞檐一角，显示有座寺院，故可以闻得暮鼓晨钟。中选的画是画了一位僧人站在山径上，侧耳仿佛在倾听什么，这才能把诗意显出来。另一题是"踏花归去马蹄香"。很多人都画春郊驰马，遍地着花。而中选的则是画一匹马系在槽上吃草，马蹄边有几只蝴蝶在盘旋。这类故事显示宋人在选拔画工时，是用诗来考试的。诗意不容易画出，但这不也是诗画结合的方式之一吗？

文人绘画重神似

然而，这些还不是真正的文人画。真正文人画的出现，还应从宋代讲起。宋代欧阳修、苏东坡是文人画的提倡者。他们有诗说"论画以形似，见与儿童邻"（苏东坡《与鄢陵王主簿所画折枝二首》），论画不以形似为重，就突破了我们原来绘画观念中对物象的刻画。不完全刻画物象，才有"神似"这一说法。

东坡还有一首长诗，比较吴道子与王维，推崇王维的画超越了画工。这个评价对后代有重要的影响。论画不重形似、不重画工之画，而是要学习王维这样的诗人画。所画形象可能甚是简略乃至不像，但是意境高远，可以超越一般画工的境界，这就是我们所讲的文人画。

明沈颢《画尘》云："今见画之简洁高逸，曰士大夫画也。以为无实诣也。实诣，指行家法耳。不知王维、李成、范宽、米氏父子、苏子瞻、晁无咎、李伯时辈，皆士大夫也。无实诣乎？行家乎？"行家，指那些专业画师。士夫画，也就是文人画，被认为是文人遣兴之作，虽有简逸之趣，却无实诣，少真实工夫。这行家与士夫之分，便是内行外行之别。

这种区分，早在宋代即已出现了。张端义《贵耳集》说："两制皆不是当行，京谚云'戾家'是也。"戾家与行家相对，指不在行不当行的人。当行才能本色，不当行则非本色，所以才叫戾家。

明何良俊《四友斋丛说》云："我朝善画者甚多。若行家当以戴文进为第一，而吴小仙、杜古狂、周东村其次也。利家则以沈石田为第一，而唐六如、文衡山、陈白阳其次也。"行家、利家之分，仍沿用宋元行家、戾家之说。利家，有时也称为隶家、逸家，都是戾家的同音之变。

然而，到底行家和戾家，谁比较好呢？文人异口同声说：当然文人较专业画师更胜一筹！于是这就出现了著名的董其昌南北分宗说。

所谓南北宗，其实就是文人画与专业画师画之分，故詹景凤跋《山水家法》云："山水有二派，一为逸家，一为作家。逸家始自王维……作家始自李思训……若文人学画，须以荆关董巨为宗，如笔力不能到，即以元四大家为宗，虽落第二义，不失为正派也。若南宋画院及吾朝戴进辈，虽有生动，而气韵索然，非文人所当师也。"文人画是逸笔草草、气韵生动的南宗水墨。行家是北宗，是精细的青绿山水。行家工力虽深，却以"板细乏士气"，为文人所轻。

宋元文人画作本已颇为发达，现在经这一番鼓吹，建立了南宗的谱系，当然声势大振。整个明末与清代，大体都笼罩在这种风气之下。因此，绘画的笔墨越来越简淡，也放弃了绘画所追逐的形似。绘画以物象与颜色为其要义。原先在中国绘画中设色很重要，但是我们很快地找到了水墨，放弃了颜色，只剩下了黑白二色。绘画也不再刻画物象了。过去"谢赫六法"还讲经营位置、传移模写等，到文人画里就只谈气韵生动了。

这样到董其昌、陈眉公等人出来，将此种画称作"南宗画"。南宗北宗，是模仿禅宗的南能北秀：南宗顿悟，北宗渐修。画工的技术要好，十日一山、五日一水，需要苦练；文人则不需要，显示出他的文人修养就好。所以重点不是画画的技术，而是靠读书，培养诗文的涵养，在画画中体现这种文人气。

之后，画也基本上不强调画，而强调写，跟文人的书写是一样的。赵孟頫说八法通于六法，绘画的六法与八法是相通的。画竹子、叶子、石头等都是用楷草隶篆书法的笔法。后来人讲"书画同源"其实是从这里开始的。绘画的笔法就是书法。所以，文人画比画家画更正宗。

但是在早期绘画中，最重要的是人物不是山水，如帝王将相、名人高士、美女英雄等。在文人画出现以后，才形成了重大的转变。张大千早期就是文人画的系统，学石涛，完全可以假乱真。但他认为文人画有很多优点，境界很高；但很多重要的技巧，如上色，后来因文人画盛行就失传了。他想突破，所以远赴敦煌，去临摹壁画。敦煌的人物画以及色彩，都是失传了的。而这也刚好说明，我国后期画的重点不是人物，主要是水墨山水。

这样一种以山水画为主的宋元以后新传统，实际上与山水诗的关系极其密切。山水画的美感是从山水诗中学习来的。我们是用从诗歌中学习来的美感、观物方式，来重新观照外在世界，再用一种类似写山水诗的方式画成为山水画。这才是山水画的奥秘。

山水画根本不是客观的画。笔下造出来的山水，是从中国山水诗中来的。

中国早期其实也不会描述山水。用文字刻画自然物形，并非易事。《诗经》中就没有谈山水的，即使讲到，也都是小景物，如"关关雎鸠"、"杨柳依依"之类；有点景物感，无非"蒹葭苍苍，白露为霜"。《楚辞》也很简单，只有"洞庭始波，木叶微脱"而已。可见对山水的描写，早期人还不会，只有"仁者乐山，智者乐水"这样的讲法。直到汉代人才开始真正歌颂山水，有《山川颂》、《江赋》、《河赋》、《海赋》描

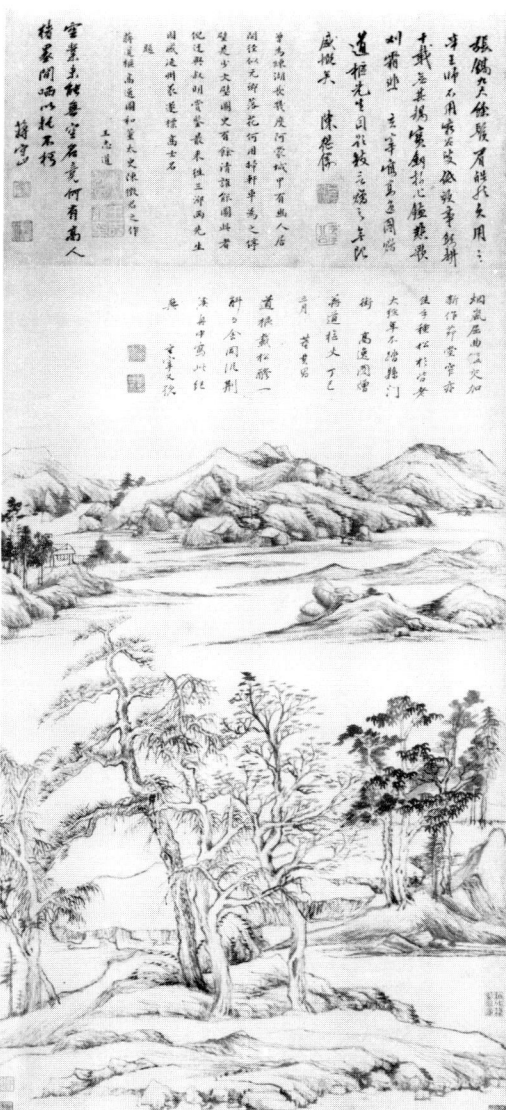

明　董其昌《高逸图轴》

147

写大的山川湖海。从汉人的赋到六朝的诗，才开启了后来中国人对于山水的体会与描写方式。

可是山水诗一旦出现了，情况便立刻改观。就像我们现今只能由文字去认识世界，魏晋以后对自然山水的认知，事实上也只能由山水诗来。元朝人可以题画中之山水，但是面对真山真水却又泉思枯竭，原因就在于此。对山水的美感，已经是被山水诗训练出的美感了。有位很喜欢陶渊明诗的人，出去玩，作诗道："举目田畴间，是处皆渊明。"满眼所见，皆是渊明所写之景象。田野间难道就没有渊明没写到的东西吗？当然会有，但读陶诗读惯了，就不容易看到跟陶诗不相关的东西了。我们所读过的文学作品，是会形塑我们之美感经验的。所以文人画的内涵，不但只是文人气，还有由山水诗、山水赋中慢慢形成的文学性的山水观，这是构成文人画的基本内涵。更不要说其他表现文人情趣的题材，比如读诗、作文、绘图、焚香、品茗等，画来画去，都是文人的生活与品味。

除此之外，文人阶层的势力也是造成了文人画压过了行家画的重要原因。在中国，各种艺术朝向文学转换，都跟文人阶层力量的扩张有关。文人看不起画工。唐朝大画家如阎立本，都还告诫子弟将来不准学画。这足证古人并不认可专业画家，因为一旦专业就不通达，所谓"君子不器"。

中国画中的文学

中国画内部还有一些重要观念，需要强调：

第一，强调气韵。本来"谢赫六法"所说的气韵生动，只是六法之一。作画还需要随类傅采——颜色，传移摹写——形象，经营位置——

构图等。但到了最后，却只剩下了气韵生动。气韵在中国文人画中是最主要的。笔墨之间显示的是作者的韵致与心量。为什么文人都画梅兰竹菊而很少画牡丹？因为牡丹俗气。齐白石到了北京以后必须"多买胭脂画牡丹"，才能卖给追求富贵的买主，故为诗自嘲富贵不是文人所追求的。文人追求的是君子之芳香与志节，故其题材笔墨都要显示作者之气。

乱柴皴

荷叶皴

解索皴

乱麻皴

　　不过笔墨上的技巧就不需讲究了吗？那也不然，是要用笔墨从中显示其气韵的。如杜甫说"元气淋漓障犹湿"（《奉先刘少府新画山水障歌》），古代屏风不是纸，是用绢，用水墨来显示氤氲的感觉。

　　这种感觉是后来的画家常追求的，比如"米氏云山"。北宗画是利用皴法。中国画没有阴影，西方艺术的关键词是光。光贯穿了整个西方艺术史，很多东西都与光有关，例如光透过教堂的玻璃，形成了神圣感。中国的艺术则像玉，是不透光的。中国导演拍电影，最大的问题就是都不会处理光。西方电影、舞台演戏，灯光都是很重要的。光在西方艺术中的重要性，就像气在中国艺术中的重要性一样。因为有光源，所以物体会有阴影。学西方绘画，一开始就要学画石膏像，学的就是画阴影背侧凹凸；我们的光却是充分的光，所以中国画没有阴影，画出来的也都是平的。这样的画，如何实现山体石头的形状与远近呢？主要看的是皴法，有大小斧劈、披麻皴、解索皴、乱柴皴等等。利用这些皴法，才能把物体的形状形容出来。但是米氏云山不重视这类皴。他的山，烟水弥漫、云雾缭绕、朦朦胧胧、水气蒸腾。形成的山体，就像小土堆一样，而上面草木翁郁，整个地气湿润。

除了这种方法之外，我们还可以使用几种方法来构成所谓气韵，如山川出气，用云、烟、雾、岚、水、雨、霭来区隔远近，让整个画面产生空灵、深渺的感觉。它不像西方油画，一定将画面全部布满。云雾是不一定要画的，只需留白就可以了。这里面有个虚实相涵、黑白相生的关系，可形成一种元气淋漓、水墨氤氲的感觉。

另外，山水画还跟赋有关系。赋是铺陈的，古人说"登高能赋"，因此不是由小观大，而是以大观小。中国画强调的正是以大观小。

沈括《梦溪笔谈》说，李成画画，有个技术叫"仰画飞檐"。但是沈括说这是错的，画的视野完全被局限了。画，一定要山后有山，山后的人家、溪涧、曲径、叠嶂都要能画出来。所以中国的画是"可以游"的，仿佛人到山中去转着看。仰视飞檐，楼上就看不见了。

他这讲法，强调的是大观：仰观宇宙之大、俯察品类之盛。过去台湾的哲学家方东美说，要懂中国哲学需要先去坐飞机，讲的就是这个道理。要如列子之御风，把心量提高起来，凌空观照，才能了解中国哲学。看中国的画也需要以大观小，笼天地于形内，挫万物于毫端。

这样才能"千里归于尺幅之中"。

也正因为这样,绘画方有助于人格的陶冶。人能够脱离现实的世界,超然于尘垢之上。文人画不只是技巧,而是让这些技巧使我们的人格健全起来,让我们的心量能够提高,要进入山水大自然中游、转。这是山水诗山水画的特点,不是站在一处描摹。正因为这样,中国的绘画后来跟文学一样,也是要谈人品的。整个绘画强调的就是写心。写是表示画像书法,是一种心情的书写,而不只是外物的奴役,却是为心服务,把心情刻画描绘下来而已。

第九讲　文学与音乐

中西音乐之对比

无论在古代中国还是西方，音乐在文学发展之前都已经非常兴盛了。希腊时期，由于要愉悦神明，出现了很多宗教型的音乐。悲剧、演唱，都有庞大的歌队配合演出——我们在很多文献上都可以看出当时希腊音乐的盛况。但是仔细考察，他们当时的音乐还是很粗糙的：主要是单音乐曲；虽然有庞大歌队的合唱，但是没有伴奏；合唱也是同音的，没有节奏、没有和声与声部的区分；乐器上也比较简单，以管乐器为主，较少弦乐器；音乐理论上也只有四声音阶的调式理论。

罗马时期则丰富了很多。罗马领土的扩张，使得中亚与印度音乐大量进入罗马。中亚与印度是音乐之乡，乐器的种类很多。东方的直角竖琴、边鼓、铃鼓、钹，都是在那个时候传进去的。弦乐器增加了很多，管乐器也有了长足的进步，还出现了打击乐器。最后出现了后来在西方一直非常重要且影响深远的乐器——管风琴：一切风琴与钢琴的前身。它本身是由管乐器发展出来的，用按的方式进行弹奏。更重要的是，管风琴一直被用于教堂之中。

西方的建筑物，与中国建筑物不同。中国的建筑物是坐北朝南的；而西方，尤其是教堂（除非盖在小地方，或受地形所限）必定是面西背东。整个造型模仿十字架的构造。长方形建筑，门则一定开在西边：早上太阳升起来，阳光通过镂空的玻璃窗，由前方的十字架洒下来，教堂被拉高，人走进去会感觉到沐浴在神圣的光中。管风琴一般固定在后墙上，很漂亮，像一幅壁画般——当然也有立体的。演奏的时候，整个教堂都是其共鸣区，声音非常好听。

西方很多音乐，都是为了配合教堂的各种活动来设计与演奏的。管风琴的出现，也同样说明在西方音乐史上宗教音乐占有非常重要的地位。从柏拉图以来就反对世俗音乐，而赞成宗教音乐。西方在十世纪之前，事实上也只有宗教音乐。整个罗马后期接受了基督教，所以管风琴也主要应用于教堂里面的伴奏和演唱。

基督教在传教的过程中是非常仰仗音乐的。首先，信徒中的大部分人是不识字的；再者，天主教的传统，与上帝的沟通并不是通过个人诵读圣经的方式，而是要通过教会和神父。而布道、传教、感化人的方式，主要就是通过用音乐、圣殿、圣诗祷告配合而产生的神圣感。

这个传统在中世纪也有逐渐发展。在音乐上的主要表现是只有宗教音乐，同时也只有演唱的观念，而并没有作曲的观念。传教士所学的"七艺"之一就是音乐。这种情境下的作曲观，并不是一种个性化的、表达自己艺术创作的方式，而是为神服务的。因此，所作的曲子也不是表达自己的情绪和想法，乃是一种公共意志，表达对神的赞美与歌颂。

但是，整个中世纪音乐在技术层面上仍有进境：发现了复音，出现了对位法。大概在九世纪到十三世纪之间，复调音乐即逐渐发展，到十三世纪就比较完整了。在十世纪到十二世纪的时候，开始有了记谱的方法，从一线谱发展到了四线谱。十三世纪以后，可以记录声音的长度。到了十五世纪以后，出现了五线谱。而在这个时期，乐器也可以和声了。和声的方法被应用于创作歌剧与清唱剧之中。

文艺复兴，让音乐也出现了很大的改变。首先，巴洛克时期的音乐充分利用了和声学。其中最主要的人物就是巴哈、韩德尔。巴哈表现在器乐上，韩德尔则以声乐为主。

另外，天主教因马丁·路德的宗教改革，出现了新教。与旧教的不同是，新教是鼓励信徒自己与上帝沟通，而不需要通过神父。这带动了音乐的世俗化。新教本身就是离经叛道、背离原来教会的宗旨。新教来到了民间，聚众讲经，由传教士带领信徒共同祷告，而并不需要通过教堂的环境。这样的传教方式甚至更加仰赖音乐，但是吸收了很多地方的歌谣，也就带动了音乐的世俗化。

十六世纪中叶到十九世纪二三十年代，是西方音乐的古典主义时期，这是我们一般意义上所称的西方古典主义音乐。这个时期，相当于中国的乾隆年代。这个时期发展出了奏鸣曲、交响乐，也是我们现在一般认为西方音乐有长足进步的阶段：音乐不完全是宗教性的，也开始有了作曲的观念，作出的曲子也很能够代表其人的风格。这是西方近代音乐形成典范的时期。

再以后，便是浪漫主义时期了。音乐与其他艺术开始有更深入的结合，例如文学、戏剧、绘画等等。作品开始有标题性的构思——之前都是用编号代表，标题性不明确，也慢慢打破了原来音乐逻辑严谨性的结构。同时，音乐与民族特性也更深入地结合在一起。

早期作曲家基本上是集中在德国、奥地利，恰好处于宗教改革最激烈的地区。慢慢地，奥地利的舒伯特，北欧与东欧的音乐也逐渐被承认为是整个西方音乐的主流，也就逐渐形成了后来所谓的国民乐派。再者，乐队的编制越来越大，人数越来越多；乐器的共鸣箱扩大，音响也越来越大。低音大号出现，钢琴也会编组到乐队中参与演奏。曲调的转换与对比也比过去更为强烈。

十九世纪末，被称之为印象主义时期，类似于绘画中的印象主义。西方的绘画从文艺复兴以后，已经确定了一种新的规格：原来主要通过色彩、透视法、三原色去模拟外在物，印象主义则要求绘画表达自己的想法与感觉。印象主义音乐也是如此：反对逻辑谨严的乐曲结构方式，强调主观的感受。传统的和声与调音体系就逐渐瓦解了。也正因为有印象主义，才有我们所说的二十世纪以后的现代音乐。这大致是整个西方的音乐史。

不过，从上面简略的叙述中应当可以发现，西方音乐的发展是很晚的。十六世纪末，差不多已经到汤显祖的时代了。古典主义时期，则相当于中国的乾隆年代。与之相比，中国音乐可谓是太早就太过于发达，甚至超乎我们现在的理解了。

传说黄帝时即有伶伦造乐。李商隐《钧天》诗："伶伦吹裂孤生竹，却为知音不得听。"即用这个典故。当时创造的音乐，就已经非常发达了，所谓黄帝张乐于洞庭之野，有大型的歌舞叫"云门"、"大卷"。尧之时，则有"咸池"；舜的音乐是"韶乐"，又称为"大韶"。孔子在齐闻韶，竟至三月不知肉味。再后来，夏的音乐就叫"大夏"。商的音乐是"大濩"，周的音乐叫"大武"。

这就是上古时期的六代乐。孔子听到韶乐还那么感动，可见是非常好的。现在这些东西只见于记载，我们不可得知。

但是考古数据却非常有趣。一九八七年，在河南舞阳地区的贾湖挖出了一批骨笛，有二十五、六支，都是用鹤的脚胫骨来做的，钻有六孔、七孔或八孔的。在这批骨笛没有发现之前，我们对中国音乐史有这样一种看法：有一种乐器叫作埙，由陶烧成，上面有一孔，手捂着吹，会发出声音。一个孔吹出一个声音。埙最早是一孔的，后来逐渐变成两个孔、三个孔。我们原来挖掘出来的一孔、二孔、三孔的埙，中间的发明大概都间隔了一千年。

发明是一种天机偶然的创造。后人可能觉得很简单，但是当时的人确实就想不到。如中国印刷术，到了唐代才发明将木板刻字，刷上油墨，把纸印上去。这个方法在一千年前已经完完全全应用于拓碑之上了。如果把拓碑技术倒过来用，就成了印刷。但是，同样的方法，倒过来用，却很难被想到。

乐器上的孔当然不是随便挖的。孔越多，声音也就越复杂。埙、篪是中国很重要的乐器，也是礼器。由考古发掘可知，埙是一种缓慢发展的乐器，由一个个孔发展起来。但是这批贾湖骨笛的出现，就说明情况完全不是这样子的。这些有六孔、七孔、八孔的骨笛，经过反复实验，能够吹奏出我们现在完整的七声音阶。这便足以证明当时的

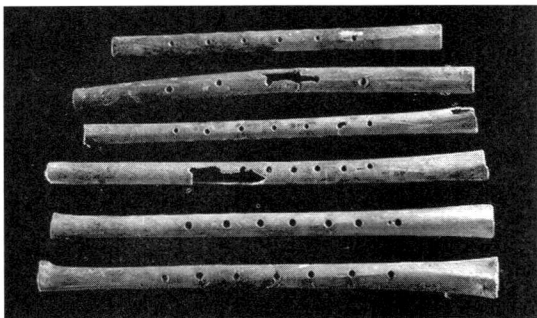

骨笛

人已经有了完备的七声音阶的理论，并且也制作出了可以吹奏出七个声阶的乐器。而那个时候，距离现在是八千年！

我们过去认为，中国在春秋战国时期只有五声阶理论，变宫变徵是五声阶里生出来的。我们也认为，十二平均律是在明朝以后才发展出来的，甚至也不认为古人能够旋宫转调。但是考古发掘推翻了这些想法：中国音乐的发达，远远超乎我们的想象。

除了这批骨笛之外，河姆渡还出土了很多其他的东西。也就可以说，在黄帝和尧舜的时代，像古人所赞美的那样美好动人的音乐，是完全有可能存在的。

不过考古所得毕竟还是比较零散的，没有办法帮我们完全复原黄帝夏商的音乐。我们现今确切能知道的只是周朝的礼乐。

从理论上来讲，管仲在书中提到了计算音阶的方法，叫作三分损益法。先求标准音宫；再以这个音为基准，弦长加三分之一，就可以算出低四度的徵；徵的弦长减去三分之一，又可以生出高五度的商调；最后可以求出变徵、变宫。七音再加上旋宫转调，音乐就变得非常复杂。当时有十二律吕和八音——金、石、丝、竹、匏、土、革、木等。

这些本来也仅有文献的记载，但现在挖掘出了许多实物，其中最重要的就是曾侯乙编钟，出土时举世惊羡。

曾侯乙编钟规模非常庞大。这一组乐器中有编钟、也有编磬，还有鼓之类。这是古代非常完整的宫廷音乐组器。它的特点首先是体制完整。过去从未看过如此完整的周朝的礼器（同时也是乐器）。

其次，除了乐器之外，编钟里附加了很多铭文作为它的乐理说明，达二千八百多字。里面记载了楚地音乐与齐国等其他国家音律的比较关系。因此，通过曾侯乙编钟，可以知道当时的音乐观念、音乐的实况，以及其他音律音乐学上的知识。

而曾侯乙编钟本身又非常复杂，这整组乐器能够敲击的音，跟现在的钢琴差不多，即现在能够演奏的音，它几乎都能发出。不过钢琴的发明乃是近三百年的事情，而曾侯乙编钟却是两千年前的古物了。而且，里面的每一种乐器的制作都非常的精密与复杂。现举简单一两点予以说明：单独一口钟叫作特钟，排在一起的则叫作编钟。编钟本身也分为很多种，有上中下三层。顶上的是用来敲击的，底下是用来撞的——演奏者背对着钟，撞击以发出声音。

我们都听过寺庙里的暮鼓晨钟。寺庙里撞钟的声音会拖出长长的韵尾，有轰鸣的声音。但曾侯乙编钟并不如此。每一口特钟和每组编钟的声音都非常清楚，不会混乱。普通的钟撞了以后，由于铜器本身导音性非常好，声波在上面传递会余韵不绝；但是曾侯乙编钟中的每口钟，都有一个个凸出像装饰物一般的止音钮。这个止音钮可让铜的厚薄变得不同，让声波在这里受到阻碍，被切割停顿，因此每次声音发出、收束都非常干净。

用来制作编钟的材料也不是纯铜，而是合金，铅锡锌以一定的比例进行调配。这个合金的技术与方子，在《吕氏春秋》中固然有记载，但是原来并不知道如何制作，现在有实物就完全可以仿做出来。因此，编钟敲击出的声音清脆好听，是乐器的声音，而不是寺庙的钟那样沉厚的声音。

另外，曾侯乙编钟应用于大型乐队的演出，一口钟只发出一个音是不够的。古代的特钟与编钟都不是圆的，而是两片瓦的形状。这样的瓦形，使得声波的回转不是圆形，而像是鳞片一样，敲击在中间与敲击在旁边的回转方式与距离都是不一样的。因此，一口钟可以敲出相差三度以上的音，即一钟双音。诸如此类，整套编钟有非常复杂的设计，不仅声音好听，

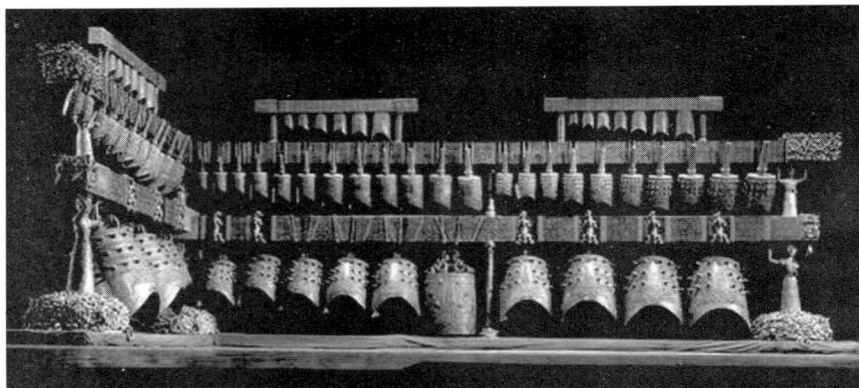
曾侯乙编钟（战国）

　　而且演奏也方便。这是先秦时期的音乐。无论从造型与搭配上都可以看出，当时的礼乐文明非常了不得。假若孔子判断不错的话，周代以前的音乐不见得比周代差，甚至可能比周代还好，所谓"（《韶》）尽美矣，又尽善也"，"（《武》）尽美矣，未尽善也"。古代音乐也未必比现在的差。

历史流变里的音乐

　　到了汉代以后，音乐文化却发生了很大的变化。周朝的礼乐到了汉代几乎失传了。除了秦始皇焚书坑儒，使音乐不容易流传以外，主要是因为礼乐的体制不同。社会体制不一样，礼也改变了。古代所形成的贵族体制已经瓦解，而贵族的礼太复杂，仪礼三千，博而寡要、劳而少功，一般人不需要了解这么多。因此儒家所传的礼，只有士礼，士昏礼、士丧礼、士相见礼等。士以上之礼皆是不甚传的。汉代以后，即使是皇室，也只是在士礼上略微增加而已。所以原来周代的礼乐并没有多少留传。但到汉武帝时期，设置了乐府，又由于经常打仗，受北狄的影响，大量接受了中亚民族的音乐观念、器物，因此音乐也有了新的发展。

汉代音乐分为鼓吹曲、横吹曲、短箫铙歌。鼓吹曲的主要演奏乐器是排箫与胡笳。胡笳的声音非常悲凉；排箫本来早就有，到汉代应用得更多。横吹曲主要用鼓与角。短箫铙歌里面，短箫是排箫，铙类似于钹。

另外汉代还有相和歌。相和三调虽然是周朝的遗曲，但主要是通过汉代流传的。本来清唱的歌曲，加上了梆腔，则称之为弹歌，还可以再加上弦管伴奏。相和歌也可以发展成相和大曲的。每组乐曲里面分有好几解（古代音乐一段一段称之为解，或是辩。《楚辞》中九辩之辩，就是音乐中的一个章节）前面有趋，后面有艳，最后则称乱。这个发展有点像西方从唱加上和歌，再发展到交响乐的情况。

南北朝时期相和歌开始不流行了，主要流行的是清商曲。后来又有吴歌、西曲。吴歌，是长江以南一带的歌曲，西曲是长江中下游及汉水流域一带的歌曲，它们分别都带有地域的风格，但基本上还属于相和曲。吴歌、西曲本身与文学史的联系就很紧密。

这个时段还有一些音乐是结合歌舞的。汉代的舞蹈就有大型的舞队。南北朝也有歌有舞。著名的歌舞戏有《大面》、《钵头》、《踏摇娘》等等。

另外，琴曲从先秦延续下来，到南北朝还仍旧是很兴盛的。嵇康《广陵散》的故事为人所耳熟能详，其曲就是琴曲。我们现在所熟知的古琴，是中国最古老也是最有代表性的乐器。

但是我们所知道的乐曲，却不是很古。古代的琴与现在的琴制也不大一样，比较短，大概只有现在的三分之二，上下开合。琴曲也不只是嵇康的那一首不传，事实上所有曲子的都不传了。我们现在所听到的《文王操》，难道真是孔子所听过的那个曲子吗？现在大部分古琴曲主要是明朝朱权《神奇秘谱》等琴谱中所载，另一部分是清朝的。唯一南北朝时期的古琴曲叫作《碣石调·幽兰》，是目前所知最早的琴曲，梁朝时丘明所作。在唐朝有个抄本，不过在中国没有流传，是在日本发现，再传回来的。

隋唐以后，音乐又改变了。这时期的音乐主要有三种类型：雅乐、清乐和燕乐。雅乐，是上古的音乐。虽然古代音乐没有流传，但是后人凭借想象、研究，将其复原、留存下来。

清乐是源于清商三调，是汉魏六朝旧乐。燕乐是当时势力最强的音乐，是当时的世俗音乐，整个社会都喜欢燕乐。燕乐的形成其实主要是受西域影响。有些人认为，是从北齐以后，在西域音乐的影响下所慢慢形成的；有些人则认为，燕乐是法曲与胡部结合而成的。

燕乐特别之处在于，与清商曲不一样，它是七宫二十八调。七宫二十八调的说法目前仍有很大的争论，有些人认为是四个调高，每个调高底下有七个调子，即四韵（古字写成"均"）七调（指的是调高）；有人则认为刚好相反，是七韵四调。清朝凌廷堪写过《燕乐考原》，但是具体的情况现在还不能完全确定。燕乐不只是唐代最重要的音乐，也是宋元以后俗曲与说唱的根据，所以也称为俗乐二十八调。

在这段时间有一件事需要特别说明，就是记谱法。

中国人记谱不像西方那么晚。西方要到十世纪才会记谱。但是在中国，周朝的音乐就是有谱子的。在《汉书·艺文志》中，就有了曲折谱，又称之为声曲折，是一种用符号来记录声音变化的乐谱。西方记谱，早期较笨，很长一段时间以后才能记音长。

我们现在看到的琴曲《幽兰》，采用的是另一种方法，叫作文字谱：通篇用文字来详细说明每一个音的弹奏。这本来是最详细最清楚的，实在过于琐碎，因此后来发展成了减字谱。现代的琴谱就都是减字谱。用汉字的勾、挑等字的一部分作为符号，形成一个个特殊字的符号，阅读起来非常清楚。后来还流行过俗字谱和工尺谱，用合、四、一、上、尺、工、凡、六、五、乙等字样表示音高。如若熟悉符号，读起来与西方乐谱是一样的。

唐代的音乐大体如此。除了从日本传回的抄本《幽兰》，敦煌还出土过《琵琶谱》和《舞谱》，也是能够知晓当时音乐情况的重要文献。

宋代音乐也是一样，主要流行俗乐二十八调。不过，现在已经不太清楚当时的状况了。能知道的，只有姜白石的自度曲，他自己用记谱的方式来说明曲子如何演唱。现在可以看到的《白石道人歌曲》有十几个曲子。跟唐代的琵琶谱一样，这部分也有很多人做复原的工作，根据复原的方式去演唱。

这就是中国音乐大体的状况。之所以前详而后略，是因为中国音乐的发展与西方不太一样。西方音乐是从粗糙到精致、缓慢进步的过程；中国音乐则是从极为繁盛到衰落。到现在，中国音乐简直没办法再述了。

我们现在学校教育体系中是没有中国音乐的。所谓的民乐，台湾叫国乐，香港叫华乐，新加坡叫中乐，但是不管是什么乐，都很可笑。很多乐器，根本不是中国的，例如大提琴，为求声音好听，也成为正式的民乐演奏的乐器。而民乐的演出方式，无论从舞台的搭配还是坐的方式（一边是弦乐、一边是管乐）都在模仿西方交响乐。演奏方式也很单调，还有个指挥在那里指手画脚。中国音乐要指挥吗？

中国音乐演奏是不需要指挥的，打鼓佬就是指挥。另外，我们现在所使用的乐器，基本上除了古琴，都是西域传来的。如胡琴、琵琶是中亚传来的。中国古代认为琵琶是阮咸（竹林七贤之一）所作，后来乐家以他的名字来命名。早期中国的琵琶就是阮咸，而现今所谓

五弦阮咸（敦煌千佛洞壁画）

的琵琶则指外来的水滴型乐器。

琵琶有两种，一种是四弦的，一种是五弦的；一种来自波斯，一种源于天竺；一种是直项的，一种是曲项的，又叫歪脖子琵琶。当时琵琶是横抱着弹奏的，就像是现代的吉他。这两种乐器本来都是中亚传入的，传到东方成为了琵琶，传到西方成为了吉他。两者的发展方式也不太一样：琵琶本来是横抱的，也不是用弹的，而是拿一个拨子——杆拨，下打而上挑（现在弹吉他也多是用杆拨的）。在大陆，横抱弹奏琵琶的方式目前只存在于福建泉州一带，也就是所谓的南音（唐代留下来的音乐）。在日本，则还有很多和尚横抱琵琶弹奏。

琵琶本来是粗犷的乐器。我们现在由于受白居易《琵琶行》的影响，以为这是阴柔的乐器，其实不然。宋人在形容东坡词与柳永词之不同时，就有"柳郎中词只合十七八岁女郎，执红牙板，歌'杨柳岸、晓风残月'。学士词，须关西大汉、铜琵琶、铁绰板，唱'大江东去'"之说。不过琵琶在中国慢慢演变，就变成竖起来弹了，另外加上了中间一格一格的"品"。与吉他相比，琵琶的共鸣箱较小。吉他在西方发展的过程中，共鸣箱的厚度增加，音量增加；在中国就不同。另外，则从用杆拨变成用手指弹奏。

胡琴也是从中亚传进来的。到宋代以后，主要的乐器是筚篥，是一种短笛。这都不是中国原有的乐器。此后中国乐器的演奏方式受中亚影响很深，因此我们现在要知道古代的音乐甚为困难。

文学形式中的音乐

文学与音乐的关系，主要表现为以下几个方面：

首先，中国文学从《诗经》以下，本来跟音乐是二而一的。《诗经》既是辞章，也是乐曲。文学与音乐的关系千丝万缕，纠缠不清。《诗经》、《楚辞》本身都可歌。后来到乐府诗、词、曲之外，还有很多鼓书、琴书、说唱艺术、弹词，都跟文学有关系。不懂音乐，中国文学的很多内容是没办法谈的。元、明、清代的戏曲，如果不懂戏，如何讲起呢？

但是，这种关系既紧密，又是有区别的。区别在于，诗、乐分途。古代的诗，到后来就只是诗，而不再是音乐了。《诗经》以后，到后来的四言诗五言诗，跟音乐有什么关系呢？像陶渊明是喜欢音乐的，但是他喜欢的是无弦琴："但识琴中趣，何劳弦上音？"他是一位脱离音乐的音乐爱好者。诗、歌本来有血缘上的关系，但毕竟分开了。

再到后来七言诗、格律的发展出现之后，诗歌的声音美就不再依从于音乐。沈约提出的"四声八病"为什么如此之重要？当时有很多人反对，也有很多人以为他谈的是宫商角徵羽。其实宫商角徵羽的五声，与声调的四声完全不一样。沈约与陆厥辩论时，说他谈的是唇吻之间、口齿之间，是文字上的四声；而陆厥所谈的是音乐上的五声，是两回事。因此四声出现以后，文字就远离音乐了，用它自己的声调构成了自己的音乐性与声音感。

词也是如此发展的。词本来也是歌曲，但是后来慢慢不可歌了。我们现在读词读的只是文字。我们所谓的填词，填的格律谱，是根据古人留下的文字作品比对以后，确定出来的规格。也就是说，只是文字谱。所以很多填词的人也闹不清楚声腔。

词本来是有宫调的，是有声腔的。如同唱歌一样，唱大调还是小

165

调是不同的：黄钟宫就不是小石调。所谓婉约派与豪放派，光看选的词牌就知道了。各个词牌都是隶属于不同宫调的。豪放派词人多半用的是《永遇乐》、《摸鱼儿》、《浪淘沙》之类，本来声情就比较豪壮。

这个道理也很像戏曲。戏曲里面的音乐体系是不同的。昆曲唱的是词牌。汤显祖的《牡丹亭》，从它创作出来就几乎没演出过。演出的，到现在多是改编本，不改编就几乎不能演。不只是因为唱腔变化多，宫调还非常混乱。我们现在读词，只知《天净沙》《菩萨蛮》等词牌名，没有注意它的宫调，恐怕连词选课本上都不会记录它属于哪一个宫调。为什么？因为大家对这些宫调都不在意，把音乐的部分丢掉了。金朝为什么会出现诸宫调呢？同样讲《西厢记》，宋人有西厢记故事，有十几首《蝶恋花》，同一个曲子翻来覆去，去演唱一个故事；到了金朝人，觉得这样太单调，就使用诸宫调，用不同的宫调各选曲子来唱。再以诸宫调穿插改变为戏曲。戏曲即是由不同的宫调组织而来的。昆曲唱的是词牌，宫调乱了，歌者就不可歌。

不过，像平剧这种，在清朝称为乱弹，它的演唱方式跟昆曲不一样，属于花部而不是雅部。这之间不只是雅俗的差别，更是演唱方式、音乐形态的不一样：平剧不再唱词牌，而是用板腔体，西皮、二黄、摇板、流水、慢板、拖腔、哭腔等，将一些字句套在不同的板腔调里。各种戏剧，只有了解背后音乐体系的不同，才能够了解剧种之间的差异。

我们现在讲文学史，很少有人再讲这些了，只是就文字上审美一番。文学史越来越只重文字，而脱离了其音乐属性。如同词，最早本来是曲子，到东坡已经不再是当行本色了。后人觉得东坡这样写很好，能把词当诗来写。这有两个含义：第一，词本来是给歌女唱的。现在把它拿来表达士大夫的感情，抒情言志；第二，词本来是唱的，现在则没办法唱了。李清照批评当时士大夫词只是句读不整齐的诗罢了。这句话其实就道破了宋词的奥秘。

宋词后来的发展，就是音乐性不再重要，重要的是把它当成句读不整齐的诗。词的写作处处模仿诗。早期是把唐人诗直接用在词里面，后来慢慢熔铸后，再把词雅化成为诗一般的句子，脱离了流行歌曲的范畴，成为士大夫清雅的创作。词人"尊体"，就是说自己隶属于诗的传统。

曲的发展也是同样的道理，发展到以文辞为重。

音乐的没落

这也说明中国音乐的发展到后来慢慢不行了。理由非常多，但其中一个重要的原因就是：音乐与文字发展竞争的时候，文字最终打败了音乐。文学本来从音乐中出来，但是文学的发展使得它的竞争力越来越强。实际上各种艺术形式最终都是向文字靠拢。

首先看歌与舞，我们可以说是戏剧吃掉了舞蹈。

中国古代的舞蹈，在周、汉时期都还很盛，之后便鲜有所闻。中国现在有哪一个独立的舞曲？有哪一种舞蹈是独立的？例如世界上各民族发展出不同的舞种，芭蕾舞是跳脚尖的，踢踏舞是跳脚底的，其他扭腰的、抖肚皮的、晃屁股的、摇脖子的，各自形成一种舞蹈体系，我们现在有什么呢？《霓裳羽衣曲》早已失传，而且也是由中亚传过来的。其他的独立舞曲、舞种，一个也找不出来。

可是，从石刻、绘画及傅毅《舞赋》之类记载中，我们可以晓得舞蹈在汉代是极发达的。至唐朝也很蓬勃，形式多样，气势宏阔。如上元乐，舞者竟可多达数百人。且此时舞蹈并不杂糅大量杂艺、武技等，而是一门独立的舞蹈艺术。同时，唐代舞蹈在整体上是表现性的，大多数唐舞都不再现具体的故事情节，不模拟具体的生活动作姿态，只运用人体的形式动作来抒发情感与思想，而不是用来叙事。所以唐代已超越了古代以舞蹈的实际功用（如祭祀、仪典）、道具来命名舞蹈的形态，直接就舞者姿态之柔、健、垂手、旋转来品味。这些特征都显示唐代舞蹈已发展成熟，成为一门独立的艺术。

可是这门艺术到了宋代却开始有了改变。宋人强化了唐代舞蹈中的戏剧成分，开始在舞蹈中广泛运用道具，桌子、酒果、纸笔等已类似后来戏剧中的布景。又增加了唱与念，唱与念强化了舞蹈的叙事、再现能力；道具与布景，又增强了环境的真实感。与它们相呼应的，则是宋舞有了情节化的倾向。如洪适《盘洲文集》记载《句降黄龙舞》《句南吕薄媚舞》，即取材于唐人传奇及蜀中名妓灼灼的故事，可见宋舞在这时已类似演戏了。

这种情况越演越烈，到元代时，除宫廷还保留队舞之外，社会上的舞蹈大抵已融入了戏剧之中。在元杂剧里，舞蹈通常以两种形式出现：一是与剧情密切相关的，作为戏曲叙事之一环的舞蹈；一是剧情之外，常于幕前演出的插入性舞蹈。所以舞蹈动作是在戏曲结构中为表现人物动作、塑造气氛、推动剧情而服务的，内在于戏的整体结构中，不再能依据人体艺术独特的规律，去展示独立于戏曲结构之外的东西。

后来的戏越来越强调"无声不歌，无动不舞"，把舞蹈的动作完全消化在戏曲之中。戏都是带着舞蹈动作的表演。舞蹈，被拉入戏曲中充当了叙事功能，成为了叙事的一部分。那些可以被剥离开来的独立的舞蹈，例如《霸王别姬》中虞姬的剑舞，事实上也是镶嵌在叙事过程中，成为叙事辅助的手段。《天女散花》中的舞，也是叙述故事的一部分。因为维摩诘示疾，文殊问病，而天女散花。所以我们现在看的舞蹈，只能在戏剧中观看：或是观赏一段独立的、镶嵌进去的舞蹈，或是作为情节推动的一个过程。既然没有独立的舞蹈，就更不用说舞队的编组了。舞蹈作为独立的艺术就这样消失了。

接着，音乐又并吞了戏剧。

中国戏剧不像一般人所说，是"音乐在戏中占了非常重要的地位"，而是所谓的戏根本只是一种音乐创作。在中国，一般称戏剧为戏曲或曲。古人论戏，大抵亦只重曲辞而忽略宾白。元刊杂剧三十种，甚至全部省去了宾白，只印曲文。当时演戏者，称为唱曲人。

谈演出，则有燕南芝庵的《唱论》、周德清的《中原音韵》、朱权《太和正音谱》、魏良辅《曲律》、何良俊《四友斋曲说》、沈璟《词隐先生论曲》、王骥德《曲律》、沈宠绥《弦索辨讹》、《度曲须知》等，注意的也都是唱而不是演。这就是为什么元明常称创作戏剧为作曲、填词的缘故。

女舞俑（汉代）

舞蹈俑（北齐）

直到明末清初，李渔还在《闲情偶寄》中特立《恪守音律》一章，严申"半字不容出入"、"寸步不容越"的"定格"。在传统社会，观众也只说去听戏，没人说是去看戏的。即使宾白，也属于以语音做音乐

169

表现的性质。

中国戏里最主要的亦不是演，而是唱（戏在西方主要是表演），任何剧种都一样。唱、做、念、表，唱第一。戏中表情越多的角色，身份越卑微，像丑角就是。正旦、正末都没有太多表情，尤其是青衣，几乎是没有表情的，甚至连身体都没什么动作。有较多动作的，是花旦。

故音乐在中国戏曲中实居于主控的地位，不是"伴奏"。它不是在戏剧里插进音乐的成分，因为戏剧整个被并吞在音乐的结构之中了。整个表演也集中在唱。凡戏都叫作曲，用曲来代替戏。音乐的强势，致使音乐吃掉了戏剧，以致中国几乎所有的戏都以声腔来命名，像昆腔、秦腔、梆子、皮黄等。在中国，所有戏种的分类，大概都是因于唱腔的不同，而很少考虑到它表演方式的差异。

换言之，中国戏剧"无声不歌、无动不舞"，整体来说，表现的乃是一种音乐艺术的美。

然而，音乐最终又被文字吃掉了。

正如词的诗化一样，那强而有力的文字艺术系统似乎又逐渐扭转了发展的趋势。从明朝开始，戏曲中文辞的地位与价值就不断被强调，崇尚藻饰文雅，力改元朝那种只重音律不管关目且词文粗俗的作风。凌蒙初《谭曲杂札》尝云："自梁伯龙出，而始为工丽之滥觞，一时词名赫然。盖其生嘉隆间，正七子雄长之会，崇尚华靡。弇州公以维桑之谊，盛为吹嘘……而不知其非当行也。"王世贞的书，就叫《曲藻》。当时如《琵琶记》，何良俊谓其卖弄学问；《香囊记》，徐复祚说是以诗作曲。可见"近代文士，务为雕琢，殊失本色"（《北宫词纪·凡例》），"文士争奇炫博，益非当行"（《南宫词纪·凡例》），确为新形势、新景光。

案头曲的出现，形成了我国戏剧批评中"剧本论"的传统，只论曲文之结构与文采，音乐不是置之不论，如明末汤显祖所说：宁可拗

京城的戏楼

折天下人嗓子；就是如李渔之"尊体"，谓："填词非末技，乃与史、传、诗、文同源而异派者也。"（李渔《闲情偶记》）所以结构、词采居先，音律第三。

总之，无论是《香囊记》的以诗为曲；或"宛陵（梅鼎祚）以词为曲，才情绮合故是文人丽裁；四明（屠隆）新采丰缛，下笔不休"（王骥德《曲律》）；或徐渭所谓"以时文为南曲"；或李渔的"尊体"，戏曲艺术都朝着文字艺术发展。

逐渐地，戏曲成了一种诗，所体现的不再是戏剧性的情节与冲突，而是诗的美感，成为了案头剧。"乃案头之剧，非场上之曲"，只是在书斋里面看的。所以王世贞所写的曲论叫作《曲藻》。辞藻美，才是论

171

断戏好不好的关键所在，文字的重要性远远超过了音乐。《牡丹亭》就是很典型的例子，它的流传与音乐完全没有关系，其优势恰好在于辞采优美。所有演出也都必须用南北合套等方式改编，才能够顺利演出。而汤显祖对别人的改编是没有敬意与谢意的，说"吾宁拗折天下人的嗓子"，文字的重要性显然凌驾音乐之上。故中国音乐的衰微，也与文学势力的膨胀有直接的关系。

文学与音乐的疏离与亲密

虽然如此，文学中的音乐的关系也不能忽略。

由于我国音乐之发达在文学以前，故文学批评中的很多观念、美感都是从音乐中来的。如文学审美活动也是在寻求"知音"，《文心雕龙·知音》篇就是例证。而最好的文章，其美感又是什么呢？是中和！古人一再说诗"造平淡难"、"繁华落尽见真淳"。这样的美感，都是拿音乐做类比的。我们是从《乐记》或孔子谈音乐等处学习到了音乐审美的评判标准，再拿来作为文学的评判标准。

中国文学史的发展看上去似乎是文学吃掉了音乐，实际上，文学的灵魂就是音乐。

中国的音乐，性质也与西方不一样，和文学的关系特别类似而且紧密。西方的音乐有严格的调式与逻辑关系，演奏一定得拿着谱，照着谱唱或演奏，由指挥来调度。中国音乐也是有乐谱的，可是中国的演奏，如京戏中拉胡琴的一般就不用谱。琴跟着人走，而不是拉固定的曲子。程派出来的琴师绝不能与梅派的演唱者搭配。琴师可以帮助戏伶，将声音烘托起来，或是掩饰声音的缺点。

中国音乐中另外一个很特别的地方，在于它不是客观性的。所以，各家对于古谱的复原都不一样。

目前流行的古琴《流水》，是管平湖先生打谱打出来的，但如若由另外一个琴家来打谱，效果就可能完全不一样。复原之困难，其关键在于，中国的记谱法，音与音之间的速度并没有标注。乐谱，尤其像古琴这样的谱，很像书谱，谈琴的道理则很像练字，或者也像练拳；哪笔的轻重、哪招的缓急，乐谱上都是不标记的。谱子能够告诉人的，只是一个框架。读谱的人需要进入到框架之中，主客体合一，细心体会才行的。所以打谱、看谱本身就有很大的乐趣，这里面需要的不是记忆，而是领悟。音乐也不只是练习、服从节奏、熟悉曲式而已。这是中国音乐很特别的地方。

西方音乐只偶尔有此现象，如巴哈的曲子，本来很像数学游戏。但他为独奏曲所写的音乐，因非大规模合奏曲，所以音量不很大，而乐谱上巴哈又很少作强弱快慢的标注，所以演奏者特别容易表现自己的诠释。像钢琴曲，顾尔德、李希特、康普夫演奏同一个曲目，便常出现完全不同的风格。也正因为音乐有主体性，音乐与人格的陶冶才是相关的。

这就是中国音乐与中国文学内在的同构型。两者看起来愈分愈远，而内部则是一直很紧密的。

第十讲　文学与武侠

为何会有侠

中国侠义传统跟文学的关系比较复杂。

侠是春秋战国以后出现的新现象。为什么那时会出现侠？侠的出现，本来就是中国历史社会出现重要变动的征象。

春秋以前，中国的士（士代表贵族，是贵族的最低级别。士以上是贵族，士以下是庶民，这叫士庶之分）是贵族，贵族才有受教育的权利。孔子之所以伟大，是因为他把原来只有在贵族中实施的教育平民化、普及了，让每个人都可以接受教育，所以我们尊称他为"万世师表"。孔子以前，中国并不是没有教育。中国教育从夏商周以来，体系就非常完备，只不过那都是贵族教育，亦即《周礼》说的"养国子以道，乃教之六艺"：礼、乐、射、御、书、数。

174

书、数是跟文事有关的，射和御就是武事。射，当然跟武备有关；御指驾车。为什么驾车也与武事有关呢？因为当时的作战方式是车战。驾车，并不是驾着车去玩，驾车是要操作马，学习作战的技巧。

古代的车战，一辆车为一个作战单位，基本是三位战士：前面一人驾驶；车上一位弓箭手，站在马车上射箭；等到两军相接，两车接近时，另一人持戈，执干戈以卫社稷，用戈矛去刺对方。

两方作战，都要抢位置。使用长矛的人，要找机会把对方驾马车的人刺伤，或把射箭的人刺伤了。所以车战时，一定是盘旋着抢位置，盘旋一周，叫作一回合。后世小说经常形容谁跟谁大战三百回合，即源于此。因此看一个国家的兵力，都是看有多少辆兵车，所谓千乘之国、万乘之国，多少乘，就代表多少兵力。

兵车作战是很困难的，因为兵车行动不便。比如，秦国假如要攻伐赵国，秦在陕西，赵在河北邯郸这一带，要从陕西行军到邯郸，太远了。况且古代道路又不像现在这么平这么宽，尤其是山路，两三辆兵车一起走几乎是不可能的，所以行动速度很慢，而且要选择作战地形，主要在平原地区大结集以后，摆好阵势，才进行兵车会战。这是当时作战的形态，十分质朴。

只有贵族才有资格做战士，平民是没份的。道理很简单，因为"枪杆子出政权"，统治者一定要把枪杆子抓在自己手里，故欧洲中古时期同样只有贵族才能做骑士。平民只能在军队后面做苦力，任杂役、运粮草之类的。正因为这样，贵族子弟的教育才是文武合一的：礼、乐、射、御、书、数。

士什么时候开始文武分途呢？士的分化是春秋末期很重要的现象，代表了社会变动。过去郭沫若、顾颉刚、余英时等很多学者都写文章讨论过。

武氏祠汉画像石（第一层是车骑，第二层是水路攻战）

士分化以后，士不再骑马打仗，慢慢偏向文事。这道理，就像清朝初年八旗骑兵横行天下，但旗人子弟在北京城越住越优渥了，就不再骑马射箭，慢慢开始养鸟、听曲了。旗人子弟不能作战以后，清朝就只能主要靠蒙古骑兵。但后来蒙古骑兵在和捻军作战的时候，也慢慢打不过了。这便是后来清朝不能不用汉人军队（绿营）的缘故。再后来绿营也不行了，才用团练。

贵族子弟多不能打仗，偏于文事以后，战争技能就开始变成了专业，由另外一批人开始专研之，这才出现专业军事家，如写《孙子兵法》的孙子、写《吴子》的吴起等。这些都是专业军事家，游走于诸侯之间，比如孙武帮助吴王阖闾灭掉了楚国之类。兵家之学，即起于这一历史机遇中。

另一种情况，是平民开始成为了战士。如商鞅变法，老百姓只要有军功，即可依军功判定爵位。在战场上杀人之后，割掉左耳，用绳子串好带回以评定功劳。

第三种情况，是这时又出现了大批的剑客。详情可看《庄子·说剑篇》。各诸侯王为了争霸，养了大批剑客，这些人每天在朝廷上拔剑

176

格斗。这都是春秋战国社会结构产生变动所造成的新现象、新人种。

作战形态也转变了。之前是车战，到战国，车战就落伍了，被骑兵作战所取代，标志性的人物和活动就是赵武灵王胡服骑射。车战从此退出历史舞台。

中国的武术，最重要的不是后来小说所描述的什么《易筋经》之类，而是射箭。唐代和宋代的武举考试，考什么呢？唐代主要是两部分：一、骑射及兵器运用，包括骑射、马枪等；二是步射，以及负重、才貌、言语等。宋代在武艺方面最重要的仍然是弓马，即射箭和马上的武器使用。明朝正德年间颁布了一份《武乡试条格》，载明三场考试，一、二场考射箭，第三场笔试。第一场试马上箭，以三十五步为准；第二场试步下箭，以八十步为准。第三场试策一通，或问古兵法，或问时务。武艺唯取弓射一项，马上器械也省了。

如此考试，也很实际。因为古代作战，弓射本来就是最具杀伤力，也最难防备的。八十步以外，一箭射去，效果与现在用枪差不多。现在的士兵，最重要的武技，不就是练习射击打靶吗？刺刀术或徒手搏击之训练，均不如射击重要。毕竟战场上能用得上刺刀肉搏或徒手格斗的情况太少了。真用上时，恐怕胜负亦已差不多确定了！

所以最重要的武术仍是射箭。这是骑射成为中国最重要的战争形态后就决定了的。

长距离靠射箭，近身肉搏的武器也改变了。青铜剑，是横跨商周两代很重要的兵器。到了春秋末年战国初年，出现了铁兵器。铁兵器比铜兵器更锋利、韧性更好（铜兵器比较硬脆，容易折断），加上若干合金技术，杀伤效果比铜兵器好很多。

现今所知之上古神兵、宝剑传说，全都出自春秋末战国初这段时期。所有的宝剑传说都集中在吴越。为什么？因为这时吴越的铸造技术取得了突破性进展。比如苏州的虎丘就有一个吴王阖闾的墓，他的墓就叫"剑池"。传说以剑殉葬，里面藏了很多他的剑。现在苏州街上还有干将路、莫邪路等。

所有这些铸剑的传说，都出现于这个时期。由于武器精良，所以吴王夫差才能北上中原，在黄池与诸侯争霸。李白《侠客行》诗说"吴钩霜雪明"，吴钩就是吴国的兵器。前些年李安拍摄的《卧虎藏龙》里面有把青冥剑，王爷把玩时介绍说，"这是吴国的揉剑术，现已经失传了"。讲的就是当时这项新技术。当时这些兵器，我们现在还可以看到，如越王勾践、吴王夫差等的剑，已然出土。虽经过了两千多年，还是非常锋利。新的铸剑技术，在当时产生了很大的影响，所以出现了一大批剑客。

战国之侠、儒侠、墨侠

春秋末战国初还出现了一种人，那就是侠。侠，跟现在我们所想象的不一样。侠者，人夹也，是拥有势力的人，如《史记·游侠列传》所讲的战国大豪春申君、信陵君、孟尝君、平原君等。他们拥有力量，笼络吸引很多人来成为自己的党羽，形成一个集团。我们经常说的侠客，其实侠是侠、客是客，是两类人。侠是拥有这种力量的人，客是被侠所养的门客、食客、剑客等等。客的流品很杂，鸡鸣狗盗之徒，什么样的都有，也有一部分是刺客。

《史记》将《游侠列传》和《刺客列传》分开，就是此故。刺客是荆轲、豫让、专诸、聂政这一类人。侠则是春申君、信陵君这一类人。侠跟客是两类人。客里面有刺客，刺客当然会武术，但是侠不一定会武术。侠要仗义疏财、非常好客、很豪爽，才能养这么多的客。这些客可以为他奉献生命，这样才可以成为大侠。

大豪、大侠本身并不一定会武术。韩非子在《五蠹》中说"侠以武犯禁"。这个"武"不是说侠本身会武术，而是指他拥有武力。

但侠是不是只有这一类，须像春申君、信陵君这样才有资格做侠呢？不然。只要一个人拥有侠的气质，喜欢交朋友，很江湖，很四海，做事讲义气，重然诺，他就往往能够聚合一批人，很多人愿意跟他在一起。有侠气，才能够聚合人。所以司马迁说，有有权势的豪侠，也有闾巷之侠——就是民间的侠。

这就是战国流行的侠风。《史记》说得非常明白，"然儒墨皆排摈不载"，儒家、墨家是不赞成这种人生态度、行为方式的。所以儒家、墨家排斥他们，也没有什么记载。不是说侠出于墨家、出于儒家吗？说侠出于墨或出于儒，这些年甚为流行。可是儒侠、墨侠的说法，出现得非常晚，是清末民初才出现的。

清末，国事衰乱，革命党要革命，一种方式是公然造反，这是孙文主持的。在国外买火药，起事十几次都失败了，可见明着来很困难。所以后来江浙间的革命党人就主张暗杀，提倡暗杀主义。虽然是暗杀，但是正义的、有道理的。暗杀主义有两个思想上的源头，一是西方虚无主义。十九世纪末，西方虚无党反对政府，鼓励暗杀，西方有这样一种主张暗杀的学说；另一来源则是侠。章太炎就写了一篇《儒侠篇》，并在《检论》中大力歌颂盗跖。盗跖是战国时期著名的大盗，杀人越货，还常把人肝烤来吃。章太炎改写这个人的故事，说他为什么做盗贼反政府呢？因为战国时期这些诸侯王才是真正不正义的。章先生本就是无政府主义者，故重新诠释儒家与盗跖，提倡暗杀。当时的秋瑾暗杀、汪精卫行刺醇亲王，还有吴樾怀抱炸药去炸五大臣等，都是鼓励暗杀主义。

讲维新这一派的人呢？梁启超在戊戌变法失败后逃到日本，在日本很有感触，写了一本小书叫作《中国之武士道》。认为中国自从文武分途之后，文人就越来越成了文弱书生，手无缚鸡之力。舞台上演小生的，都是娘娘腔、奶油小生，男人阴柔作女子状，以秀美为主。某些剧种，像越剧，所有男人都由女人来扮。其他剧种，小生亦多是捏着小嗓趋向女性美的，似乎只有这样的小生才能引得小姐的青睐。所以梁启超感慨中国文弱而日本有武士道的精神，以致中国打不过日本，因此我们应当提倡中国的武士道精神，发扬刚质之气。于是他从史书中找了若干例子，包括荆轲、豫让等，还有些游侠，希望能建立新的人格典范，改造我们的国民。

这本书写完之后，他找了蒋智由写序。序说：中国墨家本来就是讲侠的，可惜墨家衰微了，但我们现在要发扬墨子精神。这就将侠的渊源推到了墨子。

因此儒侠、墨侠皆起于近人之杜撰，乃时势之激使然。回到战国秦汉看，则侠其实是个不好的名词，同义词大概是盗，或者叫作匪。一个人很有侠气，喜欢交朋友，当然不是坏事，但侠所来往的人，流品必然很杂，内中就不乏亡命之徒。而侠又必须包庇亡命，否则何足以称侠？谁又敢望门投止？可是这些侠为何需要结交这么多朋友呢？可能因为他要干的事不一定很正当。侠平时都干什么呢？挖坟、盗墓、铸币，再就是调解纠纷、代人报仇等等。这不就跟黑道相似吗？

战国之侠，流风余韵，到秦汉并没有消失。汉初，很多名将都是地方豪杰出身。豪杰的"杰"的异体字"傑"，是加了"人"字边的，但是"桀"其实就是桀纣的"桀"。史书讲到"豪"和"桀"，有时候还会加"犬"字旁，因为对老百姓来讲，都是一方的恶霸，拥有实力，横行一区。

中國之武士道目錄

孔子
曹沫
弘演
鬻拳
先軫　狼瞫
鄭叔詹
先縠　欒書　郤至
慶鄭　魏絳
李離
鉏麑　奮揚　子蘭子
卜莊子　華周杞梁及其母

目錄

梁启超《中国之武士道》目录

　　古书中，侠和盗也常是混在一起用的。《淮南子》说一人任侠，交了一堆朋友，他儿子常劝他。后来县里有盗贼，官兵来捕捉，他养的那帮客出来帮他打斗，掩护他逃走。他回来跟儿子说，幸好平时养了这么多客，否则就被抓了。他儿子说，如果你不和他们来往，官府就不会抓你了。侠即是盗，可见一斑。

　　《洛阳伽蓝记》也记载有一家人做酒卖，很有名，叫刘白堕，其酒号称百日醉。但怎么证明这酒好呢？《洛阳伽蓝记》讲了个故事，说运酒出去时，路上被侠客劫了。不过很快就都被官府抓住，因为他们回去喝酒都醉瘫了。这所谓侠，其实也就是盗。

汉唐之侠

侠的势力则是客，例如郭解。司马迁曾见过他，个子不魁梧，对人也很客气。但"少时阴贼，慨不快意，身所杀甚众。以躯借交报仇，藏命作奸剽攻，休铸钱掘冢，固不可胜数"（《史记》卷一百二十四）。有一天，人们在酒楼上喝酒，臧否人物，有个儒生批评郭解。话传到郭解耳朵里，他自己虽没什么表示，但他的门客听了以后就逮住那个儒生，割掉了他的舌头。所以后来朝廷对于郭解这类人皆采取压制手段，因为他们威胁社会治安、挑战王权。

但是压制手段并没有立刻奏效，所以《汉书》、《史记》都记载长安为侠者十万家，有很多。每个地区各有地盘，比如北道是谁、东道是谁，类似于现在所说的角头老大。为了这些地盘，大家会火并、打仗，慢慢地甚至会杀官。丢三颗球，拿到红球的人杀武官，拿到黑球的人杀文官，拿到白球的人治理丧事。所以长安城"薄暮尘起，剽劫行者，死伤横道，枹鼓不绝"（《汉书》卷九十）。朝廷说，这还得了，于是找来一个厉害角色——尹赏，做长安令。他来了以后，挖了个方广数丈的大坑，拿着户口簿挨家挨户去逮人，抓了数百人，通通丢到坑里，上面用石头压，压了几天，全部都烂死在里面。然后搬开石头，发丧，让家属来认尸。这个大窟窿叫作"虎穴"。长安城中哭声震天，当时就有一首乐府歌谣，"安所求子死？桓东少年场"，这窟窿就是游侠少年的所在、下场。"生时谅不谨"，活着的时候不好好教育，"枯骨后何葬"。

这歌开启了后来乐府诗中的一大传统。乐府诗中《少年行》、《宝剑篇》、《白马篇》、《长安有狭斜行》等，都是写游侠的。少年不学好，跟人耍流氓，是无赖子，他们又有钱，可以"相逢意气为君饮，系马高楼垂柳边"，或嫖娼、聚赌、杀人、打金弹子等等，今之所谓恶少也，

唐　王维《少年行》诗图

大抵皆有权势人家的子弟。

汉代的侠，既有原先战国时期的地方、闾巷之侠和恶霸、土豪，也有有权势的人做豪侠。有权势的人做豪侠是一直不断的，到魏晋南北朝、唐代都有，很多地方官甚至自己带着军队去打劫。此类人，史书中都称他们为"大侠"。如晋朝石崇，为什么那么有钱？他当荆州刺史的时候，自己带着军队去抢劫呢！还有贩卖人口的，唐朝写《宝剑篇》的郭元振，抢了货以后还把人运到别处去卖。

恶少亦属权势者类型。但是这种恶少在文学作品中反而显得不那么狞恶，可能因为是文学的。以上所提及的歌，本来是哀叹，但后来写这个题材时都比较着力于去写少年纵放生命、挥霍青春。侠客的生命像花一样绽放，是一种美感，我们常常去欣赏这种美感，而不去管伦理道德意义。

因此以上提到的王维《少年行》"相逢意气为君饮，系马高楼垂柳边"这样的生活形态，才会成为诗歌之中吟咏的对象。而这种形态经过文学书写之后，就脱离了道德伦理上的责难。现实和文学是不一样的。

例如杜甫《少年行》："马上谁家白面郎，临阶下马坐人床。不通姓氏粗豪甚，指点银瓶索酒尝。"这个人骑着马，忽然闯入别人家，跑进客厅，踞坐在高堂上，粗鲁地要人家搬出酒来给他喝。这样的事，现实中你能接受吗？你一定觉得这小子，什么东西！但是读作品，你就会觉得这个游侠少年还蛮可爱的。文学作品可以让人欣赏发舒生命的美感，读之会让人羡慕血气血性，使得侠的形象具有了一种美感。

到了唐代之后，侠的形象有了更大改变。

侠不仅是审美对象，而且其理性化程度加强了。侠逐渐变得正面。侠中出现了一些特别的人物，像李白。李白诗中提到了剑有五十多次。宝剑对李白有特殊的象征意义，不仅可用于私斗，也可"为君谈笑静胡沙"，能够改变世界，有很大的抱负。

唐代若干文人是有侠气的，像李白、杜牧，这就使得侠的传统有所转化。你只看杜牧"十年一觉扬州梦，赢得青楼薄幸名"这一类诗，就会觉得杜牧是个浪子，可能跟唐伯虎差不多。到扬州去就挑逗女人，"春风十里扬州路，卷上珠帘总不如"。其实他是个兵学家，自负韬略。我们现在所读的《孙子兵法》第一次的整理者是曹操，接下去就是杜牧了。某些诗也看得出其英雄气，如"折戟沉沙铁未销，自将磨洗认前朝"，又如"江东子弟多才俊，卷土重来未可知"。他对于侠就有一些议论，认为侠应当更多的是为公众的利益献身，而不能仅是勇于私斗。

另外，李德裕对于侠也有相关论述，这类论述在审美之外，从正面理性化的角度加以扭转。

唐代侠的另一个面向：非理性

不过，这只是唐代侠的一个面向，还有另一个面向则延续了原来侠的盗匪、土豪、恶霸等传统，走向了更深的非理性。例如张鷟《耳目记》记载，诸葛昂和高瓒斗豪侠，酒肉歌舞拼场，拼到后来，高瓒竟"烹一双子十余岁，呈其头颅手足，座客皆喉而吐之"。诸葛昂不甘示弱，"后日报设，先令要妾行酒，妾无故笑，昂叱下。须臾蒸此妾。坐银盘，仍饰以脂粉、衣以锦绣，遂擘腿肉以啖。瓒诸人皆掩目"。这就叫侠客斗豪，惨无人道。

还有一篇小说，也是不把人当人。这篇小说叫《聂隐娘传》。值得注意的是，这是女人，之前我们并没有提到女侠，女侠的出现是在唐代。可是女侠比男人还凶恶。聂隐娘很小就失踪了，隔了十几年才回来，说是师傅把她带走加以调教，所以她"能飞，使刺鹰隼，无不中"。

她师傅是个尼姑，替隐娘"开脑后，藏匕首"，然后派她去杀人。有一次回去晚了，师傅很不高兴，聂隐娘解释说去时那人正抱着小孩在玩，所以就等了一下。师傅很不悦，说下次碰到这种情况，首先杀掉这个小孩"以断其所爱"。后来聂隐娘帮助一位大官，告诉他，今晚敌方要派刺客来，所以大官睡觉时，聂隐娘躲在帐中防范。夜半，刺客精精儿果至，聂隐娘把他杀了，并用化骨药将之化成了一滩水。第二晚妙手空空儿又来，这是比隐娘更厉害的高手。隐娘自知打不过，故预作防备。用上好的和田玉，把大官的脖子围起来，躺在床上。隐娘则化身为小虫，像孙悟空一样，藏到他肚子里去。睡到半夜，风声一动，脖子上被斩了一刀。大官惊起，准备搜捕。隐娘跳出来说，不用了，这个人很自负，一击不中，不会做第二击，这时已经飘扬在千里之外了。小说里面讲这种神行术，还见诸"红线盗盒"的故事。后来《水浒传》里面讲神行太保的神行术，或武侠小说描写的轻功等等都是从这里来的。

像聂隐娘、红线这种，叫作剑侠，她们的剑不是一般的剑，是有法术的，所以能够练剑成丸，藏于脑后，或开箱取出两颗丸，念咒以后丸子跳到空中变成宝剑，如电光一般闪烁。人也可以变成小虫、布幡之类。或者像《京西店老人》故事，说一个老人在箍木桶，有个士人看不起他。后来士人夜行，见有敌人追杀他，就猛放箭，都射中了，敌人却不退，弄得非常狼狈。到白天才知道，那只是箍桶老人的一块木板，箭都射在木板上。

这是把侠与佛教、道家，还有很多的法术结合在一起了，例如化骨水、神行术、幻术等。这种剑侠，对后来的武侠小说影响很大，开创了一个传统，以二十世纪四十年代之《蜀山剑侠传》到现在的玄幻武侠，都是走这个路子，可以出入三界，超越时空。

唐代的女侠并没有女性特质，聂隐娘就是代表。还有一个《贾人妻》的故事。一天晚上，商人醒来发现妻子不见了，很着急。过了半夜，妻子回来了，却带回一个布囊。打开，里面竟是一颗人头，商人吓坏了。妻子这才告诉他，嫁给他只是为了可以就近报仇。如今大仇已报，念在夫妻情分上回来告诉商人，她就要离开了。商人当然又惊讶又难过。可是隔了一会儿，妻子又回来了，商人大喜，以为她不走了。妻子说不是，是想到孩子还没喂奶，故回来一趟。喂完后，她就真的走了。商人惊疑不定、十分难过，但想想不对，跑进屋一看，才晓得原来小孩子竟被妻子杀了。这跟聂隐娘故事一样，都是"先断其所爱"。

明代以后侠的正面化

唐代女侠，比较恐怖。明代则不然，女侠蔚然成为一个大体系。事实上，唐人传奇所载红线、聂隐娘、贾人妻之类，在唐宋文献中仅以"异人"视之，既未明标女侠一类，也无相关专著。侠女之称呼、侠用于书名中（如周诗雅《增订剑侠传》、徐广《二侠传》、邹之麟《女侠传》、冯梦龙《情史·情侠》、秦淮寓客《绿窗女史·节侠》等），以及一种不同于剑侠幻化妖异的女侠类型，均起于明朝万历间。

与女侠同时诞生的，还有一批骁勇善战的女将。如嘉靖间熊大木的《北宋志传》与万历间的《杨家府演义》，描写杨门女将大破幽州、十二寡妇西征，比男人更英武，她们是性别属雌的英雄，而非假扮男性的花木兰。

这类女性，一直发展到清朝儿女英雄类小说，都是女人而侠骨柔情，既儿女情长，又有英雄之气。比如说《儿女英雄传》中的十三妹，不像那安公子娘娘腔。这是雌雄同体的理想人格。

除此之外，侠也渐渐正面化。以前侠是盗，基本上不是为正义而战的，而是为个人或集团利益而争斗。到明代侠的意义渐渐转变成较正面的。任侠，不像古代有浓厚的贬义。但是正因为侠含义在转变，所以就出现了一个问题，那就是《水浒传》。《水浒传》中这些人到底是侠还是盗？从朝廷角度看，当然是盗匪。整个小说也说他们是盗匪，故其故事是由"洪太尉误走妖魔"开始的。我们平时读《水浒传》只读前半部，其实原本是说梁山好汉接受朝廷招安之后，帮朝廷去征战，最后都死掉了。但有些人觉得这样写鼓励了做贼的人，教人出来做盗贼，所以才会出现金圣叹对《水浒传》的处理。金圣叹痛斥招安说，不仅在其斩腰改窜的七十回本里用一个梦把一百零八好汉一一处决，且批评"孝义黑三郎宋江"实为不忠不义不孝的罪魁，认为《水浒传》的主题就在"奸厥渠魁"。他不承认有什么逼上梁山，点明是宋江逼使秦明、徐宁等人走投无路才进入水泊的，乃是"梁山逼上"。金圣叹也因此要仿《春秋》，以君子之大法审判水浒，为宋江等人定罪，以"昭往戒，防未然，正人心，辅王化也"（金圣叹《贯华堂第五才子书水浒传（上）》）。

另外一派人却认为《水浒传》是忠义的。李贽（号卓吾）就有《忠义水浒传》，冠以忠义二字。这是因为晚明风气恶劣，士林虚矫之习气业已令人无法忍受，水泊山寨中那原始生命力的发舒遂成了人们另一种向往。如五湖老人《忠义水浒全传》序说："试稽施罗两君所著……以较今之伪道学、假名士、虚节侠，妆丑抹净，不羞莫（幕）夜泣而甘东郭餍者，万万迥别，而谓此辈可易及乎……今天下何人不拟道学、不扮名士，不矜节侠……茫茫世界，竟成极龌龊极污蔑乾坤，此辈血性何往，而忠义何归？"

在这种情况下，水浒之被称为忠义，可谓理所当然。但我们当注意，即使如此，他们也并不是主张造反有理的。他们的重点在于招安，李卓吾说："宋公明者，身居水浒之中，心在朝廷之上，一意招安，专图报国，卒至于犯大难，成大功，服毒自缢，同死而不辞，则忠义之烈也。"

顺着这个分歧发展下来，清代侠义文学也表现为两类：一是如金圣叹、王船山那样，要消灭盗匪；一是强调侠义与盗贼之别，侠士为了维护名教纲常及正义，也必须剿灭盗匪。这种侠义小说，虽仍以绿林豪侠为描述对象，但强调侠义与盗匪不同，认为侠要爱君报国，歼除寇匪，则与前者实际上没有什么两样。例如《绿牡丹》便以骆宏勋和花碧莲的婚姻为线索，表达"为主尽忠，为义全友"的观点。

其中《绿牡丹》第四十五回：多胳膊余谦曾对接受圣旨、迎王保驾的大臣狄仁杰说，江河水寇鲍自安和旱地响马花振芳"二人皆当世之英雄，非江湖之真强盗也。所劫者，皆是奸佞；所敬者，咸系忠良。每恨生于无道之秋，不能吐志，常为之吁嗟长叹"。这几句话，清楚地说明了整个《绿牡丹》以降，一系列如《七侠五义》《施公案》《彭公案》小说的基本性质。

这时侠与盗就不同了，侠虽或为盗为寇，但"身归绿林为寇，不劫买卖客商，单劫贪官污吏、势棍土豪。得了银子也不乱用，周济孝子贤孙"（《彭公案全传》第二十八回），最后则往往救驾有功或御前献艺，而得钦赐黄马褂或其他。若终不改悔，便终只是盗，不会有好下场。小说的主要内容即在描述侠士与奸邪盗寇间的纠纷争斗，如《七侠五义》写御猫展昭与五鼠间的纠葛，《彭公案》写杨香武三盗九龙杯、欧阳德巧得珍珠衫，《施公案》写黄天霸与窦尔敦之类。

这即是所谓的忠义。他们的小说，表面上与《水浒》似不甚相同，但从理念的发展来分析，却可说是脉络一贯的，谓盗贼终不可为，而以爱君报国为忠义。当时《三侠五义》又名《忠烈侠义传》，且出现了讴颂朝廷武功的《圣朝鼎盛万年青》、《永庆升平前后传》等，都显示了这一点。直到清末，革命党人转而以革命为侠义了，民间都还在讲这一套。

以上讲的是意识主题。从内容看，他们对武术、绿林事务之描述也远多于前。后来民国武侠文学如《江湖奇侠传》等描写江湖恩怨、姚民哀写帮会小说、白羽《十二金钱镖》写寻仇故事，皆有清代侠义小说的套子在。因此，我们便应同时注意到它与社会的关联，以及它与武术的关系。

侠义文学苏醒

清朝是侠义文学跟武术大有发展的阶段。我在前面没有谈太多武术的问题，为什么？因为古代谈武术，都是讲打弹子、射箭等，对于搏击技术基本上是没有描写的。像庄子《说剑篇》里说的剑客，剑法如何，我们也不知道。《汉书·艺文志》记载了当时一些剑法的书，但是并没有流传下来。曹丕《典论》中有一篇谈他铸剑的故事（曹丕铸剑的文章，刘勰不太欣赏，说他"器利辞钝"，就是说兵器虽很锋利，但是文章写得很笨。其实文章还是很不错的，主要是说剑怎么造）。曹丕自负文武双全，说自己帐中有位将军，武功很好，能"空手入白刃"。这是"空手入白刃"最早的记载。有次曹丕跟他比武，双方各用甘蔗秆，这位将军三次都被击中。但其剑法没有详细记载。如此这般，以至于到了明朝茅元仪编《武备志》时，已经不知道剑的样子了，剑法更是搞不清楚。

其他武术，大抵也是如此。文学中谈到武术，要不就非常简单，基本靠力量，没啥技术，例如鲁智深三拳打死镇关西。其他描述作战，则以马战为主，《水浒传》中比较厉害的都是马军统领。唐宋以后，武举也以马上骑射为主。写搏击的技术，《水浒传》武松的"鸳鸯脚"、"连环腿"算是仅有的。

讲中国武术的人，无不推源远古。然而事实上，我国真正武术流派的时代是在明末清初。所谓少林武术，主要是乾隆间整理出的《罗汉行功全谱》。太极、八卦、形意等拳种，更要迟到嘉庆至光绪年间才先后定型。因此，总括来说，这才是中国真正的武艺时代，侠义小说所反映的，这样一个好汉各练就一身武艺的时代，为后来技击小说开了先路。关于它们的描述，也造就了后人对中国武术史的认知。

以少林武术为例，现在仍有许多拳派自认为属于南少林系统，谓其源于火烧少林寺、洪熙官等人逃出所流传的洪拳等。可是事实上，这个故事乃是由小说《万年青》杜撰出来的。小说本是因受到当时各派争雄之影响而构作情节的，却又反过来影响了后人对武术史的认知。清代侠义小说中的此类例证，殊不鲜觏。

另外，点穴是古代没有的技术。点穴及所谓内家拳，最早见于明末大学者黄宗羲的《王征南墓志铭》。这些新技术后来也成为武侠文学的非常重要内容，详情可以参看我的《武艺丛谈》。

因为武术有大发展，所以才在民国初年出现了很多技击、搏击类的小说。现在看武侠小说，里面会写到两个人怎么过招，这些都是技术。如郑证因写《鹰爪王》，鹰爪王当然是鹰爪门的，他与凤尾帮十二连环坞的高手不断恶斗。郑证因本人是武术名家，故所写有根有据。还有白羽写《十二金钱镖》亦是如此。这类写法后来又跟国术小说结合起来。后来中央国术馆讲国术救国，洗刷“东亚病夫”之耻，出现了打擂台、霍元甲等，这叫作技击小说。技击小说算是结合武术发展，在现代大放异彩。

清朝，练武人还常聚合成为会社。如洪门天地会、漕运青帮，势力贯穿了整个清朝。咸同年间华北之乡团则结为梅花拳会。光绪十三年，山东冠县梨园屯发生教案，即是拳会与教民抗争。至光绪二十四年，再改称为义和拳或义和团。理教，以十诫授徒，其中就包括"尚武"、"任侠"。乾隆间捕获之白莲教徒"朱培卿能知铁布衫法术"。嘉庆间天理教之林清党徒又藏有金钟罩拳符咒。而金钟罩教后即演变为大刀会。

诸如此类拳会团体的现象，当然也丰富了武侠文学。写作时就出现了很多流派，古代没有流派，流派的出现是在清朝，有少林派、武当派、峨嵋派等等。

清代侠义小说所描述的绿林豪杰、帮会恩怨，事实上也就是当时的秘密会社之写照。至于剑侠之神技，则多与当时各秘密教派之法术有关，如白莲教能"撒豆成兵，骑凳当马"、"擅遁甲术，呼风唤雨"、"得石函中宝书神剑，役鬼神，剪纸作人马相战斗"。这种幻术与武术相结合，对小说描述剑侠剑仙影响很大。

自唐朝以来，久已沉寂之剑侠小说，到这时始得复苏而成巨观。剑侠小说，唐传奇虽开其端，但宋元明均无发展。清才有飞仙入幻、练剑成丸的小说。民国期间孙玉声《飞仙剑侠大观》、平江不肖生《江湖奇侠传》、还珠楼主《蜀山剑侠传》等，皆承此而为巨澜。我的《侠的精神文化史论》已详谈，这里就不细说了。

第十一讲　文学与社会

社之本义

谈到社或会，今人大多是不懂的。例如我看到"百度百科"上的解释竟然说："结社，起于唐许浑的《送太昱禅师》：'结社多高客，登坛尽小诗。'"社哪会这么晚？可见编写者完全不懂社、会、社会是什么。

"社会"一词并非中国古有。犹如"经济"，并不是我们现在意义上的经济学科，而是"经世济民"、"经世致用"的意思。清朝人说：做学问，可分成几个路数，有义理、辞章、考据、经济之分，即用此义。我们现在所用的意义，乃是从日本来的。日本人使用汉字，用法常跟中国人不太一样。他们创造了一些新词汇，特别是明治维新以后。这些词汇由清末大量的日本留学生转译了回来，"社会"一词即是其中之一。

中国古代，"社"与"会"一般是分开说的，有社有会，但并没有把"社会"合起来当作一个社会总体的概念来讲。"社"由一群人聚集起来,"社团"用的就是"社"的古义。日本人现在说的会社,就是此义,也是公司、有限公司、商行的意思,衍自唐代"行会"、"社团"的词义。

古代的社祭,问题十分复杂,可参考魏建震《先秦社祀研究》等书,这里我只简单讲我的意见。

我国最早的社,性质属于"宗社",是血缘宗族形成的团体。"宗"即宗庙的宗,"社"跟"宗"实际上也是同一个字。根据郭沫若的考证,"社"字从示,是祭祀的意思:上面盖了一个房子作为祭祀的庙。祭祀时竖一根木祖,犹如后世的神主牌,这就是"祖",它本来表示的是男性生殖器崇拜,后来变成了祖先祭祀。"社"与"祖"原来也是同一个字。

不过,"社"一般认为指土地说。《白虎通义·社稷》记载:"人非土不立,非谷不食,土地广博,不可遍敬也;五谷众多,不可一一祭也。故封土立社。"许慎注:"社是土公。"为便于祭祀土地神,《管子·乘马》又立法曰:"方六里名之曰社。"即方圆六里为一社。以社为单位"击器而歌,围火而舞",故称社火。社火是中国民间一种传统庆典狂欢活动,具体形式随地域而有异,传承至今,各地都有。

另外,《礼记·祭法》中载:"共工氏之霸九州也,其子曰后土,能平九州,故祀以为社。"相传水神共工的儿子句龙是社神。共工长得人脸蛇身,满头红发,性格暴烈好战。一次他和火神祝融作战,不胜,一怒之下竟以头触不周山,把撑天的柱子都碰断了,顿时天崩地裂,洪水泛滥,多亏女娲炼了五彩石才把天补好。句龙见父亲闯下大祸,心下非常难过,于是把九州各地裂缝一一填平。黄帝遂封他为后土,让他丈量并掌管土地,从此句龙便成为人们祭祀的社神。

这些记载都说社指土地信仰,这岂不是跟我们刚刚说社和宗一样指祖先崇拜矛盾了吗?

我认为不矛盾，古代宗社和里社本来是合一的。贵族封疆，才有资格祭祖。一个祖宗传承下来一大群子孙，所形成的团就是宗社。宗社祭祀的地方叫宗庙。"宗庙社稷"代表祖先的传承，不能断绝。所以社稷也指国家。"社"就变成了土地神了，"稷"则指谷神后稷。古代国家的国君都祭社稷，后来就用"社稷"代指"国家"。

因为早期血缘族群往往与地缘结合在一起，故宗社同时也是里社。一个地区叫作里，是乡里之里。这种源自周朝的建制，到现在台湾仍在使用。同一个"里"所住的人，从小在一起生长，形成一种共同体的关系，就是"里社"。"里社"是就其地缘说，"宗社"是就其血缘关系讲，两者往往重叠。

这是最早的两种社的形态。它们基本重叠但又略有区别，因为虽然通常一个血缘族群会固定几代都住在同一个地方，但一个地方不太可能仅住这一姓人家，总还会有其他人住，所以里社的含义通常要比宗社略大些。

不过，对于君王来说，土地与宗族的祭祀是可以结合的，即宗庙与社稷的祭祀合一。可是一般来说，一个宗族所在的区域是比较小的。里的范围较大，会有好几个不同的宗族，或者有许多杂姓聚居在里面。这时候不能拜一个族的祖先，就会找一个土地信仰，例如华人的移民社会，移到马来西亚、泰国以后，他们的祭祀也会产生类似的变化，可能不拜刘姓张姓祖先，而是建一个庙，拜桃园的刘关张，变成了一种共同祭祀的祖庙。虽然是祖庙，但有点类似里社，是里社型而不是真正的宗社型。

还有几家人合在一起，几个姓共同祭祀的。例如洪、江、翁、方、龚、汪等，因音相近而结为六桂堂。这六个姓氏原本都各有其祖系，洪氏出于唐尧时的共工；江氏为虞舜时伯益的后裔；翁氏为周昭王庶子食采于翁山，因以为氏；方氏为神农氏八世孙帝榆罔后裔方雷氏，另一支则源于周代卿士方叔；龚氏源于神农氏后裔的共工氏，《古今姓氏书辩证》说"其先共氏，避难加龙为龚"；汪氏为春秋时鲁国大夫汪候的后裔。但唐宋以后，移民江南闽粤，六姓渐渐联合起来，形成一个共同的堂号叫作六桂堂。明清以后，移民海外，六姓更为团结，目前六桂堂分布于十一个国家，共十六个会所，世界总会设在美国洛杉矶。二〇一〇年还在厦门召开第十一届世界六桂堂恳亲大会。这种形态，在移民社会中是很常见的。

"社"是要祭祀的，宗社以祖庙作为祭祀的对象；里社以区域中有代表性的东西，例如大树、大石头作为祭祀的对象，这到现在都仍是最常见的。一座村庄一般都有株大神树，在树底下建个庙，让乡民在那儿祭拜。这是我们最熟悉的神——土地公。这些都是里社的传承。这种里社信仰，规模小一点的即是土地公，大一点的就是城市的城隍，每座城市都有个城隍庙。这种里社的信仰与祭祀很重要。庄子曾讲了一个故事：老鼠是人所痛恨的，想扑灭它，烟熏火燎水灌竹捅之，不遗余力；但是老鼠很聪明，它躲到社下，大家就"投鼠忌器"了。这故事虽是说老鼠，却可见古人对社的信仰。

社祭，《礼记·祭法》中规定："王为群姓立社，曰大社；王自为立社，曰王社。诸侯为百姓立社，曰国社；诸侯自为立社，曰侯社。大夫以下，成群立社，曰置社。"此外，州设州社，里设里社。因此，周代的社祭，从上至下有一套颇为完密的系统。其体制，可分为官方与民间两种。官方有大社、王社、国社、侯社。民间是州社与里社。其中以里社的功能尤为重要。依据郑玄说，地方上住民满一百户，须共设一社。

周代社中所供奉的社神，有四种不同说法：其一是五土之神。根据《孝经纬》，"社"是五土总神，稷则为原隰之神。而原隰之神又是

196

五土之一。因此社稷或稷社，即是"社神"，亦是五土之神；其二为前面我们提过的句龙，《汉书·郊祀志》说共工儿子句龙，能平水土，死为社神；其三为禹，《新唐书》记载汉人曾将夏禹配飨官社，视同社神祭祀；其四是修，根据《风俗通义》记载，修也是共工氏的儿子，喜好四处游荡，足迹遍及天下，死后被人祀为祖神。五土之神、句龙、禹、修等，在汉代之前常被人们含混地当作社神尊奉。汉代以后，才独尊句龙，直到清代，官方郊社仍立句龙神位。

还有一种社与血缘、地缘没什么关系，完全是靠人与人结合的。这种就是人与人之间的"结社"，即不是原生型、生下来就有的，由血缘或者是地缘固定的，而是自己脱离了自然的原生状态，人与人之间的新的组合。人与人的组合，自由度甚高，除了本乡本土的组合之外，外姓、别的地方的人也都可以结社。

结社分为好多种性质。这一类社，最大的功能就是互助。譬如我们在敦煌文书中看到有个人叫马丑儿，他初到敦煌，人生地不熟，就找到敦煌地方的一个社团，递投名状。社团愿意接纳，所以他摆酒请大家吃饭，吃完就算正式入社了。

入社以后，社中有很多社规须要遵守。由于大家都是流民移民，如此结社才可以"贫病相恤"。互助性的结社，除了抚恤生老病死之外，还可有钱财的互助。例如某人急需钱用，就可起个会，自任会头，靠同社的人凑份子，以后再分月摊还给大家。会费也并不仅由一个人使用，谁都会有紧急事故，所以每月都可"标会"，需要用钱的人就去投标；如果没有人需要钱用，这次"流标"了，钱就留着继续滚动。这种民间钱财互助的形态到现在还有，台湾地区、香港地区、马来西亚等地也还很通行。虽然现在的金融体系很健全很方便，但是民间的起会、跟会风气还是很盛的。报纸上固然常会报道"某某人倒了会，卷款潜

197

逃"，民间跟会也完全没有法律保障，只是民间的一种习惯，是现代金融体系之外辅助性民间自发的活动。这即是古代结社的遗存。

　　基于同一个兴趣、同一个理想，共同出资协力干一件事情，也是可以结社的。如要建一个寺庙，或建尊佛塔，都需要募集资金、分配工作，这时就会结起一个社。因为大家都信奉佛法，基于为佛教作出贡献，这种社就称为"法社"。南北朝期间佛教盛行，凿山壁，建大佛龛刻佛像，如云冈石窟、龙门石窟等，需要大量的人、物资源，除了

明　仇英《松林六逸图》
（绘唐代天宝年间结社于泰安徂徕山下的李白等六人）

198

国家的力量以外，也有很多民间力量。我们常可以看到南北朝间的石刻说，同社多少人敬献观音一躯。这一类都是法社。

法社中最有名，也与文学最有关系的，当推慧远在庐山结的莲社，据说有莲社十八高贤，也称念佛社，是中国净土宗的开端。《竹窗随笔》推崇道："结社念佛，始自庐山远师。今之人，主社者得如远师否？与社者得如十八贤否？则宜少不宜多耳。以真实修净土者，亦如僧堂中人故也。至于男女杂而同社，此则庐山所未有。女人自宜在家念佛，勿入男群，远世讥嫌。护佛正法，莫斯为要，愿与同衣共守之。"

特殊群体也可以自己结社，根据社会阶层、性别，常会结成自己的社。如以性别来说，魏晋南北朝就有"女人社"了。我们现在受到近代学者的荼毒，一讲中国文化，就以为中国社会男尊女卑，女人大门不出、二门不迈。实际上不是这样的，古代女人不但要出门采桑、浣纱、捕鱼、到市集上卖东西，也常四处游览的。女人社，就是女人结社从事女人喜欢玩的事情（若不喜欢光跟女人混，当然仍可参加其他社集。大部分社都是男女混杂的，上引《竹窗随笔》就证明了某些

莲社十八贤图

199

和尚虽一直提倡男女分社，却实际做不到）。其他群体，也各有各的社，后世甚至有丐帮，就是乞丐结社的。

历代社、会形态

以上所讲的这些，纵贯起来看大概是这样：古代以宗社为基础，里社与宗社经常是混在一起的。先秦基本上是里社与宗社相混的情况，到了汉代这两者逐渐分开。

汉代采取中央集权，对地方实行郡县制，把里变成一种地方行政组织，里中有三老，负责乡里有关的自治行政。所以社从汉代以来，就具有在国家体制下一种半自治的性质，算是国家所管辖的行政单位，但并不由国家直接管辖，而是由内部长老自己管，由里长跟国家作衔接。

汉代的国家管理体制却在南北朝期间瓦解了，因此南北朝期间出现大量的结社。南北分立，五胡乱华，大量的人离开了自己的宗社、里社，向各处逃散，这些人往往就更须结社来自保。人的流动性增加了，结社的活动也增加了。最多的就是互助性的社团，再来就是根据性别、阶层分化出来的社团，如法社等。

到唐代，还有商业性的行会得到了特别的发展。"会"是一群人会聚在一起；"行"指三百六十五行，行业的意思。唐代的都市结构，例如长安城，是长方形的。北方是皇城。"玄武门之变"之所以要从玄武门打进去，就是因为从北门才打得进皇城。城中，东西有两条大街，下面各自划分为若干小的长方形。当时都城与现代西方都市规划差不多，住宅区、商业区、游乐区都是分开的。商业区集中在东西两大市。《木兰辞》说，"东市买骏马，西市买鞍鞯；南市买辔头，北市买长鞭"，说明行当不一样，牲口、器材各有各的市，各分各的行。我们现在做生意还保有这种习惯，商店街常常一排都是布庄、一排都卖钟表、一排都做珠宝生意。这就是当时的坊市制度。

宋朝以后就没有这样的坊市，而是各种行当穿插在一起。我们现在的都市，就是宋代以后比较进步的都市形态。虽然坊市制度遭到破坏，夜市兴起，但行会组织是一致的。

不同的行，就有不同的行会，性质像现代的"同业公会"。它们有很大的权力，决定业内任何事务，包括什么时候举行祭祀。每一行都是要祭祖的，模仿宗社，祭拜自己的祖师爷，如做木匠的拜鲁班、妓女拜管仲，诸如此类。另外，还要控制市场的价格，不能哄抬物价。每一行还有一些特殊的规矩，例如每个月哪几天公休，有关市、开市的时间。同业的生老病死，也都要互助互济。行会内部有非常多的条规。这种同业公会在唐代就非常兴盛了，也是政府所管辖的半自治组织。政府不直接管辖，商家靠行会与政府交流。

到宋代以后，行、会、社、团越来越兴盛。特别是社，除了目的性的结社以外，大量兴起的是兴趣式、技艺性的结社，如蹴鞠社、箭社、文社、诗社等。喜欢唱歌的，会结成遏云社，希望歌声响遏行云；唱曲子的结成唱赚社；玩珠宝的结为七宝会。另外，唐宋的人喜欢刺青，刺青的人还会结成社，互相观摩。唐朝抓到一个泼皮，身上刺满了白居易诗。还有一个人全身刺青，左臂刺了一排字叫"生不怕京兆尹"，右臂刺一排字说"死不怕阎罗王"。宋人则结有锦体社。《水浒传》说九纹龙史进在身上刺了九条龙，浪子燕青身上也团花簇锦，十分漂亮，根据的就是这种风气。

现在我们由《武林旧事》、《西湖老人繁胜录》等书的记载，看得出来当时这种社会的兴盛程度。如今把"社"、"会"这两个字合起来概括整体社会，其实就有取于这个涵义。因为在中国，这种社与会非常之多，又很普遍，类型也很复杂。

像清代初年在甘肃河州回、东乡、撒拉等族穆斯林聚居地区设立的一种基层社会组织就是会社。当时河州地区各族穆斯林屡起反抗，原来的里甲制度已不能有效进行统治，清政府乃于康熙四十四年改里甲制为会社制。每会辖二十至三十个自然村，会下辖数社。会置练总一人，会长三四人，社置社长一人，均由地方上层豪绅充任，唯不得世袭。其职责为"稽察盗贼，巡警地方"。到清中叶才改会社制为乡约制（《中国伊斯兰百科全书》）。

论中国社会要知道社、会

由此即可见会社组织复杂之一斑。论中国社会，而不知"社"、"会"是不行的。

我们北大过去有一位老先生费孝通，他有个著名的论断，说中国是一个乡土社会。在这个乡土型社会中，血缘与地缘结合在一起，人跟土地是定着的，所以我们与西方文化不一样。在中国，一个农村几代人住在一起，大家都认识，人与人之间是自然有机的关系。大家都是亲戚，都互相认得，长老是权威。在这种长老型的权威社会中，其管理，是通过一种礼俗的方式进行的。而西方社会中，人与人之间是机械的组合，基于同一个目的聚集在一起，目的消失了就各散东西。在聚合的过程中，来自不同地方与血缘的人，须要制定出彼此依循的规则，所以就会形成一种法理社会，大家靠的是契约精神，而不是长老型的礼俗统治。费先生是我国第一代社会学家、人类学家，开创了研究社会的格局，他的《江村调查》、《乡土中国》影响巨大。然而以上讲法是有待商榷的。

西方现代化理论把传统社会定义为小区型，把现代社会定义为社会型。这两种社会形态的差别，就是费先生所描述的东方社会与西方社会之差异。可是费先生所描述的东方社会，其实正是现代化论者所认为的西方传统社会。所以他的问题就在于，挪用了西方人讨论西方历史的部分，来说明东西方的本质差异：好像西方从来都有契约、有法理，中国从来没有契约、没有法理。其实中国社会从来不是费先生所想象的定型的、跟土地胶着在一起的社会。中国是一个民众流动的社会。现在，还有多少人的籍贯是自己的定居之地呢（详细的讨论，可参看我的《游的精神文化史论》）？

此外，费先生没注意到，他所描述的具有西方现代性的契约精神、法理型的统治，其实本来就存在于汉魏以降这几千年的中国社会中。所有的社都是有条约的。像诗社，它模仿的就是春秋时期诸侯会盟；宗社也有盟约。像宋代以后地方性的祠堂、家庙，环绕它所形成的宗族聚居血缘族群，是不是如费先生所以为的长老型统治呢？如果是，为何还需要族谱、家规？族谱、家规就是宗族内部的契约。宗族内部发生了纷争，总是请家法、开祠堂，根据家法来论断其是非。因为一个宗族传承久远，辈分很难算，论断是非，不是凭长老的权威，而是长老们依据契约规定来商量着办的。所以最后的根据，只能是这种法理契约型的具体条文。后来，朱熹、吕大临等宋儒还进一步发展制定"乡约"，让里社成为一个契约型社会。

这些契约不是空的，同乡里或同社之间的人须在固定时间聚会。聚会时要发文书通知，这种通知在敦煌文书中称为社司转帖，每个人都要负责通知到，都要签名。约上写得很清楚，最后到的可能要罚款；若不到，还有处分的条例；多次不来则除会。管理是十分严格的。

宋明以来，儒家思想在民间传播也是靠着乡约。乡约每个月会定

203

期两三次聚会，与西方人上教堂差不多。聚会念约，互相纠正砥砺，也有道德教化功能。这种办法在明朝传到了越南、韩国等周边国家，推行得十分普遍。

再如同业公会，谁家徒弟欺师灭祖、叛逃、勾引师娘，一旦被同行逐出，同行就再也没有人会收这个人了。这类情况，不懂的人以为都靠道德，其实背里都须有约，无约岂能整齐风俗？这是中国契约性的文化。所以，中国社会并不只是靠自然的有机的关系在运作，本身就依社与会形成其社会网络。

同时，过去讲中国，动不动就讲中国属于东方专制型的社会，强调统一王权对社会整体的控制。但从社与会的发展来看，就知道王权之控制是很松散的，大部分仰赖的是间接性的统治，内部主要靠社会地方自治，例如商业行会自治、宗族内部的自治等等。除非是刑案，一般不须惊动官府。所以才能政轻刑简，天高皇帝远。中国的民法不像西方那样细碎繁复，原因就在于大量的地方民事皆由老百姓自治了。民法的很多精神、处理方法，在大量且多层次的社、团、会中都有相应的条约，根本不需再由国家来处理。可以说，真正形成社会具体网络的是社与会。

社、会与文学相映发

而这样的社、会，与文学的关系也当然是很紧密的。

魏晋南北朝时的文人集团，是以帝王为主的官僚文人，政治上的权贵者往往即是文坛的主盟。王公贵族周边聚集了很多文人。从汉武帝，建安七子，再到三张二陆两潘一左，竟陵八友、北齐学士，萧梁等等，几个皇帝、亲族都是文学家，形成了很大的文人集团。唐初还是这样，唐太宗、武则天都如此。但玄宗以后就再也没有这种情况了。玄宗前期身边也有一票文人，最重要的就是李白。李白与司马相如差不多，也是被"倡优蓄之"。但自从李白被放归江湖之后——这是很有象征性的事，后来文学史上再也没有一个皇帝能像从前一样，团结一批重要文人，并形成文坛上具有影响力的集团，导引文学史的发展。

是后来没有喜欢文学、鼓吹风雅的皇帝吗？不，只不过形成不了这样的作用了！皇帝自己很有才华，不过如南唐二主、宋徽宗一般是个人，而不是一个文学集团。乾隆皇帝，是有名的附庸风雅，修《四库全书》，编《唐宋诗醇》。但我们讨论清代诗歌流派与理论时，乾隆是没有办法作用其中的。这就是时代之变。

唐中叶以后，帝王无此力量，则文章之贵贱，操于贤公卿，例如元白、韩柳、欧苏等。这时文人集团不在朝而在野。文人都是自己结的社，其标志就是江西诗社宗派。自此以后，诗社、诗派林立。

诗社、诗派是宋代所出现的事物。北宋时期，或许还有士大夫、一些著名且有政治地位的人作为领袖，如苏东坡、王安石、欧阳修等，号召了一票人形成了文人集团；但到了南宋，连这个也没有了，是否由大官、政治上有力量的名人来号召并不重要，结社是遍布江湖的。诗人往往跟大官僚无关，而由民间的结社来。文人结社成了文学史发展的主力。

明代情况更甚，整个文学思潮的转变、论争，以及所有的运动、阅读，书刊的编辑、选集，都与文人结社有关，甚至因"文人结社而斗"，故要了解明代的社会、政治与文学，也必须了解明代的结社状况。夏允彝《岳起堂稿》序说：

　　唐宋之时，文章之贵贱，操之在上，其权在贤公卿。其起也以多延奖，其合也或赍文以献，挟笔舌而随其后，殆有如战国纵横士之为者。至国朝而操之在下，其权在能自立。其起也以同声相引重，其成也以悬书示人而人莫之能非。故前之贵于时也以骤，而今之贵于时也必久而后行。

明代自开国的刘基、宋濂、号台阁体的杨士奇以降，文坛权柄皆操之在下，由文人自己竞争话语权，虽诸生处士，凭其诗文或文学主张亦能倾动一时。信服其文采及主张者，自成一集团，与其他集团相竞，谁也不服谁。故批评它门户标榜、出主入奴，固然不错，但一个文学真正独立于政治势力之外，人人皆可为自己的文学主张效忠的时代岂不是由此可见？

元末，"浙东、西士大夫以文墨相尚，每岁必聊诗社，聘一二文章巨公主之，四方名士毕至，宴赏穷日夜"（《明史》卷二百八十五），入明以后仍是如此。文酒之宴，品文评画，杂以声伎，彼此唱酬一番，这是文人交往的基本形态，源于唐宋，是兴趣的组合。或切磋攻文，或优游卒岁，属于好朋友一起玩的性质，未必有什么明确的主张或文学倾向。明初高启的北郭社，孙蕡的南园社，杭州的耆德会、会文社，浙中闽中的几个九老会皆是如此。也有文人聚合，同声相求，而渐见宗旨者。如"闽中十子"皆以盛唐为法、鳌峰诗社以本社前辈之诗为法，都各形成一种风气。这两大类，在明代，早期以前者为盛，后者愈晚则愈多。

论文学者，一般不重视前面这种游嬉唱酬型的。但实际上文学多起于游戏，文人之交往酬唱更是文人阶层得以巩固及扩大之基石。有主张的文人团体，亦是建立在这基石上的。文人强调气味，感觉不对，玩不到一块儿的人，主张就根本合不到一处。

再说，文人泰半少年攻苦，以求科第；中年仕宦，奔走四方；晚年才能呼朋引伴，优游林泉。故文酒之会、耆老之社，乃其暮年赡养之所需，社集以怡老、逸老、归田、耆英、高年、朋寿、乐天、林泉为名者最多，即因它有文人阶层内部的需求。有些社，还置有社田，把诗文集会完全变成了养老的组织。例如创于嘉靖间的逸老社，万历中就发现有社无田是不行的，于是："置负郭田若干亩，立籍于宝生禅院，岁征租供春秋两社会计出纳，士大夫以齿而狎主之。"（陈幼学《逸老堂社田记》）显然这即是依实际需求而生的体制。此类娱老酬唱之社，文学造诣未必出色，但推广文学、扩大影响之效，绝不可低估。

至于有主张的社集，主张不只见于言论，还可从许多地方看出来。例如其祠祭。社集是把文人群视如宗族群的，故多有宗教祭祀活动，如张岱有一首《余缔雪社于湖上。汪然明建白苏祠成，同社合赋，兼邀然明入社》诗，收在《奚囊蠹余》中。祠祭，是把古代文人当祖宗一样地崇拜，这自然就显示了祈向。

社又是契约团体，故皆有社约规则。社约千奇百怪，例如嘉靖之海岱诗社，社稿《海岱会集》被收入《四库全书》，书前就有社约，说是不准将会内诗词传播于外，违者有罚。讲得好像秘密社会似的。同时之西湖八社，社约则说："凡诗命题，即山景物不取还拈。"乃是以歌咏风景起兴，跟其他诗社喜欢命题作诗不同。又，粤山诗社，梁有誉《雅约序》云："夫文艺之于行业，犹华橿之丹膆、静姝之绮縠也……倘情致有所属，而制述无恒裁……强欲角逐艺苑，何异执枯条以夸于邓林？"可见是讲究作诗之体制的。

社约对社员颇有约束力，《公安县志·袁宏道传》说袁宏道"年方十五六，即结文社于城南，自为社长，社友年三十以下者皆师之，奉其约束不敢犯，时于举业外，为声歌古文辞"。这个社，以作时文为主，

207

然其情况实通于其他诗文社。故《广东新语》描述黄佐领袖南园诗社，"持汉家三尺以号令魏晋六朝，而指挥开元大历"，讲得好像军队的纪律。

以上这些，都看得出社集很强调内部的凝聚力。崇祯间的几社，甚至规定非游于陈子龙、夏允彝之门者不得与。意谓非师生不同社，可见他们重视同构性之一斑。

社集当然也重视对外的交流。他们作诗作文，集起来成为社稿，会传抄或刊刻。传刊之目的，是纪念，也为了宣传和交流。

除了内部写作以外，对外也办活动，类似于诗歌比赛的活动。元朝的月泉吟社，曾出一个题目，然后定出一些条件来征稿，选诗，约诗投稿，还专门聘请诗翁来主持评选。这样的评选活动跟现在的文学奖一样的，也有资金奖助的。主盟者就是主持评选的人。明代这种情况当然更甚。

社与社间的交流还不止于社稿交换或约盟揭赏，更有大集或大会。如周亮工《书影》载：万历三十六年茅元仪号召秦淮大会，"尽四方之词人墨客，及曲中之歌妓舞女，无不集也；分朋结伴，递相招邀，倾国出游"，可见其盛。晚明有很大名声的复社，其实也就是由各小社结合起来的，是大会的定型化。故朱彝尊《静志居诗话》卷二十一云："于时云间有几社、浙西有闻社、江北有南社、江西有则社，又有历亭席社、昆阳云簪社，而吴门别有羽朋社、匡社，武林有读书社，山左有大社，佥会于吴，统合于复社。"

宗旨相近的小社联合成大社后，对其他不同宗旨者自然就形成了强大的压力，也会结集以抗。如与复社对立的阮大铖中江社、群社，便是这种性质。群社取名"群"，他还作了《群社初集共享群字诗》示意，可见其旨。中江社则有钱禄《先公田间府君年谱》云："壬申，邑人举中江大社，六皖名士皆在。"亦可证其为大社。由其结社情况看，不同社间虽有交流，但基本是竞争关系，其联合亦常是为了做更大的对抗。明代文人集团每予人党同伐异之感，即由于此。

社内也是有竞争的。如高岱、李先芳主持诗社，召李攀龙、王世贞入社。后来谢榛因援救卢柟出狱，名震京师，诸公遂亦邀谢入社。可是王李崛起后，先是摈除高岱、李先芳，另延宗臣、梁有誉入社，与谢榛合称"五子"。再招引徐中行、吴国伦，改称"七子社"。但就在"七子"名号正响之际，却因谢榛自以为是领袖而引发内讧，于是大家又把谢逐出。谢是布衣，然能说诗，对该社诗风宗旨颇有决定性的作用，而其结果如此。可见文人团体的内部政治，其实跟政治团体没啥不同。时人常以春秋会盟时"执牛耳"、"立坛坫"、"主盟"等语形容社集，社中领导权之竞争正似诸侯之攻伐！

文人结社、秘密社会与文学

文人结社不但在文学史上很重要，在中国社会史上也很重要：文人诗社是所有一切社团的模范。翻翻《西湖老人繁胜录》、《武林旧事》，你就知道当时西湖有各社百种，都以诗社马首是瞻。文人在中国社会有特殊的地位，文人中诗人的地位又特别高，所以诗社为社集领袖。

而文人结社的源头是江西诗派。当时吕本中编《江西诗社宗派图》，可是《江西诗社宗派图》讲的并不是实际上的结社，即当时文人并没有真正结这样一个社。因其中所列的人年辈、时地各不相接，因此吕本中所编是观念中的社。即他用社这种观念，去处理诗人群体，将其比拟成为一个社。在社中，黄山谷就是祖。为什么叫诗社宗派呢？宗是宗，派是血缘族群下的分派。我们现在一个家族之下，是分派行的。宗派也者，模拟宗社的形态来说明一个诗人群。

这种谈艺方式，不只用在诗歌，也用以讨论其他艺术。如书法。天下所有法帖都起于淳化阁，故曹士冕编了一本《法帖谱系》，很像宗族中的族谱。绘画，则东坡有位表哥叫文与可，画竹最有名，东坡曾称赞他"胸有成竹"。后来很多人学他，就形成了一个文湖州竹派，也编了本《文湖州竹派》。这样一种把诗人群、画家群模拟为社，形成批评意识来处理群体的方式，是社以及中国文学的批评意识之共同发展。

文学批评常与其社会组织有关，例如《诗品》采取九品论人的方式就与当时九品中正制度有关。曹魏设立了九品中正法，钟嵘则参考了这个框架，分上中下三品，每品再分上中下。然书法、棋也利用这个框架来讨论，所以我们又有《书品》、《棋品》之类。也就是说，这种批评意识从社会组织中来，将社会组织运用于文评结构中。

魏晋南北朝主导社会的组织是门第，故批评家会想到用九品中正制度来论诗。宋代，结社成为社会主导组织，批评家想把社会组织用在文学批评上时，会出现江西诗社宗派，当然也毫不奇怪。

另外，文人与秘密社会也有千丝万缕的关系。秘密社会也是民间结社之一种，所属的阶层比较低，文人阶层比较高。但文人沦落向下流动的情况，本来就不罕见。

在贵族社会中，人是不流动的，都从属于某个阶层。中国很早就脱离了这种社会。我将贵族社会称之为"闭锁式"的社会，如印度的种姓社会。早期中国也是这种社会：庶人不可能变成贵族，贵族也不会凌夷为庶人。春秋战国之后，社会流动大增，到魏晋南北朝又开始不流动。唐代中期之后，社会流动才又加速，科举考试有一个特殊功能就是"朝为田舍郎，暮登天子堂"——垂直地向上流动。

人都喜欢向上流动，改善生活；但际遇难料，也不乏向下流动的，如柳永就是。宋元时，有一种特殊的群体与这种流动相关，那就是书会。

比如妓院中不单只是妓女而已，还要有很多帮闲的人，如吹、弹、奏、唱这些人。这些人又需要有人帮他们编曲子作歌。所谓书会，就是这些文人向下流动、与底层人在一起的团体。编剧本、作曲子，多半都由书会为之。书会中人或称为才人。在宋代、元代，戏曲剧本大都是书会才人的作品。元朝钟嗣成《录鬼簿》收录的就是"名公士夫，书会才人"之作。

秘密社会则是文学与更底层的社会间的关系。所谓秘密社会，其组织和会约均更为隐秘。其形成也有几种：

一是目的不见容于正常社会。其结社之目的可能是打家劫舍、鱼肉乡里。如《宋史》所载河南有"群不逞之徒结霸王社"，这是梁山泊一类的。

二是宗教结社，但被政府认为是邪教的。宗教有何正邪之分？从特定一个宗教看其他教都是邪的。可是实际上，邪教与否，主要跟官方的意识形态有关。被视为邪教者，一般有重开新天地，重建新政治秩序，带来新政权等主张，这样就会被定义成是邪教。邪教系统中，第一就是道教，从黄巾起事以降，累世不绝。第二是佛教，尤其是弥勒佛系统。弥勒是未来佛，佛陀曾经预言弥勒降生以后，会大开龙华三会，普度一切天人。弥勒衍生出许多教派，如龙华会等。再就是摩尼教，也就是金庸《倚天屠龙记》中的明教。摩尼教从唐代就进入中国，其教主名叫摩尼。它本是拜火教即袄教之另一支，与拜火教教义有类似之处，也同出于波斯。但两教势同水火。后来摩尼被拜火教逮到了，将其杀死后将其皮剥下来，装满稻草吊在城门上，非常残酷。正因为这样，摩尼教徒四散逃亡，从波斯逃到中国。它进入中国新疆地区时，得到回鹘国的优遇，成为了回鹘的国教，从而进入中土，在中国发展还不错。但因武宗灭佛，在唐代晚期受到波及，又受佛、道排斥，慢慢便隐姓埋名，把自己化装成道教或佛教，在中国形成了穿白衣、吃素、不剃头、拜摩尼的形态。佛教批评他们是"吃菜事魔"，简称魔教。

这几种宗教，后来慢慢融合，又形成了很多复杂的教派，在明清之际越演越烈，且都有不小的影响。如罗清所创的罗教，后来大运河漕运系统的漕帮，所有帮众都是罗教的。养生送死都通过这个教。漕帮就是俗谓的"青帮"。另外还有洪门、天地会等，从事反清复明的活动。

而这些社、会与文学的关系又是怎样呢？这些宗教在传教的过程中都大量地仰赖文学作品。弹词宝卷，在明清是这些团体宣教的最主要的工具，利用弹词、歌谣、宝卷、小说、戏曲来传教。文学作品跟这些秘密社会关系是很复杂的。

此外，在清代中叶以后，还出现了一种儒家式的善堂，即儒生的结社。鼓励大家做善事，改善风俗，戒烟、禁赌、禁娼等等，目的是端正风俗。善堂，大概在清朝嘉庆以后，就发展为一场社会运动。

有一年，我在马来西亚槟城街上走，看到了一个"警顽社"的门匾，心中一动，便闯进去看看。进去一看，果然墙上就写着社约。"警顽"是说老百姓虽顽冥不灵，我们也要教化他们。墙上还有许多书，竟是民国二十几年商务印书馆出的全套《万有文库》，连书架子都是当年的。看得我感慨万千，想不到在内地几乎绝迹了的善堂，居然还可见诸马来西亚。

善堂不只是劝善，也编很多善书与宝卷，还作宣讲。在台湾，甚至还发展出一种宗教，叫儒宗神教。善堂于清朝末年就出了一本很有趣的游记，叫《洞冥记》。本来东方朔有本《洞冥记》，但善堂这本讲的是一个人元神出窍，跟着神，譬如济公等等去游历天堂、地狱等等。这种书从清末就开始在云南等地流传，后来在台湾很盛。台湾有一套销售量惊人的书，叫《天堂游记》和《地狱游记》。听起来很荒唐，却被当作是善书，很多人乐意传播。这一类也是文学作品，如要研究民俗文学、民间文化，这一批材料是非常有趣的。如果朝这个方向再找一些材料来看，结合弹词、宝卷，就能超越郑振铎先生所谈的俗文学的框架了。

第十二讲　文学与国家

天下观念中的逸民、遗民现象

近代民族国家兴起以后，人跟国家仿佛是一种天然的关系，人生下来就隶属于国家，对国家有交税、效忠、守法等义务。国家主义思潮、政党亦所在多有，爱国更成了极高的道德规条。可是，这些都是近代的新变，由西方传来。古人没有这一套，国家尤其不是最高的，国家之上，还有个天下。

在中国，国家与天下从来就不是一个概念。儒家讲修身、齐家、治国、平天下，治国和平天下本来就是两个不同的层次。在传统的中国人看来，国家与天下是分得很清楚的。我们现在天下的观念消失了，所以常以国家代替、冒充天下。

顾炎武《日知录》说得很清楚：有亡国、有亡天下。什么叫亡国呢？一个政权瓦解了，叫亡国。亡国，老百姓是没有责任的，因为老百姓只是受害者。政权亡了，责任是统治者，是"肉食者"搞垮了国家。亡天下则不然，亡天下是匹夫匹妇都有责任的。什么是亡天下？亡天下是指社会上"人相食"，人剥削人、人欺负人，大家跟野兽一般以力相争，噬权吞利。亡天下，代表没了文化。所以，国家是政权的概念，天下是文化的概念，这在中国是分得很清楚的。

历史上，我们常可看到吴太伯（一作泰伯）让国逃走、许由不要尧的政权等，这类人很多。他们强调脱离或者否认政治王权，这在传统中国被认为是很高尚的事。《易经》上说"不事王侯，高尚其事"，即指此也。人虽然住在国家里面，但是不接受国家的管辖，"别有天地非人间"，这些人在中国称之为逸民。

逸，即脱离、逃离之意，脱离了国家王权的管辖。从《易经》以来，在中国就有一个逸民的传统，也一直都很受推崇。《史记》中第一个世家便是《吴太伯世家》，说吴太伯与弟虞仲，皆周太王之子，二人南奔荆蛮，文身断发，示不可用，不跟弟弟季历争位。荆蛮的人都感佩他们，从而归之者千余家。

太伯，孔子称他为"至德"。司马迁在《史记》里把他列为"世家"第一，对逸民的传统是非常称道的。后来《儒林外史》第三十七回写泰伯祠之祭祀，也非常引人注目。在此以前，书中人物是一个个地出场，又一个个退场，描写的中心不断地转移，直至第三十七回的泰伯祠祭祀，才突破了这一格局，把众多的人物集中到一起，这也是全书唯一一次。作者显然是有意将大祭泰伯祠，写成全书的高潮。而他这样写，又是影射现实中修葺南京先贤祠的事。吴敬梓挚友程廷祚之父曾经建议修葺南京先贤祠，以祭祀大禹、泰伯等先贤，以振兴礼教，故书中特此着墨。由其叙述及事实，都可见对泰伯的崇敬，是历久不衰的。

215

后来，吴地还有一位让位的贤人，即吴公子季札。吴王寿梦有四个儿子，长子诸樊、次子余祭、三子夷昧、幼子季札。因季札贤能，寿梦欲将王位传给他，但基于宗法的传嫡限制，只能先传给长子诸樊，言明兄终弟及，最后须将王位传给季札。后来诸樊战死，依寿梦遗言，王位由二弟余祭继位，余祭被杀后，由夷昧继位。夷昧在位十八年，死后，季札坚持不肯继位，于是夷昧之子僚才继承王位。季札避位，游历诸国，声誉极高。他在鲁国观礼乐，尤其是我国文化史上的大事。

值得注意的是，隐逸的传统不是只有道家讲，儒家从《易经》以下也一直很强调这个传统（可参看文青云《岩穴之士：中国早期隐逸传统》对儒家的隐逸传统，论述尤详）。

逸民是中国文化的特殊现象，是一个人有志于或立足于对天下的关怀的。孔子就属于这样的人，他曾说："丘也，东西南北之人也。"他虽然在鲁国出生，但其"治国平天下"，皆不只是为鲁国服务，而是为了天下。《庄子》也一样，第一篇《逍遥游》讲鲲鹏，就举燕雀作对比。燕雀只是在一个小地方跳来跳去，"知效一官，行比一乡，德合一君而征一国"，不像鲲鹏是胸怀天下。

在中国历史上，向来高度推崇这一类人物。如东汉光武帝，要封严光做官，严光坚辞不受，仍回富春江钓鱼。这类故事就显示了王者对于逸民的尊重。虽然每个皇帝都很讨厌逸民，因为逸民就是摆明了不认同他、鄙视他，但还是不得不要对其表示尊重。

逸民的特点是看不起政权，也不跟政权合作。他们对于王权的藐视，会让王权不满。中国的特殊传统规定要君主来容忍这些逸民的，所以中国史书中一直有逸民传。中国的隐逸传统，大批隐士及隐逸文学，还有艺术评论中的逸品，都和这个传统观念有关。王羲之还留下了一个《逸民帖》。逸士高人都是出尘离垢、脱弃世俗的，他们代表着中国文化中特别的一类，无国家而自得其天，故又称为天民。

跟逸民类似的另一种人叫作遗民。逸民是对于国家政权不认同，或者不感兴趣。遗民对政权则是有认同的，不过他们所认同的政权是已经消失的，即对现存的政权不认同。最早的代表人物不是伯夷、叔齐，而是陶渊明，因为伯夷、叔齐既不认同殷也不认同周。

传说陶渊明在东晋灭亡以后，所写的作品就不记年号，不接受刘宋的年号了，所以永初以后只写甲子。义熙以前，陶渊明则写晋氏年号。明人张羽《题陶处士像》诗"五儿长大翟卿贤，彭泽归来只醉眠；篱下黄花门外柳，风光不似义熙前"，即指此。

陶渊明开启了后代特别在亡国之际，一个新的传统。例如金亡了之后，有大批遗民，如元遗山等；南宋亡了，也有一大批遗民，如郑所南、谢翱、汪元量等；明朝亡了，同样有一大批遗民，如黄宗羲、顾炎武、傅青主等；清朝亡了，也还有沈子培、王国维、罗振玉等大批遗老。所以遗民现象在中国是很突出的，已形成了一个传统。

逸民和遗民都是中国特有的。西方没有这种观念，但西方有"公民不服从"。凡不满意政府的法律政策，可以抗拒、不服从，即为公民的不服从。法律制度如果不公正，公民可以不服从，这本身就是一种政治行为，用以改造法律、政策。

但这和中国的逸民、遗民不一样，因为中国的逸民、遗民本来就不是公民。他不朝天子、不揖大夫，是国境内的化外之民。对于这样一类人，政府有责任优待他们，而且要表态支持，让他们有自己的空间，不受干扰。不但在政治上要给他们很大的空间，社会上也会供养他们，拥有很多支持者。

如清朝灭亡后，遗老郑孝胥曾写信给朋友，说很羡慕明朝灭亡后的遗老，他们生活十分优渥，或带着弟子住到很好的庄园去，或如顾亭林带着书到处旅游，一路都有人供养。苏州还有很多名士，到邓尉"香雪海"去探梅。一人一条船，十分风光惬意。可见当时大家还是很有钱的。冒鹤亭在水绘园，也是每天宾朋满座，挥金如土。这些主要靠社会的供养，大家对遗民保持着尊敬的态度，史书更都有传记，歌颂这些人的节操。

中国还有一种是半逸民，叫作"方外"，指出家的僧人、道士。"方外"一词出自《庄子》，说人有"游方之内"和"游方之外"之分。既然是方外之士，当然跟现实社会中的人不一样，不必理会国家。但在中国，方外之士并不能完全成为化外之民，因为国家权力对于僧道仍是有管理的。

佛教传进中国后，也曾想取得不受王权管辖的权利，故曾提出"沙门不敬王者论"，但可惜并未成功。王权仍是有效地管住了宗教，或者说后世宗教大部分采取了另一种策略：跟王权合作。有很多朝代，佛教、道教常具有国教的性质，会被纳入成为国家体制的一部分。例如道教在宋代就属于国家行政机关，其实不算方外。此外，中国的僧道是有管理制度的，并不是剃了头、穿上袈裟就是和尚，还需要有度牒。国家每年规定多少人可以剃度，是有数额的，因为国家不对僧道抽税和调派劳役，如果出家人太多了，自然就会减少国家的收入与力役。

国家每年对出家人都会有整体管制。既不能随便出家，需要名额、条件，又需得到一个文书，那文书就是度牒，是出家人的身份证件。同时，还有僧官，具体管理僧团。所以，所谓方外，只能算是个半自治的团体，属于半逸民。寺庙内部管理则基本上是自治的，它本身也会有经营行为，不是不事生产。当铺、银行的雏形都是从寺院中发展出来的，属于政府对其进行部分管理的一个半自治性团体。

半自治，是了解中国古代国家体制的重要观念。因为这类团体其实还不少，不只方外而已。如南北朝时的士族，就是方内的半自治团体。当时世家大族一方面担任高官，属于统治阶层；一方面又置身国家兴亡之外，朝代变来变去而他们不甚受影响，门第巍然自存。所以当时人说："士族非天子所命。"连皇家都要巴结他们，抢着跟士族联姻。士族则有点像和皇权"合作"的关系。直到宋代，大臣们还提醒皇帝"陛下与士大夫共治天下"，道理就在于此。而各位不要忘了：士（族）、士大夫正是我国文学创作的主要群体。

这是几种跟国家比较松动、脱离的关系。外有天下，国家内部则有许多半自治群体，这是已习惯于近代国家观的我们所应特别注意的。

中西方不同的人与国家观

接着还要讲一个观念：人跟国家的关系，中国跟西方是不同的。

国，最早是区域的意思。在这个区域中，家和国都是由个人慢慢积聚而成的，男女成家、聚家若干才成国，故孙中山说"国者人之积，人者心之器"。

西方则不是这样的。西方是没有个人的，群体在前，个人在后，群体先于个人。亚里士多德讲得很明确：城邦作为一种自然的产物，它先于个人。因为人脱离城邦之后，很多东西就消失了，就不是自足的了；反之，个人离开了，城邦还是城邦，并不会减少什么。公民不是独立的，乃是城邦的一部分。城邦中的"公民"和"人"是不同的概念。公民不等于人。女人不是公民，小孩、奴隶也都不是公民，他们虽是城邦中的人，但不是公民。既然不是公民，就不是城邦的组成部分，没有权利参与法庭、行政统治。组成希腊城邦最小的单位是公民，不是个人，而城邦管理的是公民。一个家庭，只有父亲是公民，所以

219

整个希腊的城邦，其实可以看成是男性的亲属集团。

在古希腊，没有个人，只有公民。到罗马，就容纳了罗马以外的人成为公民，以成为共和国、帝国。可是家庭内部事务等均是私领域，不是政治领域。家中的每个人也不是城邦或共和国的单元，所以不具有公共事务、政治上的正当性。中古时期，个人则归属于教会，是属于教会的教民。西方真正有个人观念，需到十六、十七世纪。

中国不一样，是从人慢慢发展到群体，到家，然后到国家、到天下。所以人是构成家、宗族、国等的基础，所谓"民为邦本，本固邦宁"即是这个意思。正因如此，在中国，民、老百姓，都不是公民，而是个别独立的人，中国古代没有公民这样的概念。孔子说"节用而爱人，使民以时"，民就是民众、人，两者是互文的。

从这里往下讲个人与国家的关系。中国没有像西方那样，城邦第一位，个人附属于国家的想法，现在我们才会讲人是属于国家的。但这不是古人的想法，国家兴亡，"兴，百姓苦；亡，百姓苦"，才是中国人的观念。

与国家相关的文学现象

人，大部分不是逸民，也少有机会成为遗民。因此人在面对国家时，态度又与逸民、遗民或方外不同。他们可能会歌颂国家朝廷。例如《诗经》中的创作者本身就是国家创建者，他们与国家是一体的，这种关系与后来人与国家的关系有疏离大不一样。所以《诗经》有很多对国家、天命的赞颂，希望祖德可以继承、天命可以延续，这是《诗经》、《尚书》基本的调子。当然，其中也有对政治的批评。

对于国家的赞颂，有一部分是颂祖德。这不但《诗经》有，到南北朝期间也有很多，但后世就越来越少了，因为贵族作者渐少，主要创作群体已不是国家肇建者。

另一部分是对京城的描述与颂赞。如《诗经》中即有很多对镐京的赞美。镐京是西周的都城，都城可形象地代表一个朝代，所以后来形成了一个文学类型，叫作帝京描写。汉晋那些《三都赋》、《京都赋》等即是这类作品的典型。诗歌中也有不少，如唐太宗就写过《帝京篇》，描写唐代大帝国的京城。无论诗文，这类作品都是铺张权势的，物华天宝，品类众多，而且要篇幅宏阔，显示大时代的恢弘气象。

这种写法，也有变迁。早期的帝京描写跟述祖德是衔接的，因此，帝京描述早期以宗庙为核心。京城的中心在宗庙，宗庙是延续性的，跟天结合起来，通贯到祖先、天命。京城本身即是一个礼乐祭祀的中心，写帝京则是把它作为礼乐中心来写。到汉赋，同样写帝京，可是有关宗庙的部分却大大缩减，越到后面则越少。都城不再是礼乐祭祀的中心了，更多的，是写京城内部的生活状态。两者比较，《诗经》中的京城更具神圣性，汉代所写的比较有世俗性，对世俗生活的描写远多于《诗经》时代，代表那是世俗权力集中的地方，是一个世俗帝国，跟从前那种礼乐社会不同。汉代以后，基本上是汉代描述的继续发展，例如《三都赋》，是对国家的赞颂。

国家的体制也直接创建了文学体制。因为政治体系内部就制造了很多相关文书文体，如诏诰命令、章表奏议等。皇帝的命令要行使，是诏诰命令；臣子在国家行政体制里有意见要向上表达，就是章表奏议，或者书策。这类文学作品的源头是《尚书》。《尚书》中的文章，都是属于这一类的。

所以文体的大部分都是由这个国家体制形成的。这些文体不是因为个人情感的不同而产生出不同，而是跟国家体制相关的。王向下说话，就叫诰诏；臣子向上说话，则叫奏启；若是平行机关间的文书，便叫文移或咨文。文体是与整个国家行政体制结合起来的。

我们现在的文学观强调个体抒情，所以几乎不谈这类文章，感觉这类文章没价值，也不易写好，其实像《出师表》《陈情表》等很多好文章，都是属于此类的。唐朝陆宣公之奏议，据说还能使骄兵叛将感动得流泪呢！

后世选文，也常根据"文章者，经国之大业，不朽之盛事"的观念，专门选录这类经国之文章。例如南宋孝宗时，吕祖谦编《皇朝文鉴》；明永乐以后，《历代名臣奏议》等赓继此风，遂成一大流派。张溥作《历代名臣奏议删正》，陈子龙、徐孚远等编了《皇明经世文编》五百零四卷。另外有陈仁锡《皇明世法录》《陈太史八编类纂》。后者又名《经世八编》，乃是丘浚、唐顺之、冯琦、冯应京、章潢、邓元锡诸家经世书的总结。入清以后，乾隆时陆耀作《切问斋文钞》三十卷，道光间贺长龄、魏源作《皇朝经世文编》一百二十卷，以及《皇朝蓄艾文编》、《皇朝道咸同光奏议》等，也都是这类。这类文章不关心个人悲欢，而是关系着国家之盛衰。

近代的文学观强调个人抒情，所以认为这类作品不算纯文学，是应用性的文书。其实不然，它是中国文学很重要的一支，包括民国以来报纸上的社论。因为报纸代表社会公众意志，所以报社都有自己的评论，代表社会发言，对时事提出评议。它们不是无病呻吟，而是和国家兴衰有关的。

跟国家体制结合的文学另一大宗，是科举文，是在考试制度下形成的。唐代的科举考试，一考经义，二考策论。我们常说唐代以诗赋取士，这种讲法并不恰当。唐初根本不考诗文，开元以后，才在经义、策论之外加考杂文。杂文中包括词赋而已。如考诗，主要也是排律。这些都算是科举的文体，各种文体写作有一定的方法。

鉴于唐末词赋占科考的比重越来越大，宋神宗遂接受了王安石的建议，改革科举制度，突出经义的重要性，正式废止了词赋。由于主要考经义，大家就都要揣摩经义文该如何写作，所以市面上出现了很多相关写作手册。还有很多大儒，如吕祖谦、真德秀、叶适、陈傅良等都写过书来教别人如何考试。为什么这些大儒竟愿意写这类书？因为经义文的特点就是用文章来阐发经典的涵义，所以大儒们认为这是种很好的办法，可以文与道合一，故他们自己就写了很多示范。

经义文到元明之后，更是蔚为大观，形成了我们后来常称的八股文（八股其实只是一种俗称，是经义文发展中的一个阶段，现在人却常用八股来概括经义文，故说经义文或制义，大家反而不太熟悉）。八股文是国家考试制度下形成的文章写作体例，长期影响了我们的文坛，也是整个元明清文学活动的主轴，所以研究这几个朝代的文学不能脱离这个主轴。很多流派，最重要的也不是诗词，而是时文写作。如公安派，在文学史上，我们常常只关注他们独抒性灵、打破格套的小品文。其实袁宏道、李贽等人都曾说过天下真文即在时文之中。包括汤显祖，汤显祖是继归有光之后最著名的时文大家。他们组织文社，也是要叫大家一起来切磋八股文技艺。

明代的诗社以唐诗为主，但文社鲜有不是研究八股的。如归有光之社、袁宏道之社、利瓦伊桢之社、陆桴亭之社以及知社、颍上社、芝云社、谈成社、因社、瀛社、素盟社、聚星社、辅仁社、昌古社、随社、观社、旦社等。

除内部切磋之外，主要是操持选文、影响着科举文风。如天启时之应社，据张溥《五经征文序》说："五经之选，义各有托：子常、麟士主《诗》，维斗、来之、彦林主《书》，简臣、介生主《春秋》，受

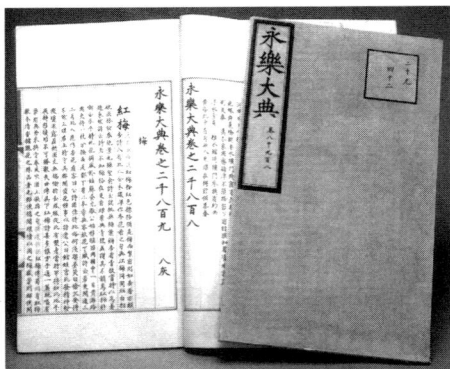

《永乐大典》

先、惠常主《礼》，溥与云子则主《易》。"可见该社主要工作之一便是选文，供考生参考。

明代科举文选，书坊请人评选与文社推出选本，正是两大系统。立社目的，颇有大志，如瞿汝说于万历中结拂水山房社，其子描述"时吴下相沿为沓拖腐滥之文，府君与挚友邵君濂、顾君云鸿、瞿君纯仁，结社拂水，创为一家言，以清言名理相矜尚"（《瞿式耜集》），是要主导文风的。所以时文是明代很重要的文学活动，不应忽视。以上所讲的是国家体制带动出来的文学。

和国家体制有关，还有应注意之一事，就是文学典籍的整理。我已讲过多次，中国的类书基本是文学性的，而类书的编纂，从《皇览》以降多是由朝廷组织了大规模人力来做的。六朝到唐的情况，以前讲过了。到了宋代，《太平御览》、《太平广记》等，也都是大规模的文学整理。今天研究魏晋南北朝隋朝小说，材料大都在《太平广记》里。鲁迅作《古小说钩沉》，主要就是根据《太平广记》。

明代编《永乐大典》，是有史以来最大的类书纂辑。清朝，康熙四十九年编《渊鉴类函》四百五十卷，五十年编《佩文韵府》一百二十卷，五十八年编《骈字类编》二百四十卷，六十年编《分类字锦》六十四卷、《子史精华》一百零六卷，都规模宏巨。而康熙朝始编，雍正时完成的《古今图书集成》竟达一万卷，是仅次于《永乐大典》的类书。

类书的主要功能即是为着写诗文的方便。例如《佩文韵府》依平水韵一百零六韵编排，以韵系字，每字下把相关掌故的辞藻搜全了，按词条末字放在韵字下面，有二字辞藻、三字辞藻、四字辞藻。所以全书收字一万九千余，辞藻就达一百四十万条。作诗写文章的人，拥此一编，文思还怎么会枯竭？佳言丽句，俯拾即是。

又如《骈字类编》，分十三门，每门下标子目，即单字，共一千六百零四字，每字下依第一字相同罗列双音词或词组，下注出处。如天，下列天地、天日、天月、天风、天云等近千条以"天"字开头的双音词，下注出处，"天

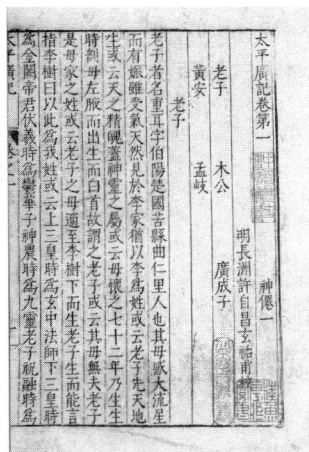

地"下就注它出于《易经》等上百个用例。此书与《佩文韵府》雁行，《佩文韵府》把末一字相同的词藻排在一起，此书把首一字相同的词藻排在一起。

还有大规模作品集，如康熙编《全唐诗》九百卷，收唐五代诗人二千余人，作品四万八千九百多首。又编《御定历代诗余》一百二十卷，是唐宋元明词的总汇。另又作《钦定词谱》，定了八百二十六个词调，这也是前所未有的。

宋词多出伶人之口，词与调的配合本有随意性，平仄及押韵法并不一定，故同一题有时竟可出现十几、二十种别体。元明以后，旧声不可复按，作者乃依前人所作词的文本按图索骥地去"填"。要勉强说其音乐性时，则是用当时流行之曲去比拟的，因而词韵词谱多只是曲韵曲谱，词风也往往混同于曲。清初词坛之一大特征即是力反此风，要替词定韵定调。康熙十年以前，填词家多用《啸余谱》，但声律不协。万树《词律》、康熙《钦定词谱》审音定调，辨分平仄，贡献极大。康熙末期开始流行的浙派词家，就是在这个基础上发展起来的。这是《钦

定词谱》划时代的意义。清代词学，超越前古，基础实大奠于此。

《全唐诗》的出现也带动了唐诗的发展。大诗人王渔洋、沈德潜都有宗唐的倾向。这种诗选、大规模的文献整理，跟诗风联系非常密切。

乾隆编了《四库全书》，对我们研究文学十分重要。例如诗文评，确立为图书目录之一大类，时代甚晚。唐吴兢才开始把《文心雕龙》等文学批评著作列为文史类，从总集中拉出来。明焦竑《国史经籍志》又于总集之后设诗文评类；《澹生堂藏书目》、《读书敏求记》因之。四库的做法即本于此，可视为明末清初文学批评意识高涨的结果。

还有《四库提要》，十分重要。现在的文学史书基本上就是抄《四库提要》，只是将其改作白话文而已。

"中国文学史"这一科目，是清末才建立的；课程及教材，经五四运动后逐步定型。但其框架，颇采自《四库提要》或不自觉受其影响。为什么呢？古代并无文学史，只有史书里的"艺文志"和"文苑传"。"艺文志"只是书名的记录，史官再根据书的情况略作概括，本非专论文学之史。"文苑传"是个别文人的传记，志其生平，录其篇章，也不易看出整体文学的流变。虽然《四库提要》也不是专门为文学写史，但一来它对每本书的评价讨论，远远详于诸史的"艺文志"、"文苑传"；二来其评骘特重该人该书的历史意义；三又因时在清朝，具有总览综述的性质，因此文学的历史可说至此才有清晰的轮廓。

轮廓之清晰，还得力于它的观点与方法。例如它明显重古文、轻时文。唐代古文运动以后，古文其实一直是非主流，主流是时文。时文，顾名思义即当时流行之文体，唐宋为四六，元明以后再分化出科举制义，俗称帖括或八股。四库馆臣对于元明庞大的制义文献，却不仅有意轻忽，甚而处处贬抑。大量评点著作，均说它有制义气而不予收录，或虽收录而痛斥之。骈俪也不受重视，《墓铭举例》的提要说："由齐梁

226

以至隋唐，诸家文集传者颇多，然词皆骈偶，不为典要。惟韩愈始以史法作之，后之文士，率祖其体。"把古文运动以前的骈偶文一笔推倒了，然后又说古文运动以后文士都学韩愈，仿佛此后骈文已不复存在。近人之文学史述，不就沿用此一架构吗？又如今人论明代，基本就是三变，初期馆阁体，中间是七子派，后面是公安派。这都是从《四库提要》来的，云"明之诗派，始终三变……永乐以迄弘治，沿三杨台阁之体……其弊也冗沓肤廓，万喙一音……是以正德、嘉靖、隆庆之间，李梦阳、何景明等崛起于前，李攀龙、王世贞等奋发于后，以复古之说，递相唱和……万历以后，公安倡纤诡之音，竟陵标幽冷之趣，幺弦侧调，嘈囋争鸣"（《明诗综》提要），大约即是目前各本中国文学史著作的蓝本。所以，整个国家对于文献整理的工作、力道以及影响不可小看。

国家兴亡之叹

既然有国家，就有亡国。自古无不散之筵席，政权也没有不亡的。由于政权会亡，个人对于帝国，有描述赞美，当然也就会有哀思。哀思的表达最早可能是《诗经·黍离》。西周灭亡了，镐京曾是礼乐文明的中心，但诗人再次经过的时候，看到宫殿已经长满了杂草，宫殿前的高大的铜骆驼就堆在杂草中，感到格外哀伤。这是写政权瓦解之后的哀伤。之后，又有《楚辞》的《哀郢》。此后，写帝国之衰亡，也像写帝京之繁盛一样，成为一种文学类型。

国之兴衰，显示了世界之变动。特别是过去的大帝国，现在已经衰乱了，反映如此变化的作品很多，刘禹锡写石头城"潮打空城寂寞回"，李白写越王台"只今唯有鹧鸪飞"。其写法，往往用亘古不变的潮水或月亮来看人间帝国盛衰之速，从一个较长的历史眼光看，盛衰不过一瞬之间。这是亡国之哀。

有时也针对大城市写，犹如写帝国之盛，要写都城；写其衰亡，亦往往用大城写之。城市的生命也是有生死的，如《洛阳伽蓝记》写洛阳、北魏，又如鲍照《芜城赋》写扬州，过去如此繁华，现在却"孤蓬自振，惊沙坐飞"，非常苍凉。这就是兴衰之感。

这种兴衰之感的写法中，人是冷静的。人是站在月亮的角度来看，或如李商隐写隋宫，说现在只有乌鸦在飞。这是客观之笔。写法是身不关己的，不是自己的国家。

但《黍离》、《哀郢》则不是，是人在其中，曾经属于这个朝代，所以自己是亡国之人，要面对亡国，有亡国之痛。如庾信的《哀江南赋》，整个江南破了，他到了北方，回想江南岁月，把个人史与国家的生命结合在一起。颜之推的《观我生赋》也是如此，是切肤之痛，而不是怀古或悼古的。

怀古，如"折戟沉沙铁未销，自将磨洗认前朝"，对于历史是有评说的。又如"江东子弟多才俊，卷土重来未可知"，是一种哲理式的感慨，而非切肤之痛。这种怀古或悼古发展到后来，就成了元朝的渔樵问答式。渔樵问答比怀古悼古的感伤性更低，是一种哲理上的慨叹，是"别有天地非人间"的。人间无非是兴、亡，渔人、樵夫则站在逸民的角度来看，国家兴亡对于渔樵来说只不过是一场闲话。后来的讲史、演义类型也常有这种姿态。《三国演义》开篇的《临江仙》讲"滚滚长江东逝水"，也都属于这类，看天下大事"分久必合，合久必分"。

人在这种分合之中，血肉的牵扯、骨肉的离散，是十分痛苦的。《左传》写激烈战争之后，军队溃败，大量的人坐上船要逃走，船上的人拔出佩刀砍掉抓住船舷的人的手指，"舟中之指可掬也"，可见战争在现实生命中有太多伤痛。不身在其中的才是渔樵闲话。渔樵闲话，显

228

示了一种美学和哲学上的喟叹，显示的是讲史评书的态度，是局外的纵横捭阖。

身世之变的吟咏

国家兴亡是最大的变动，但大部分时间是国家还在存续之中。个人处在国家体制里，当然会有很多活动。这些活动在文学中有几种最主要的表现。

一是哀时命。人进入体制中，大部分都不得意。因为人对自我的评价往往都超过别人对他的认定，总是觉得世界对自己不公平，会感叹自己时运不济，此即所谓哀时命。汉人之所以那么喜欢《楚辞》，就是因为《楚辞》中哀时命的主题打动了他们。如东方朔的《答客难》就是发一顿牢骚，说自己生不逢辰，时命不好。为什么呢？在战国时，如苏秦，此处不留爷，自有留爷处，可以六国封印。现在天下统一了，只有一个天子，所以只能在这个天子底下讨生活。不是自己能力不行，而是时代变了，时运不济。这种感慨不仅是东方朔，很多人都有。

哀时命有很多种情况。汉武帝曾碰到一个人，问他为何现在还在做这等小官？那人说没办法，年轻时先帝喜欢用老成人，故自己不受重用；等到自己年纪大了，又遇到陛下喜欢重用年轻人。这是一种。还有一类，汉武帝又有一天遇到一个人，问他为什么还做这个官？那人回答说陛下用人譬如"积薪"，是后来者居上。

所以汉人发展出很多哀时命的论述，司马迁、董仲舒都写过哀时命的赋。哀时命的另一种说辞就是士不遇。士不遇没有什么原因可总结，就是衰、倒霉。后人说"运去金成铁，时衰鬼弄人"，就是此意。士不遇在帝国体制下常见的现象。

也有士好不容易"有遇"而做了官，但爬得高也摔得重。这就引出另外一个主题贬谪。被贬官、降职、流放，像柳宗元被贬到永州、韩愈被贬到潮州。最惨的是李德裕，曾经当过宰相，却从宰相贬到海南岛，做崖州司户参军。黄山谷也被贬涪州，苏东坡也被贬海南。

这种贬谪文学的典范是屈原。大家后来对屈原越来越心有戚戚焉。研究屈原，汉代是一个高潮，讲士不遇；宋代也是一个高潮，讲贬官、忠孝等。根据宋人的解释，屈原虽被贬官，但是还忠心耿耿。屈原忠心耿耿的形象就是宋人塑造的。宋之前主要是哀时命。对于屈原的个性是有争议的，例如班固对于屈原是有批评的："露才扬己，忿怼沉江。"宋代以后比较强调忠君，和解释杜甫差不多。

还有一种关系，不太被关注，但很重要。人除了进入体制之内的，还有大批体制之外的游士，或是想进去而进不去的人士。尤其是明清之间，游士数量极多。因为科举考试名额有限，大量的人要去争取名额。如果秀才考不进就算了，但成为秀才以后，就算有了功名，农工商等很多事情就不能做了。但更高的科名又考不上，浮在社会上就成为了游士。游士唯一的本事就是写文章，谋生本领全无。像写《浮生六记》的沈复就是如此，后来芸娘竟是活活饿死的，靠别人救济棺材才能下葬。还有蒲松龄，《聊斋志异》中叙述最多的其实不是女鬼，而是考不上的考生的心声、辛酸，和对科场的指责。游士多半都是贫士，如清朝诗人黄仲则诗，说"全家都在秋风里，九月衣裳未剪裁"，生活可怜。

游士有比较幸运的，可以去坐馆，教小孩读书。但小孩有出息，考上了的话，那职业也就丢了；如果考不上，继续教下去又没颜面，只能辞馆。另外还可行医。还有一种就是游幕，替人做幕僚。如李商隐，他自己做官都在七品上下浮动，看看也没什么前途，还不如跟着节度使去做幕僚。唐代的节度使都是可以自聘幕僚的。

再如宋代陆放翁怎么会到四川呢？因为他的朋友范成大在四川做官，于是他就跟着范成大到四川，做他的幕客。因为幕僚都是文人，所以主管对他们是很敬重的，将他们当作客人，像朋友一样。

游幕从唐代开始慢慢出现在文学史上。到宋代，量越来越大，就出现了很多的江湖诗人。江湖诗人到了明代，队伍就更庞大了，称为山人。

山人，名义上是逸民，但其实是文人流散江湖而成的一类流品。山人在江湖上编书，为大官做书画鉴定，也可以作为官员的清客。他们不是帮忙而是帮闲的，官员无事时找来吟诗、作画、品评人物等，也挺好玩。明代的山人数量很多，形成庞大的山人现象。比如陈眉公，当时人写过一首诗开他玩笑，说"翩翩一只云中鹤，飞来飞去宰相家"。这是人跟国家体制之间的一种关系。

在中国，国家与文学之间的关系还有很多，很复杂，比如在政治活动中所带出来的党争。党争中涉及的文学也是很重要的题材，像唐代牛李党争、宋代的乌台诗案，都是国家政治活动之中带出来的。还有国家的文学政策，例如北宋时期禁止过东坡诗文，这是诗文之禁。到了明清，则有很多禁止小说、戏曲的命令。

文学与国家是一个大题目，希望大家根据这个线索去挖掘、玩索。

第十三讲　文学与时代

文学脱离的历史观

以时代来观察事物，早自《易经》就已经开始了，称为"观乎人文，察于时变"。观天文，观的是日月星辰；观地文，观的是山川湖海的分布；观人文呢？是要察于时变，看时间在其中所产生的变化。《易经》本身是"变"经，是讨论万事万物之变的。观人文，察时变，可以是讲两件事情——观人文与察时变，分开而讲；也可以看成是用查时变的方法，从不同时间的变化来观察人文活动。假如这样看，我们要看的，正是人文活动中的变动，变动即是我们所要观察的对象。《易经》上说我们要知时、要知机，都是教人如何察时变的。

察时变之例，经学上最著名的是《公羊传》所讲的"三世"，即据乱世、升平世、太平世。这三世是三种性质，何休《春秋公羊经传解诂》将之分成三个脉络来讲这三个时代。从时间上看，一是所传闻之世，时间很古老，是听祖父、曾祖父讲的；再者，是所闻之世，是听说的时代；还有就是所见的时代。另外的线索是从空间上说，内诸夏而外夷狄，从诸夏与夷狄对抗关系，到夷狄进而中国化，都来学习中国文化。还有一线索，是从政权说，叫"新周、故宋、王鲁"。

在这里，宋是代表商。在中国古代，可以将国家在政治上推翻，但不能斩草除根，要保留人家的宗庙，让其可以继续祭祀，这称为继绝、存亡。如殷商被推翻了，但仍把宋国封给殷商后裔，让他们仍然保有其国家，以示尊重。中华民国成立后，仍礼遇清朝皇室也是基于这个原因。所以这里的"宋"代表殷商。周，也是如此，周被推翻之后，也跟宋一样，会要给予一定的地位。那么，我们新的王是谁呢？是鲁。鲁之德不足以为新王，但我们假装鲁是一个新朝代，"以鲁当新王"的"当"即是此意。

这是孔子所谓存三代的想法。因公羊家认为周德已衰微，应该让有德者继起称王，这个王应该是由孔子来做的，但可惜孔子没有做成。后来汉代兴起，便是继承孔子的想法代替周来治理天下。

这是公羊家的一大套理论。"新周、故宋、王鲁"、"所传闻、所闻、所见"等都是三三的结构。不同的文化世代，即有不同的特殊表现，但这个讲法后来在文学上没有太多的继承。

编年史中的文学

史学也是强调时变的，所以司马迁说他作史即是要"通古今之变"。通古今之变，不就是察时变吗？

时变如何观察呢？自然世界有自然的时间，天干地支，一天过了又一天，这是自然岁月的流转。自然岁月的流转不是人文活动，所以人文活动一般不会仅仅用自然的岁时来作为观察人文变动的线索。如果我们要看今年、明年人文活动的变化，我们就需要把人事和自然时间编织起来。这样的编织，就成为我们后来所谓的编年史。

编年史何以叫作编？编年史是一年年按照时间来叙述的，叫作编，就是因为自然的岁时与人事编织在一起了。其中的事件并非纯自然的，而是经过了处理和筛选。故编年史从来就不是每天发生事情的总和。编年史中有着编年者的想法。例如司马光的《资治通鉴》便是编年史。司马光在进行编年时，便存在着怎么编的问题。

在统一的时代，可以直接按照朝代年号编下去即可，但是分裂的时代怎么办？魏蜀吴三国分立时，各有各的年号，该怎么办？一种处理方法是将三者分开来叙述，吴、蜀、魏，皆可以各成一系统。但是，史家基本上并不这样处理，而是收拢在一个统一的格局中谈。如此，就需要有个叙述的主线。而司马光在这个问题上，他就选择采取了魏国的纪年。这在史学上称之为正统论。统者，统绪也。时间是一年又一年流转的，但时间一旦与人事结合起来，我们对人事在时间之流中存在的位置、价值和意义就会有个判断。以谁作为叙述的统绪，以谁作为主要的脉络来进行叙述，乃是最费思量的事。编年史的问题很多，但最重要的便是正统的争论，所以有偏统、正统、杂统、霸统等分法。

司马光是以魏国为其《资治通鉴》的主要叙述脉络，意即以魏为正统的。他写了《资治通鉴》之后，朱熹又另外编写了一套《通鉴纲目》。此书与《资治通鉴》没太大的区别，是《资治通鉴》的简要版。因为《资治通鉴》的内容实在太多了，读过的人极少，所以简要版较便阅读。但朱熹提出了一套与司马光不同的正统观，改以蜀汉为正统。

《通鉴纲目》的影响极大。例如同样讲三国，《三国志》以魏为正统，《三国演义》便以蜀汉为正统。有人说，明清朝人认同蜀汉而觉得曹操是奸臣，主要是受了《三国演义》的影响。话其实只讲对了一半：《三国演义》的影响确实很大，但《三国演义》的正统观正是受了《通鉴纲目》之影响而然。我讲过，明代演义小说通常都会有"按鉴"两字。因为演义都是编年讲故事的，按照年代，分章分回叙述，其根据就是《资治通鉴》。但所根据的也许并非《资治通鉴》，而是《通鉴纲目》。虽然如此，小说与编年史的密切关系，仍不难概见。编年史中的时间不是自然的时间，而是经过人文处理的时间，可能即用正统论等来处理之。这是观时变的一种方法。

正统论对文学另一重要影响，便是出现了文统论。文统论在宋、金、元非常盛行。金朝人就自认为继承了北宋以来的文统，南宋的文学他们并不看在眼里。

朝代史下的文学

另一种方法，并不按编年的方法来做，而是依政权的更迭，这即是朝代史。我们的"二十五史"就都是这种朝代史。

朝代史大量兴起，是在魏晋南北朝，当时又称"国史"。所谓"国史"，指的是记录一个国家的兴衰，基本上是一个朝代之史。

但国史存在着一个大问题，即"国史断限"。因为既然要写国家史，当然就要以国家之建立开头、以国家灭亡结尾。这看起来再简单不过了，然而问题也就在此。历史是不能切断的，"抽刀断水水更流"，就像一条河流，有来源、有去水，怎么可能只从中间截一段？只截一段，很多问题就会讲不清楚的。

如写清朝史，该从哪儿写起？当然必须从其在关外讲起。很多政权结构、典章制度，如联盟蒙藏、八旗制度等皆形成于入关以前。这些没搞懂，后面也就不可能懂了。相传过去萧一山先生讲清史，讲了一年，清兵都还没入关。此虽为笑谈，但也可证明入关以前那部分是很重要的，不能不讲。同样的，清朝亡了该是什么时候？是辛亥革命后就结束了呢？还是要接着伪满洲国来叙述？

又如明史。明代崇祯上吊后还有一长段，这段史事到底应该放在明史还是清史中呢？大家的意见也分歧很大。

朝代史乃是文学史的主要框架，所以我们有"二十五史"的国史，同样有"二十五史"的讲史演义，由盘古开天、武王伐纣、西周、东周讲下来。我们也会讲唐代的文学、宋代的文学等等。目前各本文学史书之大框架，基本就是先分朝代，然后在朝代中再分体论述。

朝代史在文学上同样存在着断限的问题，而且更严重！人文活动并不会因忽然出现了一个新政权，文学就丕然而变，出现了崭新的风貌。

例如整个唐朝初年，还延续着六朝的余风。六朝文风到什么时候才结束呢？研究唐史的人各有主张。有人认为在太宗朝，因太宗大修史书，表现出对六朝文风的批评。新的政治气象，也代表着一个新时代来临了。但有些人说那时还没有新气象，太宗就跟陈后主一样喜欢唱"玉树后庭花"。修《晋书》时，他还要亲自来写王羲之、陆机的传呢！什么时候才算唐诗真正的开端呢？殷璠的《河岳英灵集》就认为须到开元、天宝之后，才开始出现唐人自己的声音。假如以此为标准，则根本没有"初唐"这段。太宗、高宗、武后、睿宗的"初唐"时段应该放到六朝中去叙述，开元、天宝才是诗中的"初唐"。

这就说明诗歌与朝代并不都是吻合的。前代的文风往往跨入下一个朝代。如元朝，时间很短，只有九十多年。其初期，本身没太多汉文学作家，金朝的文人构成了元代文坛的主力。灭宋之后，文坛中大

部分作家又都是南宋文人。还有一些是辽
的文人，如耶律楚材。所以，辽、金、宋
文人共同构成了元代初期文坛的面貌。中
期以后，元朝自己培养的文人开始崭露头
角。可是，刚刚冒出头，元朝便灭亡了，
这些人又成了明朝初期文坛的主力。

　　文学不像政治，黄袍加身、改旗易帜，
政权便可以迅速转移。文学风气的转移与
改变是很慢的。此外，我们还应注意一个
文学与政权相抵触的问题。

　　新政权新气象，好像文学也该如此。可是情况往往不然，正因出
现了新政权，反而常常延续了旧文风。例如元朝的文人到了明代，就
因新时代的到来而文风幡然一变吗？没有！为什么？

　　我们现在都认为元朝是异族入主中原，所以汉人很受压抑，而且"九
儒十丐"（出自谢枋得《叠山集》，认为元代统治者把人分为十等，儒
者列为九等，仅次于乞丐），不尊重读书人，儒生是臭老九。可元朝其
实并不如此，忽必烈就已经开科举、设太学、讲儒学了。蒙古人、色
目人应科举试的也很多，并不压抑儒学。中期之后，政治稳定，对文
人之礼遇，从赵孟頫在朝廷中的待遇便可以看出。当时文人还是相对
较受到礼敬的。

　　正因为如此，元朝的文人到了明朝反而很难适应。主要原因在于
朱元璋没文化，还严刑峻法，杀戮甚多，士大多不得善终。从元朝清
平岁月中成长起来的文人，那时因政策较宽松，故亦较为悠游自在。
到了明朝，统治紧缩，故文人多有故国之思，辄不认同明朝，这是跟
我们想象的不一样的。明初的整个风气，也因此停留在元代。换言之，

新政权反而延续了旧风气，迟滞了新发展。文学之不能以朝代来区划，可见一斑。

唐诗宋词就是指唐宋吗

这是以朝代来看文学所容易出现的问题。还有什么问题呢？有的，如唐诗、宋诗。

唐诗，顾名思义，是唐代的诗；宋诗，当然也就是宋代的诗。但，不然，不是这样的！钱锺书先生《谈艺录》第一则就讲：唐诗、宋诗非时代之分，乃性分之殊。宋代有很多人作唐诗，譬如九僧、永嘉四灵；唐代亦有很多人作宋诗，譬如韩愈、杜甫。这是怎么回事？

所谓唐诗，若指唐代的诗，杜甫、韩愈自然都是唐代的诗人，故讲唐诗不能不讲杜诗。但假如我们讨论的是唐诗、宋诗的风格类型时，杜甫恰好就不算是唐诗这个类型，所代表的乃是宋诗的类型。

杜甫在唐代是变貌，在唐代如杜甫这样写作的人很少。杜甫的写法，经宋人大力阐发，故在宋代更为流行。所以唐代的杜甫却呈现了典型的宋代特征。宋代也有一些人，如九僧等学的是晚唐，他们虽是宋朝人，但写出来的诗却又是典型的晚唐风格。

如果杜诗不算唐诗之典型，什么诗才是典型的唐诗呢？典型的唐诗有两大类：

一是盛唐体。如"九天阊阖开宫殿，万国衣冠拜冕旒"、"云里帝城双凤阙，雨中春树万人家"之类，声调铿锵、意象堂皇，可见盛唐气象。

二是如贾岛等的晚唐体。贾岛在晚唐诗坛有极高的地位，当时人或刻贾岛像来膜拜，或将贾岛诗刊刻了转赠他人，说此无异于佛经，需早晚念诵顶礼。更有甚者，将贾岛诗集烧成灰调上蜂蜜吃掉，以开智慧。还有人说贾岛诗好，李杜则不行，李白诗太过夸张，不近情理；杜甫诗则写得太笨了。宋朝初年人也嘲笑杜甫是"村夫子"，也就是乡巴佬。这表示晚唐的典范即是贾岛这一型的。

也就是说，所谓唐诗，一就其时代而言，一就其性质而说。我们在讨论时往往将两者混淆在一起。故而出现了很多的问题。我们的文学史书常说唐诗好、宋诗差；可是所谓伟大的唐诗，讲的其实常是宋诗风格的诗。许多人在争辩到底该学唐诗还是该学宋诗时，也可能某甲说的宋诗正是某乙说的唐诗，而某甲说的唐诗则是某乙说的宋诗，争来辩去，搅成一团乱丝。

时代气运与文学

另外，我再介绍一个观时变的方法。宋代时邵雍的《皇极经世》以"元会运世"来讲世界的变动。一世三十年，十二世则是一运，三十世是一会，十二会是一元。所以，一元复始，从小的时间讲是一年，从大的时间讲是十二万九千六百年。这就是天地毁灭一次的时间，有点像佛教所说的"劫"，指天地从开辟到毁灭的时间。

在这段时间内存在着一个结构，世界从复卦开始，一阳生，十一月阳气开始发动，然后开始慢慢增多，到五月，阳气最盛，但阴气开始滋生了，最后阴气重极而天地毁灭。这叫作消息卦。每一月对应《易经》中的一卦，一共十二卦，称为十二辟卦（辟者，君王也。如恢复帝制称为复辟，用的就是这个意思）。十二卦，配十二个月，阴阳消息。这是用宇宙气运的消长来讲文明的进退。

这样的讲法，在文学上是否有影响呢？有的！胡应麟《诗薮》就是以气运结合着时代、朝代来论诗的。阴阳消长代表气运，每个时代都处在不同气运的位置，有盛有衰。根据他的看法，夏商周是文越来越胜，到了秦就衰了，秦以后汉又盛，魏晋又衰，六朝更衰，到了唐代再盛起来，宋代再衰，元以后慢慢起来，到了明代则大盛。明朝人认为自己的文学很好，这跟我们现代人的评价有些不一致。这是以气运来论诗。在中国，以气运论诗，事实上有很多的面貌，这只是其中之一。还有人说，一个时代的气运好，其文章也好！这也是常见的说法。

还有一种是结合政治来谈盛衰，而不是从气运上讲的。朝代的治乱与文学的盛衰有什么关系？这就是汉代"诗经学"所要处理的问题之一。郑玄《诗谱》即以时代治乱来讲诗之正变。治世是正风、正雅，乱世则是变风、变雅。另有一些其他的方法，像刘勰《文心雕龙》就以"文质代变"来讲时代变迁。文质的变动，从质到文，从文再到质，也是传统讨论文学时代的方法。

西方历史观下的文学

但是在近代，这些讲法都不流行，流行的是西方的讲法。

西方的史学发展，现在当然推到希腊时期，以希罗多德为史学之祖。实则西方对于"历史"的观念和中国是不一样的。中国人认为历史很重要，很早就有史官、史职、史法、史学。希腊时期，史学却不昌盛、不重要，也不是一门学问。希罗多德写的希腊史，无非是一些地方的传闻故事汇集，旅行家记录一些故事罢了。不像中国史书有专门的体例笔法，有专业的人去写。早期西方史书是属于地方性风俗民情记载，勉强说是国别史和种族史。这是因希腊人关心的不是古今之变，而是变动不居的世界背后那本质不变的东西。直到现在，西方的思维都是这样，要从变动的现象背后找到原理或永恒。哲学，就是追问背后的

240

那东西。背后那东西有很多种讲法，柏拉图式的、黑格尔式的、亚里士多德式的、基督教式的上帝以及后来的科学原理。这是西方思维的传统。中国人不太谈现象背后的那个东西，中国要追究的是变动中间显示的道理。道在哪里呢？西方人认为上帝在万物之上之后，我们中国人则说道在万物之中。思维传统如此不同，致使中国重历史，西方重哲学。哲学讲的不是我们平时认为的人间事物道理，而是要探询万物后面的理性、上帝、第一因等等。希腊人不太讲史的变动，所以早期史学不发达，只是零碎的国别地域的记载。

西方史学有大发展，要得力于基督教史学家。罗马时期，基督教从被压抑到受尊崇，传教士从躲到地洞里慢慢出来传教，变成国家社会之领导者。而罗马是个帝国，内有很多种族，要讲述其历史，显然已不再适用种族史的架构与眼光。基督教又认为人都是上帝创造的，所以不是你的历史或我的历史，所有人类皆出于一个来源，最终也都回到上帝那儿去。因此历史只有一个，命运也都相同，只不过有些民族走得快、有些走得慢，但均是在一条路上走。全世界不同民族、不同国家却是拥有一个共同的历史，这就是"世界史"的概念，是普世的历史，而非个别的历史。历史脱离了原来的国别、种族、区域，开始讲世界史。世界史即是从基督教史学中发展出来的。

世界史不是个空洞的概念。所有人都在一个历史中，在一个共同的轨道上，那么，怎么说明这条路呢？这条路是有阶段、有发展性的。其脉络则可从几条线索来观察，第一种是以耶稣的生命看，耶稣诞生前是一段，耶稣诞生后是一段，代表耶稣来拯救了。我们现在所使用的公元纪年就是这种。佛教国家或信孔子的国家就不喜欢这个纪年，他们用佛诞或孔子诞辰来纪年。但目前西方是强势话语，因此连我们中国也用公元来纪年。

还有一种用圣父、圣子、圣灵来区分。说耶稣诞生以前是圣父掌权阶段，耶稣诞生以后是圣子掌权阶段，耶稣不是号称上帝的儿子吗？后面则是圣灵的阶段。

另一脉络是用教会的发展史来看。上古，教会还没有形成；中古，教会时期；近代，是教会受到冲击，经过宗教改革再加上工业革命等现代化的冲击，以致尼采说上帝死了。经过启蒙运动，人解除了上帝给我们的魔咒，用自己的眼光看到了世界，这叫近代。以教会的发展史来区分人类史不同阶段，是基督教史学的重要贡献。

除了从国别史到世界史，并讨论世界史发展的阶段之外，西方人还有一个非常重要的东西影响深远，那就是塑造了西方史学浓厚的决定论色彩。决定论，也称作历史定命主义。意志自由与决定论之争，是西方哲学上的大问题。历史学也一样。什么叫历史定命主义或决定论呢？它是说你不要看人在历史中有很多英雄美人的动作，实际上整个历史的背后另有决定性的力量影响着它的发展和变动。在西方文明早期，这个决定性的力量被认为就是希腊人所谓的命运，再怎么样你也逃不出的命运。如神话故事中伊底帕斯王都这样，人皆没法改变命运。罗马则有一个超越于人之上的法律以及神意决定论，也就是基督教史学中强调的神之旨意。人类一切活动，都是在慢慢走向上帝之城，通往上帝最终给你的命运，这就是历史决定论。这样的思维在西方很明确，历史就是一条线的线性发展。这条线，在近代人高呼"上帝退位"时，就变成了进化论。进化论也是一条线，不断地进化。

此外还有一个影响深远的思潮就是马克思主义。马克思主义同样属于历史定命论，认为历史会一个阶段、一个阶段地走向共产主义的天堂。而历史的决定因素不是上帝旨意，是生产关系和生产力，所以又称历史唯物主义。它的框架其实和基督教史学一样，只是改变了内核。

242

这是西方史学的大框架。其中上古、中古、近代的区分，早在一九〇四年就被黄人（摩西）的《中国文学史》引入了。这一年，又出了另一本《中国文学史》，是京师大学堂林传甲的讲义。因当时教育部在《奏定大学堂章程》中明确要求："日本有《中国文学史》，可仿其意自行编纂讲授。"林传甲虽遵命办事，却总觉得不妥，故批评："日本笹川氏撰《中国文学史》，以中国曾经禁毁之淫书，悉数录之。不知杂剧、院本、传奇之作，不足比于古之《虞初》。若载于风俗史犹可，笹川氏载于《中国文学史》，彼亦自乱其例耳。况其胪列小说戏曲，滥及明之汤若士、近世之金圣叹，可见其识之污下。"对政府提倡的日本之《中国文学史》写作模式，公然表示不满。

　　相较之下，任教于美国教会所办的东吴大学之黄人，便很能适应这项政策。他大骂古人无文学史著作，又无"世界之观念，大同之思想"，故"划地为牢，操戈入室，执近果而昧远因、拘一隅而失全局，皆因无正当之文学史以破其锢见也"。然后自诩他的著作能够取法外邦，是有世界观的。他也首先采用了西洋史的"上古"、"中世"、"近世"分期法。

　　黄人之书，曾被浦江清许为"始具文学史规模"，虽销行不广，实际影响有限，但尔后文学史写作之传统可说业已确立。五四运动以后，踵事增华，在这条路上乃越走越远。

　　但这个典范，其实是努力把中国文学描述为一种西方文学的"山寨版"。

　　汲挹于西方的，首先就是分期法。中国史本无所谓分期，通史以编年为主、朝代史以纪传为主，辅以纪事本末体而已。西方基督教史学基于世界史（谓所有人类皆上帝之子民）之概念，讲跨国别、跨种族的普遍历史，才有分期之法。可是斯宾格勒《西方的没落》即曾痛批之，谓其不顾世界各文化之殊相，强用一个框架去套，是狭隘偏私的。何况，其说本于犹太宗教天启感念之传统，代表着基督教思想对历史的支配，在时间的暗示中其实预含了许多宗教态度，并不是历史本身就有的规律，故不值得采用。可惜晚清民初，我国学人没人如他这么想，反而竞相援据。黄人如此，刘师培《中古文学史》亦然。与写哲学史的胡适、冯友兰等人一样，共同体现了那个时代的时尚。

胡适在北大出了《中国哲学史大纲》（上册），即古代部分，后来又作了《中古思想史长编》、《中古思想小史》，古代讲先秦思想，中古讲汉魏南北朝。在胡适观念中，近代是从宋代开始的，他认为古文运动、禅宗、宋明理学等即代表了中国的文艺复兴。西方自文艺复兴以后，理性主义启蒙运动出现，人才开始脱离了中古时期，中国宋代也具这个意义。

冯友兰的《中国哲学史》则把中国哲学分成两段，一叫子学时代，一叫经学时代。

子学时代相当于古希腊（古希腊也是百家争鸣），中国在这时是一个自由开放、思想活泼的时代。到了汉武帝董仲舒以后，罢黜百家，独尊儒术，就成了经学时代。因为思想定于一尊，不再团花簇锦了；哲学家也都没有自己的思想，只是注解十三经、四书，类似欧洲中古神学解经学。这个时代何时才结束呢？到康有为！因此他说中国没有近代哲学。当时梁漱溟等人喜欢讲东西文化对比，冯先生却说，你以为东方文化和西方文化有什么不同，其实不是不同，而是西方文化已经走到近代了，我们还停留在中古而已。大家都在一条路上走，人家走得比较快，都到第三阶段了，我们还在第二阶段鬼混呢。西方的分期历史观，在我们的文学史和思想史上应用的情况大抵如此。

唯物史观与文学

黄人、胡适、冯友兰之后，马克思的影响就来了。一九二八年左右还产生过马克思主义大论战，讨论怎样把马克思的思路用在中国社会史上。马克思把历史分成"亚细亚生产方式——奴隶社会（上古）——封建社会（中古）——资本主义社会（近代）——共产主义社会"五阶段，其实他只是在基督教史三阶段加了一头一尾，另外就是把中间三个阶段具体定性为：上古奴隶社会、中古封建社会、近代资本主义社会。其中亚细亚生产方式，马克思自己也搞不清楚，因为那其实是东方中国和印度的生产方式，东方文明开展很早且在欧洲格局之外，故他本来是划归另册，不予讨论的。后来的研究者硬拉入五阶段中，却总也讲不清楚，就成了马克思学说中的一个谜团。而社会主义是未来式，其实也没什么可谈的。谈历史，就是要设法把中国史套进这三个框架里。问题是怎么套呢？于是大家争来议去，分歧颇大。

争论到现在都没法解决。郭沫若、范文澜、童书业、侯外庐等人的分期都不一样。其中几争议较大的两个大问题是：一、中国古代到底有没有奴隶社会？要知道西方用奴隶的问题是自古以来一直到美国南北战争打完之后才解决的，中国没有这么庞大的奴隶现象。且所谓奴隶社会也者，是以奴隶作为生产力的，中国从来没有这样的情况。二、各个阶段的下限在哪？比如说封建社会。中国封建到秦朝就结束了，可是现在用的是西方的封建观。中国封建是"封建亲戚，以藩屏周"，指政治权力的行使关系。西方的封建讲的是生产力跟生产关系，封建领主运用他的封建庄园构成了他的生产结构，跟中国的封建是两回事。如果以西方的封建概念来说，中国的封建应是结束于什么时代？

有些人说，周朝灭亡以后就结束了。有些人说不，要到汉代末年。

有的说魏晋南北朝不也都有大庄园吗？恐怕更典型、更像西方的封建呢。有的人说不不不，应该到唐代末年……封建结束于何时，直接关联到资本主义什么时候出现。现在的官方说法，以及历史系近代史专业、中文系近代文学专业，都把近代定在鸦片战争。鸦片战争之前是封建社会，之后渐渐的成为资本主义社会，因此辛亥革命就被定性为资产阶级革命。

可是近代到底起于何时？日本的京都学派，从内藤湖南以下均认为中国宋代就进入资本主义社会了。封建社会结束于唐末，因为生产关系已经改变了。有些人则说中国资本主义没那么早吧，中国的封建很长，一直到清末。还有人折中，说宋朝或明朝中期确实出现了资本主义的现象，但萌芽而未完全发展起来，故资本主义正式形成于中国社会仍要到清末。

中国把封建社会拖到鸦片战争，而不像日本或欧美部分人士说宋代已进入资本主义时期，是为了表示中国封建专制时期特别长。这讲法，又是受了西方"中国社会停滞论"之影响。

"停滞论"是孟德斯鸠提出来的，认为西方自由而东方专制，且专制社会是不会演进变化的，长期稳定。如河流一般，但泥沙沉积太多，就流不动了。二十世纪八十年代学界常说的传统文化积淀、中国社会超稳定结构等，都是由此发展出来的。

由于东方社会是超稳定结构，所以黑格尔说它丧失了自己变动的能力，只有从外部用物理力量破坏它，才能促使改变。这是替西方侵略者找出一个理由或借口，他们侵略你，你还得感谢他们，说他们给带来了文明。

如此这般，这套解释环环相扣，已八九十年了。我们拿一个鞋子，使劲穿，穿了八九十年也总是套不上去；可又总不悔悟，还不肯抛去鞋子，反而拼命削足适履，或把大脚趾切了，或把后脚跟磨了，真不知是何道理。

　　情形很明显：这个框架本身是有问题的，跟中国史也没办法扣合。继续纠缠，只是一笔烂账，因为不可能有结论。可惜现在中国文学界，因对史学不熟悉，又较缺乏思辨头脑，搞不清它背后相关的历史哲学的问题，看人家用，我们就也用，缺乏反思，所以到现在仍在讲古代中国如何封建落后保守等。

　　例如现在把鸦片战争看成是中国参与世界史的转折点，之前是太平盛世，之后是外患侵入；之前是保守的封建帝国，之后是面临西方挑战而逐步面向世界、迈入现代。描述近代文学史，长期以来使用这一种二分法框架：中与西、落后与进步、挑战与响应、封建与现代、旧与新。于是历史的发展，即被讲成是由旧趋新的过程，说其如何渐具现代性，而终于"走向世界"。这其中，传统的封建落后因素对现代化之进展，基本上起了滞后的作用，所以进步的知识分子都要向西方学习，都要对中国的社会"启蒙"，都要打破传统。

　　可是说鸦片战争以前中国闭关锁国，是荒唐的。明清时期中国本是世上超级贸易大国，十八至十九世纪，全球流入白银共达十二亿两。仅乾隆中期，每年从西班牙流入的银元就多达五百万，这叫锁国吗？

鸦片战争海战图

白银之所以流入中国，是因中国商品遍及世界。通过大航海，明代更是老早就建立了一套海洋朝贡体系。这个体系非常重要，它以琉球、菲律宾等为中转站，硫磺、白银、马匹等源源不断地流入中国，中国的商品也因此走向西方。因此整个国际贸易体系的发展，中国人的贡献远在欧洲人之先。

进一步看，以道光二十年（一八四〇年）鸦片战争为近代史之开端，把清朝划为前后两期，更是问题重重。像包世臣、龚自珍、魏源，他们感时忧国之活动就多在鸦片战争以前。龚自珍生于一七九二年，到道光二十年之前一年，《己亥杂诗》三百一十五首早都写完了；道光二十年之后一年，他便死了。魏源早在道光六年就编了《皇朝经世文编》。他编《诗古微》、《书古微》，为陈沆《诗比兴笺》作序，更都在其前。这都足证经世之学上继晚明清初的可能性，远大于受鸦片战争以后西方冲击之刺激。

因此，采断裂历史观，把清代划为前后两段，并把后面这一段视为进入资本主义之近代或现代，强调其具有现代性，只是意识形态的构作。反证处处都有，可叹被成见糊了眼的人看不见而已。

中国从唐朝、宋朝以来，就是世界第一大贸易国。明朝、清朝作为贸易大国，全世界的白银都流进中国，所以中国很富有。后来中国为什么又穷了，是因为外国人发现中国什么都有，没有东西可卖到中国来赚中国人的钱，只有一种东西是中国没有的，那就是鸦片。鸦片大量进来，中国的白银才流向外国流向欧洲。林则徐为何要禁鸦片？他说：再不禁，二十年后，中国就无可用之银，也无可用之兵了。把中国之弱推诿说是中国闭关自守，以掩饰西方倾销鸦片的过恶，纯是胡说八道，毫无历史常识。中国人却也都相信，且用这一套来讲中国哲学史、文学史，以夷变夏，岂不哀哉？

第十四讲　文学与地域

中国文学地域观不鲜明

在二十世纪八十年代中期的文化热中，学术界比较注意传统的上层文化（如儒、道、禅等观念形态），而文学界较注意地域文化。创作发展，则逐渐形成了"新时期中国文坛的三个作家群"，即北京、湖南和陕西。九十年代以后，作家们对地域文化的眼光也影响到学术界，大家纷纷讨论起文化地理来了。会议如"吴越文化与现代作家的关联"等，论文如《鲁迅与越文化传统》、《鲁迅精神与吴越文化》、《越文化与周作人》、《大陆文学的京海冲突构造》等都是。配合着大陆区域发展之日渐分殊化，此趋势有逐渐强化的现象。各个省份地区，或致力于发掘属于自己乡土的作家，像安徽省编印《现代皖籍名作家丛书》那样，使得原先不受重视的作家重获新生；或努力地从地区文化传统这个角度，重新解释作家与作品、勾勒文学史的新地图。

相对于大陆，台湾的文学本土风潮，本身就是以台湾这个区域文化来跟大陆对举比观的，台湾新文化运动中的台湾话文运动及台湾文学一岛论，无不黏着于土地。"台湾"、"土地"逐渐成了具有神圣性的词汇，发掘属于乡土的作家这种"挖掘出土文物"的活动，或从地域特性来讨论文学史的行为，亦不罕见。而且不只限于台湾这个"大区域"，各县市小区域的文学与文化传统也逐渐受到关注。

因此，从文学论述的大环境看，区域特性与文学传统的关系，正为海峡两岸国人所共同关注，亦渐成为一种讨论文学的主要方法。

然而，以区域为文学分类之指针，原本并不是非常流行的方法。以《文心雕龙》为例，该书讨论了诗、乐府、赋、颂、赞、祝、盟、铭、箴等三十多种文体。但这些文类区分，或据其文句格式，或据其功能作用，或据其主题意旨，或据其音乐，不一而足，可就是没有以地域为文学分类指标的。

《文心雕龙》以前的《文章流别论》，或时代相近的《昭明文选》，情况也差不多。《文选》于赋中又分京都、郊祀、耕籍、畋猎、纪行、游览、宫殿、江海、物色、鸟兽、志、哀伤、论文、音乐、情，都不曾以地域作为文学分类的指标，连"骚"也不标名为"楚辞"。

以文体来区分文学，当然不是进行文学分类时唯一的方法，例如以时代来分类文学，便非上述分类法所能涵盖。但《昭明文选》在分类中实已隐含了对同一文类间历史发展关系的标示，《文心雕龙》也有《通变》篇及《时序》篇申论时代特性与文学传统的关系。唯独地域与文学分类的关联性，在这些文论中，少见踪迹。

换言之，以区域为文学分类之指针，或辨别某一地域文人及文学作品之风格特征与文学传统，在刘勰、萧统时代尚非大宗，其批评论述亦未成型。当时之《诗品》论诗，亦不以地域为线索。

另外，从六朝时出现的一些风格指称词，如永明体、齐梁体，是以时代为标界的；宫体，则用以指称作品的内容特征。唐人所谓上官体、元和体、三十六体，情况亦复类似。一直到宋人所讲的西昆体等，或严羽《沧浪诗话·诗体》所述，或以人、或以事、或以时代、或以特殊写作手法、或直指风格，也很少以地域来标示文学风格、类似作家间或作品间的关系。

这个现象，让我们重新认识到一桩事实：地域与文学的关系，在南北朝甚至隋唐时期，都仍很疏淡。地域特性，尚不为文学观察者所注意，创作者也很少自觉地要继承某一地域特性的文学传统。

汉唐文体汇归时期没有地域观

了解了这个事实之后，让我们回头来检查一下文学史。

讲文学与地域，恐怕很多人会立刻想起《诗经》与《楚辞》。《诗经》的十五国风，当然与《国语》一样，是分国归类的。但是，从整个《诗经》的结构看，国风可能主要还是从歌谣功能与音乐性质进行的区分，故"风"与"雅"、"颂"并列。"雅"是朝廷乐章，"颂"是宗庙之乐，"风"则指它是可以表现各地风俗的歌谣。可见，采诗或编集的人，根本未从文学风格来考虑，也无意藉由国别的区分，来彰显各地域之文学风格与传统。

纵使我们退一步，仍把"国风"看成是依国别来区分的，它能否视为地域文学传统之建构呢？当然不行。地域特性与文学传统，不是指自然地理区域中之一群人与一堆作品。这群人与这一堆作品，若未显示出一种共同创作趋向及风格特征，便无法称得上是文学传统。《诗经》中各国之诗，除了所谓"郑卫之音"、"郑声淫"，略见一些风格概括描述之意外，实在很难具体指实某国风诗有某传统。而所谓"郑声淫"者，亦系由音乐方面进行之评述。

《楚辞》的问题也很复杂。顾名思义，"楚辞"乃楚人以楚声言楚事，但是这勉强只能说是一种方言文学罢了。亡秦者楚，汉朝军将多为楚人，这个方言歌辞在汉朝也必有其特殊之地位。"楚辞"一名，即是在这种文化结构中出现的。

可是时间逐渐推移，老人逝去，新的大一统时代气息日益茁壮，中央化成了主要的文化走向，区域文化特性即不可能获得发展的空间。楚地的作家，并未式武绳继，真正发展出一个有地域特性的文学传统。楚骚也逐步脱离了它与地域的关系，仅成为一种独立的文体套式。其他地区更不曾发展出文学传统。

整个汉代，文体的制约效果，均远大于地域关系，如蜀人司马相如，其赋固与蜀地无关；同一文体，亦看不出作者地籍不同会出现什么不同的处理。如设论一体，东方朔《答客难》、扬雄《解嘲》、班固《答宾戏》，皆呈现相同的文体特征，而难以看见作者之籍贯特点。其他文类，大抵相同。当时各地方言虽多不同，然方言文学并无发展，土语方俗出现于作品中者亦极有限。

这种现象，与当时士族之中央化趋势有关。地方性的豪族，在思想上逐渐从区域性进而为全国性，不再自视为某地之士，反而在精神上出现了天下同体、士族同类的感情。故至汉末，士族虽或出身一地望，但称扬人物必曰海内、必曰天下。如天下忠诚窦游平、天下义府陈仲举、天下楷模李元礼、天下英秀王叔茂、海内贵珍陈子鳞、海内彬彬范仲真、海内贤智王伯义、海内贞良秦平王……地方豪族在凝结为士族的过程中，眼界从区域性的小社会扩大到全国性的大社会。这是秦汉大一统王朝对文化的形塑力使然，文学无法表现其区域特性，殆亦时势为之。

这种中央化或全国一体化的文化格局，即使在汉末天下瓦裂分崩的情况下，亦未曾改变。汉末诸侯割据，天下三分。但这其中只有曹魏政治集团纠合了一批文人，号称"邺中七子"。然而，他们所开创的建安文风，仍与地方色彩无关。其后如"竹林七贤"、"三张"、"二陆"、"两潘"、"一左"等等，无论是"太康之雄"抑或"元嘉之英"，都看不出地域特性。

当时固然由于南朝官制的特殊性，造成了文人随府主转任各地的情况；又北人南渡，对于江南，重新经历了一场地理大发现的历程，地方志又开始兴起；地方性文人集团，如荆雍集团、金陵集团之类，亦已出现。可是，这些毕竟都仍是中央意识浸润下的游赏观玩，仍是高门第士胄间的组合，非

清 《竹林七贤图》

253

地方性自生的传统。文人事实上与地方仍是有距离的。

不仅南朝如此，唐人之竹枝词、风土诗、流寓诗等，也都是如此。君不见白居易《琵琶行》乎？白氏批评"浔阳地僻无音乐，终岁不闻丝竹声"，然浔阳岂真无音乐可听？不，是这位大诗人瞧不起地方音乐，故谓"岂无山歌与村笛，呕哑嘲哳难为听"。所以遇到"本是京城女"的琵琶女，才大兴感慨。这就是中原一统文化意识的表征。

因此，我们可以说，从秦汉到唐朝，大体上是中原文化形成、稳定并逐步扩散的时期，也是文学逐渐独立成形并建立自己的法度与传统之时期，各种文体汇归为一大文学传统。犹如各民族与各地域人士，共同形塑了一个大的统一的社会文化意识。在这样的时期中，文化意识在中央一统结构下的分化现象尚未发展，文学也同样还没有在建构法律系统、文体规范及评论标准之余，形成区域性次级传统的分类。《昭明文选》、《文心雕龙》、《诗品》等书，其所以未尝以地域为文学分类之指标，正足以显示这个事实。

地域作为文学分类标志的出现

从唐代后期开始，版图扩张及中原文化的推广拓展活动均已迟缓了。版图内各地渐次开发，文教声华逐渐平均地在各个区域发展起来，中央的文化领导地位有时便未必仍能保持。

在因政治上形成分裂的五代十国，某些国君倡导文艺，其政治中心即可能同时成为文学重镇。如西蜀的文教发展甚为迅速，孟昶周围之文士也形成西蜀文人集团，编出了《花间集》。代表西蜀词风的《花间集》及南唐君臣的词作，事实上只是一种地域文风，但在词史上却有正统地位，并不曾因西蜀南唐在政治上失败而动摇了这种地位。

换言之，原本各政治中心亦即文学中心，后来虽然政治中心转移了，文学却仍在发展中。整个宋代，文化之重心仍在西蜀、南唐、吴、闽这些十国旧地。例如书籍刊刻，著名者有所谓蜀本、闽本、建安书棚本等。晁以道云："本朝文物之盛，自国初至昭陵（仁宗）时，并从江南来。二徐兄弟以儒学显，二杨叔侄以词章进，刁衍、杜镐以明习典故用，而晏丞相、欧阳少师，巍乎为一世龙门。纪纲法度，号令文章，灿然具备，有三代风度。庆历间人材彬彬……皆出于大江之南。"（朱弁《曲洧旧闻》）确非虚语。

依《宋史》之道学、儒林、文苑各传统计，文人最多的前三名是两浙路（今浙江）二十七人，福建路（今福建）二十七人，江南西路（今江西）二十三人。其他依序是京西北路（今河南）二十人，江南东路（今安徽、江西）十六人，京东西路（今山东、河南）十五人，成都府路（今四川）十三人。南方显然胜于北方。

当时北方征服者对南方人却是心存歧视，如宋真宗欲相王钦若，王旦云："臣见祖宗朝未尝有南人当国者。虽古称立贤无方，然须贤士乃可。臣为宰相，不敢沮抑人，此亦公议也。"又景德初，晏殊以神童荐，与进士并试，赐同进士出身，寇准便说："殊江外人。"真宗还替晏殊辩护道："张九龄非江外人邪？"到了神宗朝，神宗相陈旭，问司马光外议云何。司马光便谓："闽人狡险，楚人轻易。今二相皆闽人，二参政皆楚人，必援引乡党之士，充塞朝廷，风俗何以更得淳厚？"此皆北人瞧不起南方人之例证。

然而，南方文教声华日甚，北方则渐残破，连原先垄断的政治势力也越来越难保持了。这种形势，形成了地域间的竞争关系。南北之争以及南方各地域间互争，遂为宋代常见之景象。

如新旧党争之中便含有司马光、邵雍反对南人王安石为相的因素。

旧党中洛、蜀、朔亦自分派。这就是地域性的党派主张与利益组合了。学术上，如理学分为濂、洛、关、闽几大派。诗亦有江西诗社宗派、睦州诗派。吴坰《五总志》说："南北宋间，师坡者萃于浙右、师谷者萃于江右，大是云门盛于吴、临济盛于楚。"讲的就是这样一个文学上也已分区画域的时代。

地域，作为政见、学术、文学上分类的一种指标，是由这个时候才开始的。各个地区的地方性知识分子也出现了，他们成长并逐渐类聚。类聚的形式，往往是结社。文人结社，起于唐代末期，但先是文人雅集，后来则普及于乡里间，吴可《藏海诗话》说：

> 幼年闻北方有诗社，一切人皆预焉。屠儿为蜘蛛诗，流传海内……元祐间，荣天和先生客金陵，僦居清化市为学馆，质库王四十郎、酒肆王念四郎、货角梳陈二叔，皆在席下，余人不复能记。诸公多为平仄之学，似乎北方诗社。

这是唐末世族凌夷、平民文化兴起的结果，文学被一般人所普遍享用、参与。故诗社有长足的发展。据《月泉吟社》的记载，当时杭州就有杭清吟社、古杭白云社、孤山社、武林九友会、武林社等，足见其普及盛况。其他如宗伟、温伯有诗酒之社；周必大、史弥远各有诗社；乐备、范成大、马先觉结诗社；王齐舆致仕后营

月泉吟社诗序

云壑园，与诸公酬唱，社中目为诗虎；晋江广福院僧法辉，禅余以诗自娱，与吕绍叔等为同社；赵苇江有东嘉诗社……载籍所录，不胜枚举。这些都是地方性的文人集团。屠户、货郎、僧道、退休巨僚、书商、地主及无聊文人可能同在一社，月集日吟，既有社课，复有约盟揭赏，久而久之，便可能出现一种文学风气，影响该乡里后辈，形成文学传统。

以江西为例，陆放翁《曾文清公墓志铭》载曾茶山未冠时补试州学，"教授孙勰亦赣人。异时读诸生程试，意不满，辄曰：'吾江西人，属文不尔。'诸生初未谕。及是，持公所试文，矜语诸生曰：'吾江西人之文也。'乃皆大服"。这个故事即明确显示了宋朝确实存在着地域文学传统，某些地方的文士也颇以其文学传统自矜。

文学现象的变迁，必然影响到文学观察者的观念。故元朝袁桷《书汤西楼诗后》分昆体之后的宋诗为三宗：临川之宗、眉山之宗、江西之宗。这时，地域便已成为文学风格分类的指标了。明朝此风更盛，论者谓明初吴中诗派昉于高启、越中诗派昉于刘基、闽中诗派昉于林鸿、岭南诗派昉于孙蕡、江右诗派昉于刘崧。诗之分派，即皆以地域为划界标准。后来的茶陵派、公安派、竟陵派，或"闽中十子"、"吴下四杰"之类称呼，也都显示了当时批评意识中地域之因素，已充分被评述者所觉察。

除了诗歌之外，如曲亦以地分。徐渭《南词叙录》云："今唱家称弋阳腔，则出于江西；两京、湖南、闽、广用之。称余姚腔者，出于会稽；常、润、池、太、扬、徐用之。称海盐腔者，嘉、湖、温、台用之。唯昆山腔只行于吴中。"这些唱腔，虽出于某地，但都不只是方言歌曲，并指唱法，故一腔或不限于本乡本贯，各腔之间，改调即可互歌。故朱彝尊《静志居诗话》云："传奇家曲，别本，弋阳子弟可以改调歌之，唯《浣纱》不能。"此外，王骥德论沈璟与汤显祖，也以

"吴江"、"临川"为说，谓："临川之于吴江，故自冰炭。"这与清初诗坛以吴梅村为娄东派、钱谦益为虞山派者何异？常州派以地域论风格，情况正与古文之有桐城、湘乡、阳湖各派相似。因此，宋代以后一方面，各地文人蜂起，创造了新体制新风格，各领风骚，由地方影响到全国；一方面，评论者也习惯从地域的角度来评述文体风格之变迁。情势与宋代以前大不相同。

清人的区域意识

要说明清人如何以地方区域为线索来解释文学史，张泰来《江西诗社宗派图录》是个好例子。他作这图，是因对吕本中《江西诗社宗派图》不满，故重新编辑。不满有三：一、吕氏所列江西诗社宗派中人，籍贯不尽属于江西；二、所述二十五人之诗学风格、渊源不尽相同；三、还有不少江西人，如晁仲石、范元实、苏养直、秦少章等，未予列入。因此，他一方面广为搜集与黄山谷等人有渊源有关系的江西诗人史料，编入这册图录中，一方面替江西这个地域建立文学传统。他说："《三百五篇》而后，作诗者原有江西一派，自渊明已然，至山谷而衣钵始传。"

上推江西之诗风至陶渊明，于是江西诗风乃有一鲜明之传统：它不是学自杜甫或山谷，而是江西人陶渊明以来自成一格的。这个论点，宋元明皆不曾出现，而是张泰来在强烈地域意识驱使下进行的文学史重新解释工作。不只如此，他更认为："钊江西宗派不止于诗，即古文亦有之，不独欧阳、曾、王也。时文亦有之，不独陈、罗、韦、艾也。推之道德节义，莫不皆然。"

运用这种地域区分，不仅可以重论诗歌、重论宋代的江西诗社，也可以论古文、论明代的八股文等文学传统，甚至可以论道德节义等行为表现。这里便隐隐然有一点地理决定论的味道了。这样的工作，同道却还颇多。像裴君弘的《西江诗话》就是纯从地域文学史的角度编集的，其序云："编诗话而系西江，意者窃取夫子十五国风之旨，而吴楚二风之补乎？"评述江西人的诗作，编为此书，事实上与张泰来编的《江西诗社宗派图录》一样，都是以地域观点对吕氏原作的修正、改造或转化。

更大规模的文学史著作，是江西人汪辟疆的《近代诗派与地域》。汪氏不仅着眼于江西一地之诗史，更要综论一个时代的诗风。

虽在他之前，陈衍《石遗室诗话》曾提到当时诗坛上有浙派、闽派、岭南派等等，却还没有如此系统的综合处理。"随地以系人，因人而系派，溯渊源于既往，昭轨辙于方来"，把当时诗坛分为湖湘、闽赣、河北、江左、岭南、西蜀六派。每派均指某一地域诗人形成之风格类型，并依地域风土及该地文学传统，说明此派之风格渊源。例如论湖湘派，曰：

> 荆楚地势，在古为南服，在今为中枢。其地襟江带湖，五溪盘亘，洞庭云梦，荡漾其间。兼以俗尚鬼神，沙岸丛祠，遍于州郡……处是邦者，蔚为高文，即异地侨居，亦多与其山川相越……荆楚文学，远肇二南，屈宋承风，光照襄宇，楚声流播，至炎汉而弗衰。下逮宋齐，西声歌曲，谱入清商，极少年行乐之情，写水乡离别之苦，远绍风骚，近开唐体……向来湖湘诗人，即以善叙欢情，精晓音律见长。卓然复古，不肯与世推移，有一唱三叹之音，具竟体芳馨之致……（《汪辟疆论近代诗》）

前者言其山川风物土俗，后者言其文学传统，然后在这个架构下叙论湖湘诗人在同治、光绪朝的表现。六派统观，却仿佛如一幅光宣朝诗歌史的地图。

这类文学批评手法，取资于明清日益昌盛进步的地理学及地方志修纂事业应该不少。我国地理学在明末清初大有进展，不仅传教士带来世界地理新知，儒者亦以研究地理为读史之津梁，顾炎武《天下郡国利病书》、顾祖禹《读史方舆纪要》导其先路，《海国图志》继起，波及清末，研究西北史地亦成学人之常业。地学发展，迥非曩昔可及。方志之修纂，亦复如此。大师如章学诚（字实斋），便主张编方志时应把该地诗文独立编为"文征"，如《方志立三书议》曰："凡欲经纪一方之文献，必……仿《文选》、《文苑》之体而作文征。"其《和州文征叙例》又说："方州选文，《国语》、《国风》之说远矣。若近代《中州》、《河汾》诸集、《梁园》、《金陵》诸编，皆能画界论文，略寓征献之意，是亦可矣。"可见他也是主张画界论文的。

而实斋本身就是喜欢以地域论学术传统的人，著名的"浙东学派"说，即为此公之杰作。这种以地理区划来讨论文化发展的论述方法，在实斋到汪辟疆这一段时间颇为流行。

汪氏同时而稍前，如梁启超、刘师培，都是主要论者。梁启超有《地理与文明关系》、《亚洲地理大势》、《中国地理大势》、《欧洲地理大势》、《近代学风之地理分布》等文，论证地理与文化发展有密切关系，上承林春溥《水土与人民气质》（《开卷偶得》卷十）之说，并谓南北地理民俗之分殊，在哲学、经学、佛学、词章、美术、音乐各方面都会形成南北风格的差异。刘师培也有类似的讲法，其《南北学派不同论》《南北文学不同论》，具体分析了南北文学与学术之不同。这些论述，显示了汪辟疆那样的批评方式，乃是整个大学术环境普遍风气中的一部分。

同时代人，有些以理论来说明地理对文化有密切乃至决定性的关系，有些持此观念具体处理文学史、学术史、文化史，有些则替乡里做点建立文化传统的工作。例如胡适论汉初学术，喜言"齐学"；柳诒徵《中国文化史》论文化发展、钱穆《中国文化史导论》辨中西文化之不同，均从地理的观点进入。钱穆本身更有《史记地名考》等地理学著作，其弟子何佑森撰《两宋学风的地理分布》、《元代学术之地理分布》，严耕望撰《战国学术地理与人才分布》，皆承其学风，严耕望治历史地理学及人文地理尤见成绩。鲁迅则不太运用地理观点来解说历史，但他从事乡土文献之辑校，编有《会稽郡故书杂集》等，不仅系统重建了地方文化传统，对故乡绍兴的历史感情也深深影响到他"魏晋文章"的风格与人格取向。这些事例说明了什么呢？难道以地域特性来论述文化传统在近代不是一种主要的学术方法吗？

被解释出来的地域文学

以地域特性论述文学之方法，虽然已如此流行了，但如何说明一个区域的地理范围同时也即是一个文化或文学范围可并不容易。

理论的说明者往往会从以下几个角度立论。一是从人与自然的结合关系来说，即从一群生长在自然地理区域中的人与该地自然景观的关系来说。如刘师培说"北方之地，土厚水深，民生其间，多尚实际；南方之地，水势浩洋，民生其际，多尚虚无"。地理景观直接影响人的性格，当然也就影响了该地居民的文化创造，"民尚实际，故所著之文不外记事、析理二端。民尚虚无，故所作之文咸为言志、抒情之体"。此外，各地自有方言土语，语言的隔阂，也自然形成一个个不同的文化区域，"声音既殊，故南方之文，亦与北方迥别"（刘师培《南北文学不同论》）。

以上这种论证，早见于《汉书·地理志》。但地理自然景观只能大略示指它与人的关系。事实上同一个地域中的人，性格差异也很大，南方自有尚实际者，北方亦有好玄虚者。况且文化是否直接关系于地理也不无疑问，因为文化会传播、能流动，是众所周知之事。发生于海滨的文化传播入沙漠高山平原地区，一点也不稀奇。文化之生存假若并不仰赖地理条件，何以其发生就一定与地理有关？尤其是以地理自然景观及物质条件来论述文学之风格与传统，必须强调地理的偏殊性，并藉此说明其地文学之偏殊性。

另一种方法是从人与人的自然关系来立论。同一地域中人的同乡关系及异代同乡关系，可能是构成一地文化传统的重要因素。乡党之间，亲戚族属彼此影响，或壤地相接，闻风兴起，乡贤对同乡后辈的启迪示范，都可以形成文化传统，出现一个特殊的类属状态。

这个道理不难明白，例证也随处可见。汪辟疆推江西之诗风，渊源于陶潜，即基于这一理论。但是苏东坡是蜀人，其诗文皆与蜀地文学先辈没什么关系。蜀地虽出现他这样的大文豪，蜀地却没有闻风继起、绍述其风格者。因此这种人与人的关联，未必便能构成地域文学传统。此外，本乡先贤对乡后辈没什么影响，却影响了其他地区的情况更普遍。像程文海《严元德诗序》说江西之诗，在刘辰翁评点之后，江西诗为之一变，颇学李贺与陈与义（号简斋）。李贺家昌谷，简斋则为洛阳人，他们的诗风竟影响了江西。这种影响显示了，文学上风格的选择与形成，主要是一种文化价值的认定与追求，与地域并无绝对关系。本乡先辈及大师，固然最可能直接影响一地之文风，然文化价值的追寻，实难以地域限制。

还有一种讨论地域特性与文学传统的方法，是从该地之历史文化条件立论。一个地区经济、工艺、政治、历史以及文教发展状况，可能会影响该地人的生活态度、价值观、人生观，也会影响到文学表现。

例如北京为帝都甚久、上海与外商交通较有经验、台湾曾遭日本统治之类历史文化条件，形成了京派、海派不同的文学艺术表现，以及台湾"亚细亚孤儿"的台湾人意识之文学。这样的区别，乃是由一地之文化传统论其文学传统，所以比从自然地理谈文学传统要合理得多。

但是，所谓一地之文化传统真是实际存在的状况吗？我们现在说某地因其历史文化发展的特殊性如何如何，故其文学如何如何，这个"历史文化发展的特殊性"是怎样获知的？约翰·G·冈内尔《政治理论：传统与阐释》一书，对于"传统"的辨析，很值得我们参考。

冈内尔认为，所谓传统，其实只是一套虚构的神话，是史家基于处理他自己这个社会所面临之问题、重新评价当代事物而建构的一套说辞。它假设历史庞杂纷纭之事相中，存在着一个足以统摄诸多事物，而且是一脉相承并有逐渐发展过程的"传统"存在。这个传统，对当代事件与思想也有着因果意义。论者仿佛把历史上各种文化表现看成是关切着同一套问题和思想，是历史上有关一些持久议题的对话活动。它们之间的差异，是传统的创新部分；共同处，则代表了继承性。

关于这种传统神话，冈内尔举西方政治理论为说。我们则不妨以所谓"亚细亚孤儿"之台湾人意识为例稍做解释。某些讲台湾文学史的先生们，认为台湾因其地理及历史条件之特殊，为荷兰、西班牙、清朝、日本、民国相继统治，但统治者都是外来的压迫者，并不认同台湾，所以台湾人长期处在被剥削压迫的地位。统治者失败后立即弃守，又使台湾类似无父母（祖国）疼惜的孤儿。因此，台湾文学，一方面充满了悲叹嗟怨的亚细亚孤儿情怀，一方面又有强烈的反抗精神，要反抗一切压迫。从赖和（台湾诗人·作家）以来，这个传统即一脉相承。在他们的解释中，所有文学作品，似乎都是反映台湾人悲惨命运及反抗精神的重复变奏，是对台湾人命运问题的持续对话。这种台湾地域特性与文学传统说，已充斥于坊间。但这个"传统"事实上只是论者为解决他们的国家认同危机、重新评价当代事务而建构的一套说辞，亦即把中华民国先化约为国民党政权，再模拟为荷兰、日本，视为外来之统治者、非祖国。然后借着对台湾文学传统的历史建构，讲台湾人的文化意识，而达到建立"台湾人自己的国家"之目的。

这种论述，表面上是从历史文化传统来厘定文学传统，可是实际上是倒过来的。所谓传统，也只是一种史家反省的分析架构，是由史家理性化建构过的"历史"，实际上未必存在着这样一脉相承、足以统摄诸多物事的传统。因为史家面对历史材料时是有选择的。他们从历史上挑选了一些作品，作为真正传统的代表，而对其他作品（那些不能吻合其"台湾人意识之传统"的），则予以贬抑或芟弃。挑选出来的作品，固然构成一条先驱与后续者相继的传统香火之链，然而那些被贬抑或芟弃不论的文学史实，正显示了文学在历史发展中存在着多样风格与主题意义，非此一传统所能综摄解释。另一类型的史家，从另一堆文献及"史实"中挑选另一批材料，表述另一种传统神话，乃轻而易举之事。

何况这个被建构的传统中的各式人物著作，真的都关切同一主题，表达同一种意识状态吗？历史的流衍变化，恢诡无端，事相之纷纭复杂，亦复万怪惶惑，不可究诘。建立一个单系传承之文学或文化传统，或有助于我们辨识现今身处的地位，为我们的行动提供历史的合理性解释。但从历史解释学的角度说，此举实在是把历史看得太简单，以致勾绘出一幅虚假的图式谱系。

故所谓文学或文化传统，常是被解释出来的。这个传统，有其发端、变化、终结与复兴，为一仿佛若真之存在体。前文所举之江西诗社宗派、浙东学派等，皆如此。浙东学派之说，始于章学诚。谓浙东之学，多宗江西陆九渊，流衍至王阳明、刘蕺山、黄宗羲、万斯大、全祖望，形成浙东史学，与浙西治学方法及精神皆不相同。后来梁启超添入了邵晋涵，章太炎添入了黄式三、黄以周，这个学派的阵容遂越形堂皇。何炳松更上推其渊源于宋朝的程伊川，谓浙东在宋朝即有永嘉与金华两大派。于是看起来从宋到明到清，便真有一个脉络相承、精神相继、源远流长非常明确的浙东学派存在了。

但后来大家逐渐发现：阳明学派本不讲史学，章氏之学也与黄、全诸氏不同，黄氏、全氏的著作也到他晚年才见着，《又与朱少白》一文甚至误将黄氏归入朱学案统。所以章氏并非真能继承黄宗羲之学者，浙东也没有这样源远流长的一个学派。

既然如此，章氏为何要建构这么一个学派呢？余英时认为章氏在当时是把戴震看成学术上的劲敌，为了与戴氏代表的学风对抗，在心理上他需要一个源远流长的学统做后盾，否则即无法与继承朱子之学数传而起的戴震匹敌。况且章氏把他跟戴震的对峙，看成是南宋朱陆、清初顾黄的重现。这种自我评价，也使他不能不建构一个由陆到王、到黄、到他自己的学脉谱系。

这个体系俨然的学统建立后，后人遂视为历史上真正存在之物，甚至又各依己意，为它添加骨血，强化其源流关系。如何炳松为之上溯渊源于朱之永嘉金华。这跟吕本中作《江西诗社宗派图》相同。

当时吕氏谓此二十五人皆学江西黄山谷，故是江西一祖下衍诸派。胡仔乃谓山谷亦学杜甫，所以应推源于杜甫，张泰来则更溯源至陶渊明。诗派中人，原无陈简斋，然因方回初读老杜黄陈诗皆未有得，后诵《简斋集》始得入门，所以拉简斋入派，成为一祖三宗之一。曾几本来也未列入，至刘克庄才编入。诸如此类事例，在可见学派诗派传承授受有家法者，常是史家建构之物，是被解释出来的东西。

故要依这样的"传统"来解说一地文化艺术之发展与特性,不能不格外慎重。

慎谈地域文学

也就是说,无论从自然地理区域、人际联系或历史文化传统来讨论一地文学之特性与传统,都很难确说凿指。我们不否认确曾存在着一些地域性的学风门派,但也有许多地域学派是史家虚构的"传统"。地域对文学传统的影响更是复杂,不能用简单的联系办法把地理与文学拉在一块儿。以地域特性申论某地文学发展状况与风格特征,仅能以宽泛松散的方式来运用,而无法视为严格之方法,运用时亦须注意其效能与限制。

虽然如此,在处理小地域文学家之关系,以及作品与读者之关系时,地域特性与文学传统的辨识仍是很有效的方法。例如"明代的苏州文人团体"、"台湾的盐分地带文学",这类区分便很容易梳理该时该地的文人活动状况,也可以跟其他地区文风发展做一分辨,便于进行文学的区域研究。

这种区域研究与比较分析,对文学史研究尤其重要。因为文学史往往依时间先后述列文学及文艺思潮的发展,而不同的文学表现与观念可能不只是时间的差异,也常是地域传统的差异。如明代弘正之际,李东阳主持台阁,号茶陵派。复古派起而反对之"厌一时为文之弊,又相与讲订考论,其文法秦汉,其诗法汉魏李杜"(张治道《溪陂先生续集序》)。复古思潮弥漫一时。公安派继起,又反对复古。这种时代风气之转变,能不能也看成是地域文学的对抗关系呢?李东阳乃湖南茶陵人,当时号为茶陵派,台阁体又以欧阳修文为圭臬,所以可说是一种南方文风。反对者则多属北方文士，康海《渼陂先生集序》、《太微山人张孟独诗集序》，及关中人张光孝《石川集序》论弘德七子，南方人皆仅列一徐祯卿，余六人皆北人，陕人又居其三。可见当日复古文学，系由北人主导。其后反对七子者，如徐渭为浙人、公安三袁为湖北人，似可谓为另一种南方文学。

换言之，各地域文人及文学风气的竞争，也许是构成文学史演变的重要因素。而这一因素，在只以时间叙述，而乏空间布列之文学史著中，往往甚少着墨。

同样的，我们在论述历史时，常采用总叙时代之方法，而对一时代中共时的地域性差异少予分辨，忘记了一个时代中可能存在着许多不同地区的不同传统与发展状况。如论明代学风，即云明人浅陋，学子皆束书不观，徒耗精力于科举，却忽略了明代人之不学，可能是因为从事科举，也可能是由于李梦阳等人提倡不读唐以后书，更可能是因浙中理学家好谈性理。束书不观，原因非一。而当时苏州学风，反而是主张博学的。注意这个地域的学术传统与文学风气，不仅可以说明一个时代复杂的内涵，也能在一般讲明代文学史时仅从台阁、七子、公安、竟陵这种单线史述之外，发掘文学社会更丰富的一面。

此外，文学的区域研究与比较，在文学批评史的研究上也可被运用。因为不同地域既可能有不同的文学传统，其文学评价标准便不一致，其论文学史的评述观点自多差异。以清末诗来说，江西人汪辟疆总论全国诗坛，以地域分布为纲，不加轩轾。但其《光宣诗坛点将录》明列湖湘派之王闿运为托塔天王晁盖，以赣人陈散原为及时雨宋江、闽人郑孝胥为玉麒麟卢俊义，自然是突出了闽赣派在诗坛的领袖地位。闽人陈衍《石遗室诗话》及《近代诗钞》近于这个评价，但对郑孝胥的推崇却在陈散原之上。

江西人、福建人的观点如此，其他地方的人士服气吗？未必。试看北方人杨钟羲之《雪桥诗话》，即知其差异之大。无锡人钱仲联《梦苕庵诗话》则谓其乡贤沈曾植"高于散原矣"。南皮张之洞也指赣派诗为江西魔派，说陈散原是"张茂先我所不解"。至于广东人，喜说黄公度，更不在话下，如李景新《广东民族诗人黄公度》就说："呜呼！公度诚中国近代最伟大之诗人。"这些评语，虽不能仅视为乡曲私爱，但其深受各地域文学风气影响，实甚显然。

地域观念对批评家的影响，当然不止于阿私本乡先贤这一点。一位具有地域观念的评论者，在观看各种事务时，都可能会带上省籍地理意识。例如清人述古，即常从地理畛域这点去立论。纪昀、朱士彦、钱大昕、施北研、宗廷辅、潘德兴、李亦元以迄钱锺书，论元好问诗，就都从元好问当时金宋对峙，"南北分疆，未免心存畛域"这个角度去看问题，引遗山"北人不拾江西唾，未要曾郎借齿牙"等诗为证，谓遗山瞧不起南方的诗风。

他们都弄错了，殊不知此"江西"乃指曾慥编《皇宋诗选》而言，非指江西诸派，以致乱点鸳鸯谱，说当时北方文风自王若虚以来即不喜江西诗派，遗山承此风气，故不做江西社里人云云。这样的批评，并不能说明宋金文学交往的状况，却有效地显示了地域意识在文学批评活动中如何起作用。

我们平时在研读文学史时，不可能不先接受一些史籍或重要文评家对时代、作者及作品之评价；文学史著中，讨论的也常是被这些批评家称为伟大作者的一连串名字。但假如评论者之地域意识对其评价文学真有如此显著之影响，则我们在运用文学批评史材料时就须当心了。

唐初史家所描述的南北文风区分，以及他们对南朝文风的贬抑，可能就肇因于修史者皆为北人。故读史者不能将其所述，视为历史实相，而应详考发言者之发言情境、政治立场、籍贯与地域观念，并由此进而拓展各地域批评家批评意识间的比较研究。自清朝以来，以地域特性论文学虽已蔚为风气，但真能进行方法论之反省并深化这种方法者，殊不多见。以上简略言之，希望能对文学研究有所帮助。

第十五讲　文学与读者

读者为什么重要

　　一般谈文学，往往谈的是作者。作者享受了最大的荣耀，也是整个文学活动的中心。正因作者创作出作品，让我们享受到文学的愉悦，所以我们感谢作者、歌颂作者。文学史通常即是一部作者的英雄史，大谈作者的生平、如何创作、为何能作出如此伟大的作品等等。

　　作者的荣耀，在于他们写出了作品，这些作品是一般人难以创作出来的。因此我们也往往花很大的力气来分析这些作品，分析其为何能得到我们的歌颂与赞美，我们又需要用什么方法来阅读它、欣赏它。这是过去讨论文学的基本方法。

　　那么，读者在哪儿？赞美文学作品与作者的读者，通常处在比较卑微的位置，我们也往往忘了他们的存在、忘了读者其实也很重要。

因此，我们今天要特别谈谈读者的问题。

　　读者为什么重要呢？因为，只有将作者、作品与读者三者合起来看，才能构成一个文学活动。有作者而没有作品，是无法想象的。一个号称是诗人的人却从来没有创作过诗，这样我们恐怕难以认同其是一位诗人。我们不可能说某人是个伟大的诗人，虽然他从来没有写过诗！因此，作者的存在，要依赖作品来验证！但是，更要说明的是，一个作者与作品的存在，往往还需要依靠读者来验证。若从来没有读者，我们如何知道过去曾经有这样的作者与作品呢？王士祯（号渔洋山人）曾说："举世纷纷说开宝，几人眼见宋元诗？"大家都讲唐诗伟大唐诗好，那是唐诗的读者很多，故"举世纷纷说开宝"。难道宋元诗不好吗？未必！只是因宋元诗的读者没唐诗那么多罢了！作品以何种方式存在，其价值如何；作者的优劣，均有待读者参与才能验证之。

　　作者、作品与读者三者之间的关系又很有趣！我们不能反过来谈这三者的关系。比如，我们不能通过作者来证明读者的存在。我们只能说，作品可以证明作者存在，读者又可以证明作者与作品存在。因此，表面看是作者最重要，但是深层的思考后，你就会发现：读者才最重要。作者享受了荣耀，但是谁证明了这荣耀的存在呢？是读者！

　　同时，所有的创作活动皆已经预含了对读者的设定，一个作者在进行创作时，一般都已经有了"给谁读"的假定。

　　有些创作活动其实是没有读者的，读者只是作者自己。比如我们在洗澡时唱歌，自己哼歌自得其乐。旁人若听着了都要觉得难为情：怎么这般难听呢？可是，你要明白，他本来就不是唱给你听的。这在文学创作中称为"劳者自歌，非求倾听"。在山中伐木的人，劳动时哼着小曲，这时的读者事实上只有自己。

这种形态，读者与作者是合一的。这时候，创作就变成了纯粹的"诗言志"，自己讲自己的话。文学创作，就像洗澡时唱歌、睡觉时打呼噜，有着自我满足、自我愉悦、自我发泄的功能。这是我们在谈文学功能与作用时一部分人的主张。有人强调文章乃是经国之大业、不朽之盛事，有人却认为并非如此，文学最重要的功能乃是梳理我自己，让心中郁结能得到发抒。这种文学的功能观，自我抒情的特征较为明显，把自我抒情作为文学最主要的功能。

我想，中国文学中这一类恐怕是占主流的。从《尚书》讲"诗言志"开始便是如此。

这有点像古琴。古琴的音量非常小。古琴与吉他不同，古琴的共

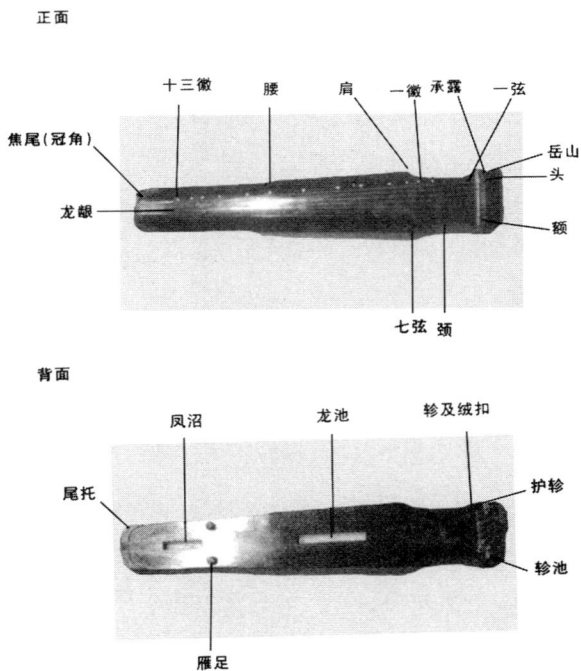

古琴结构图（正面、背面）

鸣箱比吉他小，它由上下两块木头构成，出音口在下，弦却在面板上方；而吉他共鸣箱较大，弦又在共鸣箱上方，故声音比古琴大得多。古琴是依上面弦的振动通过岳山引起木板的共振。同时，琴的面板上涂有很厚的灰胎，故声音较为清细。琴还是丝弦（现在大家都用钢弦，很少用丝弦的，故有人说中国古代"八音"中的"丝"已经绝了），用丝弦演奏，声音比现在的钢弦当然又小得多。即使现在用钢弦，演出时还是得在古琴出音口附近加上麦克风，只有这样，观众才能听得到。

古琴在中国乐器中的地位极高，但它为何声音如此之小呢？因为古琴演奏本来便不是娱人的。只是给自己听，琴以写心，故君子不去鼓瑟。演奏者不是乐工歌伎，逞技以娱人的。

一个创作者的自尊和其自我抒情性，在此表露无遗，基本上不需要读者，因此要高、雅、不俗。但是，无论艺术活动还是人本身，生存在这个世界上，总是有寻求沟通与理解的需要。人害怕寂寞与孤独，渴求理解与沟通，这才是生命的常态。人们常常感叹"莫我知矣乎"。

人不知、士不遇，这是生命中共同的哀感，人都需要寻求知音。这就是为什么"知音"的故事会出现在古琴中的原因。琴，本身是君子之器，是自娱自乐的。但是，琴同时又要寻求沟通的可能。所谓的知音，乃是两个个体之间的莫逆于心、相悦以解。知音表明，琴除了自我抒情之外，还需要有另一位懂得我琴声中意涵的个体。但，知音所要求的听众乃是非常少数的，其所以须要"觅知音"，也意味着能知音的仅是少数。有时同一个时代竟都没人能了解，还须期待"千古而下，得遇解人"。

以上两种形态，前一种的读者就是自己，并不需要其他的听众和读者。第二种情况是要求有读者的，但只要有一二知音便可，并不要求有许多人。同时，这种了解不限于当代人，千百年之后若有一个人

273

能够了解即可。古人写书，经常说要"藏诸名山，留诸后世"，当代人不了解我没有关系，后代自然有能了解我的人。

这种形态有一部分是消极的，表明了我们想找到能真正了解自己的人是多么的困难。所以我们说"百世而下遇一知音，犹旦暮之遇也"，人只能"等待"知音。

还有一种态度是积极的。韩愈曾经说过，他写文章，越是觉得惭愧的，越有人赞美，"大惭则大好，小惭则小好"。陆游也同样说："诗到无人爱处工。"真正知音是很难得的，故我们与其寻求大多数人的欢迎，不如寻求少数知音。因为很多人喜欢，反而表示你的东西很烂很俗。创作只要少数人懂得，不须投合大多数人，这样的方式较为积极些。

第三种形态是左思式的，洛阳纸贵；或白居易式的，诗老妪都解。路上的老人小孩都能朗诵白居易《琵琶行》和《长恨歌》，读者群很大，所有人都能够理解，作品亦能普传于天下。白居易死时，皇帝还特地写了首挽诗称白居易诗流播之广呢！我曾经给大家介绍过，当时地痞流氓刺青，有人就全身都刺上白居易的诗，可见当时流氓还是有文化的，亦可见白诗流传之广。

读者群与作品

我们也可以从读者广狭的不同来看文类的差异。小说、戏剧或者与俗乐体系相关的文类，譬如弹词、唱本等，通常是普传性质的，读者群往往较大，创作者的诉求也是要给很多人欣赏的。但有一些文体，就不强调普传。诗、古文都不断强调这一点。宋人经常说"宁拙毋巧"、"宁涩而勿华"。大家都喜欢的东西，显示的只是一种"简单的美"。例如春花秋月，谁不觉得美呢？但某些东西却是需要通过用典、思考和阅历才能够了解的，属于一种"艰难的美"。这并不是人人都能体会的，宋诗可能追求的就是这样的美。追求的，并不像吃蜂蜜，人人觉得甜，而是吃起来要涩，细细品尝又能回甘。诉求的只是少数读者。

对于读者群的设定，每位作家在创作时其实心里都是有谱的，皆有自我的设定。是希望所有人都能懂、还是一部分人懂，这往往也决定了作品的雅俗。

在中国，所谓雅俗之辨，即是从这个地方来的。一个作家是希望能够倾动流俗以成就名声呢，还是不追求名望，只写自己想写的东西？作品最后可能流传广远，但它在被创作时，作者对读者的设定却是少数知己而不随顺风气，这样的作者通常较被称道，例如陶渊明。渊明在创作时，未必会想到自己的作品最终将流传广远，要给很多人看。他创作时，对读者的设定可能是极有限的。这样的作品，评价大多较高。这是因为读者的理解，是有阶层、年龄、修养等条件限制的。

我刚来大陆教书的时候，中央电视台曾来北大录像，并问我能否去"百家讲坛"讲讲。我请教他们的观众设定如何。他们说：设定是中学生。并不是说让中学生看这个节目，而是说电视媒介把它的观众平均文化水平认定为中学生水平。他们需要节目使中学程度的人都能听得懂、有兴趣，不打瞌睡。所以希望主讲人不要讲太多理论，能以故事为主。我听他如此说，当即婉言谢绝。因为教中学程度的人，中学历史老师来讲，会比我更当行。我所擅长的是高深的理论，超玄入幻才是我的长处。

我现在这般平易的讲法，也是经过很多年才会的。我教书三十多年。刚开始时根本不能掌握"读者"的问题，光是按照我自己的理解来讲。又因我那时候才二十来岁，太年轻了，所以讲课务求高深，唯恐学生以为我没有学问。我自以为讲得很高兴、很精彩，可是学生听得一头雾水，只能说老师学问太大了。后来我才慢慢学会现在这样的讲法。之所以要发感慨，讲这段经历，是说明每位作者都有其读者的设定，一味曲高和寡也是不行的，每位作者要搞清楚自己的读者是谁。

我也不会脑子发昏，妄想很多人了解我。我有自我的定位。《论语》说："人不知而不愠，不亦君子乎？"这话很有道理。很多作者都希望作品广传，自己能为人所知，所到之处，众人围观，签名售书，岂不快哉？可是读者虽多，大部分是看热闹的，将你当把戏来耍的，这与求知音并不同。文学作家，毕竟跟歌星、舞星、影视明星还是不一样的。

所以，雅俗之辨，在文体上，比如小说、戏曲等，算是俗体，在传统上人们不重视。这不重视，并不是看不起民间，而是这类作品本身之写作是给大众看。因要给大众看，所以写作时有着一定的程序化，这跟电视剧有一定的格套一样。很多艺术表现没法展开，因涉及读者的阅读水平与阅读习惯。

以上，我跟大家强调的是读者的量、读者的阶层等，什么样的读者群体设定，跟文体是相关的。

教读者阅读的方法

接着要讲读者对作品、作者也有一定的理解与要求，这就是我们通常讲的"鉴赏论"。如讲诗。在大学开讲杜甫诗、李白诗是非常难的。教这些，远不如教李商隐诗、东坡诗等受欢迎。李白诗有天生的豪情、恢廓的理想、绚烂的辞采，还可以振动年轻人。杜甫诗就更困难，因他饱经忧患，形成了沉郁的风格，同时结构上的技巧，也不是年轻人所能理解的。正如钱锺书所讲，唐宋是两种类型，人在年轻时，爱风花、爱绚烂，都喜欢唐诗。唐诗意象饱满、声律好听，容易动人。中年之后，历事渐多，思虑转深，情感也变得沉潜了，这才慢慢会喜欢宋诗。阅读文学作品，需要很多经验阅历，故中学、大学、文艺青年虽热情可感，但其思维、阅历不足，还是很难体会某些作品。

这些阅读条件，有时指的是读者应具有的修养，如学问、阅历和经验。没有学问，很多诗是看不进去的。如诗文用典，看不懂就将诗文臭骂一通，其实是自己没有学问。那些典故对古人来说是极平常的，只是现在的人不懂而已。

读者与作者之间，也要境界相当才能有恰当的理解，"唯佛能知佛，唯菩萨能知菩萨"，我们尚友古人，其实亦是个心智自我提升的过程，让我们在阅读中慢慢接近作者。

我自己讲课时对此就有较深的体会。如李商隐诗、东坡诗，讲来如晤良友，较不费劲，因为差距不那么大，我还能了解他们。但讲杜诗就费劲得多，需花很大气力才能慢慢接近他。所以读者阅读时需要一定的条件，包括见识、学养、思想等。

除了学养、器识、胸襟之外，我们还需要一定的方法。理解文学作品的方法，皆为读者而设。如《文心雕龙》所说的"博观"、"六观"等。博观是要"闻千剑而知剑"、"闻千曲而知曲"。想知道一个人的歌唱得怎样，须多听听其他人的歌。真正听过高明的人唱歌，其他的就不想听了；六观则是观位体、观置辞、观通变、观奇正、观事义、观宫商，要看一个作品的各个方面。

这些方法非常之多。我们现代人用西方文学理论解析文学作品，或探讨作者的情志，方法之多，远胜于古。我们自己也许没有太多见识，故又需要有人引导。文学阅读上有许多导览，有许多名家为我们做解析。名家解析在古代就是各种类型的评点。评点除了评，还有圈点批抹。《四库提要》谓抹笔起于北宋，乃北宋人读书之常习；而圈点之法则兴

277

于南宋，"宋人读书，于切要处率以笔抹。故《朱子语类》论读书法云："先以某色笔抹出，再以某色笔抹出。'吕祖谦《古文关键》、楼昉《迂斋评注古文》，亦皆用抹，其明例也。谢枋得《文章轨范》、方回《瀛奎律髓》、罗椅《放翁诗选》始稍稍具圈点，是盛于南宋末矣"。

宋人之圈点记号法，于文章精神筋骨切要处抹笔、圈点，开卷了然，于读者为便，因此不断发展，形成各式繁简不一之记号体系。元朝程端礼《程氏家塾读书分年日程》据馆阁及黄勉斋点经法，参考谢枋得批点法（称为迭山法)，发展成更精密的批点记号法，称为"广迭山法"，包括画截、侧抹、中抹、侧圈、侧点、正大圈、正大点等七种符号及黑、红、青、黄四种颜色，组合成十六种记号。归有光用五色圈点《史记》，号为古文秘传，当源于此。

评点前面通常还有凡例或各种读法。如《三国演义》毛宗岗父子评本，一开头就是总括《三国演义》读法，告诉读者《三国演义》该怎么读。《三国演义》、《红楼梦》、《水浒传》等书的评点本都有一篇这

《程氏家塾读书分年日程》（经书批点法页面）

278

样的读法，然后就是具体地就每一回告诉读者它是怎么写的，并在每一段、每一句下细细评点。这其实是带读者进入到文学作品之中游览。假如你什么都不懂，对诗法文法又不太熟悉，这一类导览可以提供很大的方便。现代也有很多类似的赏析。

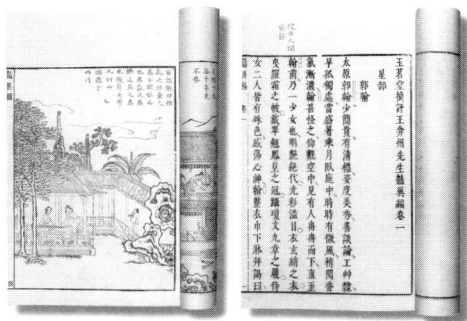

明　王世贞《玉茗堂摘评王弇州先生艳异编》

评点，有一种是作为读者的代表，告诉大家阅读的经过；另一种是多重读者。评点常是好多人评的，称为集评。而评者还会互相对话，所以是多重读者。不过这两者都有个危险，就是常替代了真正的读者。

我们在历史上看不到当时读者真正的反应，我们看到的只是代表性的读者，他们代表了当时的阅读群体。每一个评本即代表了一类阅读群体。

他不是一个人，比如金圣叹、毛宗岗、张竹坡等评本，各代表了一类读者。这一类读者被代表之后，我们所能看到的只是代表性读者的意见。明代以后，小说、戏曲便有许多随正文一齐刊刻的评点。评点者的文字，犹如戏场边上的喝彩声、议论声，堂而皇之，与作者并列，甚至引导着作品的意义方向。过去，只说是读某一小说、某一传奇、某一戏曲，这时则要看读的是谁的评本与刊本了。评本、刊本不同，作品文本及意涵就都不一样。

　　现代艺术家，例如将签名的小便斗当作一件正式作品、又在蒙娜丽莎的图像上添了胡子而在现代美术史上声名大噪的杜尚（Marcel Duchamp），一九五七年说道："艺术不再是一种由艺术家独立完成的创意行为，相反的，观者藉由解读作品的内在意涵、而让作品与外在世界有了联系，也因此将个人的想法贡献给了这件作品。"德国观念艺术家波伊斯（Joseph Beuys）也在一九七〇年提出了"大家都是艺术家"（everyone is an artist）的观念，将观众的参与视为艺术作品的一部分。而德国当代艺术理论家彼得·韦柏（Peter Wiebel）更指出，未来的艺术将成为一种"以用户为中心的民主系统"。他们都夸现代、讲未来，可是在中国明代中叶早就已是这等情景了。

作品变化万千为读者

　　在这部分我要讲的是，作品会因为读者而产生变化。

　　作品的性质、评价与诠释，都会因为读者而产生变化。作品不是客观的、已完成的。我们现在的文学史都是客观性的写法，作品的所有权属于作者，是作者的创造物，作品和作者是合在一起的。例如《西游记》这本书，故事本身自然很早了，来自玄奘取经。我们所讲的是现在小说文本的《西游记》，从它开始出现以来，明清之人和我们现在所读的就是两回事。我们现在说是神魔小说，主要是受鲁迅的影响。明清之人根本不知道什么是神魔小说，"神魔小说"这个词是鲁迅所创，古代将其看作神仙传。如《西游记》、《东游记》、《北游记》、《南游记》，都是明代作品，写神仙的出身，如北方真武大帝的出生等，是关于神仙的出身与成道过程的记录。所以《西游记》的最后，玄奘、孙悟空、猪八戒等也都被封了神。

从神的出生，再降妖伏魔，最后修成正果，这个写法古来就有写作传统，那就是《神仙传》。古人在看这书时，不会像我们说《西游记》是中国几大小说之一。首先它不是小说，而是《神仙传》。其次，这本《神仙传》是谁作的呢？明清之人几乎都异口同声，认为是丘处机所作。借这个故事讲金丹大道，不但讲这些人肉身成道，同时也教人如何肉身成道。通过这个故事，让人悟到成道成仙之奥秘。所以该书在明清之间被大量阅读，主要是作为修炼的文字文本，而非文学文本。

现代人解释《西游记》，力反此途，胡适写《西游记考证》说，《西游记》这部书几百年来被和尚、道士们搞坏了，其实这书并没什么微言大义，也没有什么金丹大道，只有一些愤世嫉俗的想法，还有有趣的、玩世不恭的态度，是文人的游戏之作。然后他为《西游记》找到了另一位作者——吴承恩。胡适不承认《西游记》是丘处机作，他在明朝淮安府的方志中找到了一条证据，说有个叫吴承恩的人写了《西游记》，但只有这一条孤证，证据是很薄弱的。现在的学者对于《西游记》是否为吴承恩所作，多持怀疑的态度，因为这条记载只说吴承恩写过《西游记》，但名叫《西游记》的书很多，何以知道吴写的就是这一本？相反的，《千顷堂书目》就将吴承恩的《西游记》放入地理类。此外，吴承恩的其他著作中，也找不出和《西游记》相关的材料。

由于明清之人大都认为作者是丘处机，所以当时《西游记》还不是文学文本。题李卓吾所批的《西游记》，才开始提到它使用寓言、游戏的笔法，上溯庄子、屈原，文章诙谐变化，说其中充满文趣，才对其进行文学性的阅读。清中叶以后文学观点渐多，认为它犹如古文家"文以载道"般，以文字之巧、章法之奇来让人深入理窟，所以甚具价值："《西游》一书，不唯理学渊源，正见其文法井井……本孔、孟之探心、周、汉之笔墨，演出传奇锦绣之文章，其中各极其妙，真文境之开山、笔墨之创见……一部《西游》可当作时文读，更可当作古文读。人能深通《西游》，不唯立德有本，亦必用笔如神。"（张书绅《〈新说西游记〉总评》）到胡适、鲁迅以后，以文学角度看这本书就更普遍了。

《红楼梦》更是如此。《红楼梦》的提倡、推崇、介绍，以及对于作者曹雪芹的认识，基本上是一批旗人以北京为中心作为圈子，慢慢向外传播的。最早可查到的资料是曹雪芹和他两个朋友唱和，可以看到他的生平面貌，如他家世很显赫，祖先做过江宁织造，到京城已经潦倒了，他能作诗画画，诗是李贺一路等等。但同时代和他认识且亲近的朋友没人提过他能写小说而且写了《红楼梦》。后来有人读《红楼梦》，说相传是个旗人叫曹雪芹的所作，然而这位旗人亦并不认识曹雪芹。《红楼梦》是曹雪芹所作，除了这个讲法以外，没有其他直接证据，连曹雪芹属于哪一旗都不甚清楚。

那时候，汉人中更没有任何人听说过曹雪芹。当时最大的名士是袁枚。袁枚住处叫随园，明我斋（富察明义，清朝皇室成员）告诉他说，那原先是曹家的花园。曹家衰败，被逮回京以后，这个花园也就是《红楼梦》中的大观园，卖给了隋赫德。袁枚又从隋赫德手上买下了它，把"隋"改做"随"。他要说这园子是有来历的，就引了他这个朋友的话，说这旗人告诉他这是以前曹家的花园。很显然袁枚也不了解曹家的来龙去脉，他只是听说有这么回事，因此他说曹雪芹跟他已经相隔百年了。其实他根本不知道，如果真有曹雪芹这个人，他们应是同时代的。另外，他显然也没看过《红楼梦》，以为是讲妓院，十二金钗皆是青楼妓女。

那时，没一个汉人谈过《红楼梦》、了解《红楼梦》。所有跟《红楼梦》有关的只言片语，都出自旗人。现存所有《红楼梦》十二个抄本，也全都出自北京，由旗人家或王府再散出来的。你把所有版本的来历全部爬梳一遍，就知道都不出自汉人，所以《红楼梦》其实是一个在旗人的圈子里面传播出来的东西。当时一位史学家邵懿辰到北方去做官时，发现北京士大夫几乎家家都有本《红楼梦》，北京成为《红楼梦》传播的中心。"红学"这个词也出自北京，也是在旗人家庭里面出现的。为什么《红楼梦》都是旗人在讲，因为旗人觉得曹雪芹是旗人，这一部作品又显示了大观园、贾府的繁华之盛。

可是后来汉人读时，读法却不是这样的。他们觉得，这个小说里面写的事情男盗女娼，乱七八糟，除了门口那对石狮子之外，没有一个是干净的。这就使得旗人的情绪受到很大影响，所以就有一部分旗人说，旗人搞不清楚情况，还觉得这部书是对我们旗人的夸耀，助我铺张，事实上这部小说是在诋毁我们旗人。《红楼梦》这本书在嘉庆以后常常被禁，还往往是旗人大官所禁，即缘于此。

因此你从读者群来看这部小说，它的流传史以及性质的改变，是很有趣的。嘉庆、道光以后，有一大批评本跟我们现在读的脂砚斋评本的评论体系完全不同，不讲身经繁华、中间情感纠葛、家庭兴衰等等，而是"戒淫逸、正人心"。太平闲人张新之、护花主人王希廉及大某山民姚燮三家评本均如此，《红楼》的续书也差不多。逍遥子《后红楼梦》、秦子忱《续红楼梦》、兰皋居士《绮楼重梦》、小和山樵《红楼复梦》、海圃主人《续红楼梦新编》、梦梦先生《红楼圆梦》、归锄子《红楼梦补》、娜嬛山樵《补红楼梦》与《增补红楼梦》、花月痴人《红楼幻梦》、云槎外史《红楼梦影》等，多不满原书戒淫之旨不显豁，故更强调戒淫逸、正人心，例如逍遥子云其书："归美君亲，存心忠孝，而讽劝规警之处亦多。"小和山樵也自称其书，"以忠孝节义为本，男女阅之，有益无碍"，"书中因果轮回，警心悦目，借说法以为劝诫"。

还有人认为整部小说就是讥讽世家大族没有好好教育子弟，谓"其

283

书反复开导,曲尽形容,为子弟辈作戒,诚忠厚悱恻,有关世道人心者也"(讷山人《增补红楼梦序》)。"见簪缨巨族、乔木世臣之不知修德载福、承恩衍庆,托假言以谈真事,意在教之以礼与义,本齐家以立言也"(观鉴我斋《儿女英雄传序》)。"孔子作《春秋》……是书实窃此意。通部《红楼》,止左氏一言概之曰:讥失教也"(张新之《石头记读法》)。张批强调此书可以"训后世,使正其心术",是把宝玉之玉解释为欲,所以宝玉最后得和尚指点,明白"世上的情缘,都是那些魔障",把玉还给和尚,说:"我已有心了,要那玉何用?"才终于了却尘缘,复归本处。似乎此书之主题即是去除情识欲求之心,以恢复本心。大学之道,在明明德,这是用儒家思想来解读《红楼梦》的。

《红楼梦》的读者非常复杂,有旗人的读法,跟汉人读法完全两回事。有儒家的读法,还有妓女的读法,后来不是有一部小说叫《青楼梦》吗?清朝中期以后,读《红楼梦》最热衷的是妓女群。很多妓女特别喜欢跟人家讨论《红楼梦》,她们把《红楼梦》读得烂熟;妓院的妓女,很多都叫林黛玉、薛宝钗。在清末,上海妓女界"四大金刚"中最重要的一位就叫林黛玉。她还召集妓女,组织了一个会,因为妓女年轻时漂亮,大家捧着,年老色衰以后则晚境凄凉,所以她们找到一处建立公墓,名叫花冢,把名流通通找来募捐,组织起来,还有许多文人仿林黛玉《葬花词》作诗。像这样一批女性读者读《红楼梦》,和男人读就是完全不一样的。

男人读《红楼梦》,主要是找微言大义,是不是反清复明、是不是雍正夺位、是不是顺治出家等等,这是汉人的读法,做民族主义小说读,做宫廷斗争读。而女人读法不是这样,要体会书中人如何用情、如何谈恋爱,将之纳入女性闺阁这个传统。

红学的主流,一是通过书中所述,去考索作者为谁,其家世又为何;

二是追索书中所述情节之影射之寓意为何；三是论小说的写作技巧及主题意识。这些读法，都不会以怜香惜玉的态度对书中女人之身世遭际咨嗟赞叹，也不会对女人之美（姿貌、服饰、性情、活动）做太多的讨论。换言之，大多数男性读者及绝大多数红学专家，对这个女性传统是没有兴趣的。他们只想找出写出这些女子故事的人是谁、猜这些女子各自影射了谁、争辩这十二金钗故事有何含意，还有些人则努力在讨论这个故事是否具有社会批判功能。

这些读法都是刚性的，且指向女子以外的世界。但另一批人恰好相反，通过《红楼梦》，他们要谈的是，女人本身妆阁闺帏的世界，香柔艳腻，自成一格。

王希廉评本，沈锽《序》说："《石头记》一书，味美于回，秀真在骨。自成一子，陋搜神志怪之奇；不仿秘辛，轶飞燕太真之传。其曰可读，久而闻其香……耳食者方诸南柯之记，目论者訾为北里之编。"这样的序，不但说《石头记》本身香，也说抄这本批本的人是因"爱香成癖"。这本书且被他比拟为《杂事秘辛》、《飞燕外传》。不但如此，该序还指责说《红楼梦》可让人体悟浮生若梦者是"耳食"，认为许多读者看过这本书都会觉得它像《北里志》。

这样的序，跟剑舞山人的题词说《红楼梦》"砭顽如见悼红情，不是齐谐专志怪，吁嗟乎，金陵自昔多金钗，而今花月荒秦淮"，都明显的是把《红楼梦》关联到女性传统去，让人对该书有香艳的想象。而经过这样处理后，王希廉的评本，意义也就被改造了。

周绮《红楼梦题词》也类似，说："余偶沾微恙，寂坐小楼，竟无消遣计。适案头有雪香夫子所评《红楼梦》书。试翻数卷，不觉失笑，盖将人情世态，寓于粉迹脂痕，较诸《水浒》、《西厢》尤为痛快。"谈的是王希廉的评本。可是王氏本号雪芗，被她改成雪香；而且她对王本并不尽满意，所以"戏拟十律，再广其意"。作完后，"闻桂香入幕、梧叶飘风，楼头澹月，撩人眉黛"，刻意突显她自己的女性特质。

同理，沈谦《红楼梦赋》自序说："子夜魂销，丁帘影寂。舞馆歌台之地，日月一瓢；脂衾粉碓之场，烟尘十斛……于焉沁愁入纸，择雅拈题，乡写温柔，文成游戏。仿冬郎之体，介秋士之悲。颦效西施，记同北里。"你看他写得多么香柔粉腻！怪不得其友人称赞沈氏这二十首赋是，"绘闺阁之闲情"，"比宋玉之寓言，话别闺游。写韩凭之变相，花魂葬送"。宋玉之寓言，是巫山云雨、登徒子好色；冬郎之诗体，是香奁无题。春女悲，秋士怨，韩凭赋爱情之变，北里载娼妓之篇。这些词汇与典故，在讲什么呢？沈氏所赋，均为红楼情事，如滴翠亭赏扑蝶、海棠结社、栊翠庵品茶、芦雪庵赏雪等，这些事以及他自己所写的赋，均是自觉地把它纳入闺阁妆奁传统中去的。

可见读者不同，作品性质、内容、评价就完全是两回事。不同的人读《红楼梦》有不一样的感受，所以吵成一团，有的说你根本没有读过，有的说你读的根本不是《红楼梦》。实则大家都读的是同一个文本，只因读者不同，结果遂异。我们讨论时，要尊重这种不同，形成多元阅读的习惯。详细的情况，各位也可以参考我《红楼梦梦》一书。

读者造就的经典阐释

多元阅读的这种可能性或这种讲法，恰好也就是清代常州词派的主张。

常州词派讲寄托，温庭筠"懒起画娥眉，弄妆梳洗迟"，明明讲的是一个女子早晨起来百无聊赖的情状，但张惠言说它"有《离骚》初服"之意，跟屈原是一样的。

欧阳修的词"泪眼问花花不语，乱红飞过秋千去"，张惠言也说：花是美好的东西，香草与美人代表君子，落花就代表君子凋零了。历经风吹雨打，花都落了，而且是一大片花被摧残。这必然是指当年范仲淹等人被贬官的事。各位看《岳阳楼记》，开篇就写"庆历四年春，滕子京谪守巴陵郡"。滕子京建好岳阳楼以后，为什么要请范仲淹来写《岳阳楼记》呢？范仲淹又没有去过岳阳，他人也不在那里，定要请他写，却是为何？而《岳阳楼记》为什么又从"庆历四年春"写起？因为他们是一伙的，都因庆历变法失败而一起被贬官，以此因缘，滕子京才会特意邀范仲淹来写。范仲淹才会从"庆历四年春"写起，然后讲"不以物喜，不以己悲"等等。庆历四年春，这些贤能的人都被贬官了，所以是"乱红飞过秋千去"。诸如此类，每首词都蕴含了政治上的讽喻。

有人说常州词派这么解释实在是太迂腐了。其实不然，常州派的解释，本来就是提供"一种"解释。诗跟文章不一样，文章指事说理，每篇文章讲什么很清楚，但诗有博通之趣。其与文章之不同，就像饭和酒是不一样的。饭，你吃一碗是一碗；酒，喝了一碗产生效果却不一样。诗该如何读？诗有寄托、有影射，故须博通，不可拘泥。

因此周济《宋四家词选目录序论》就说我们读诗词如"中宵惊电，罔识东西"：夜间走在旷野上。忽然间，雷电一闪。你惊动了，想找，却搞不清楚它刚刚是在哪里。作者的原意就跟这差不多。我们看到了闪电，但是不确切明白闪电从哪里来。又如"临渊窥鱼，意为鲂鲤"：站在池子边，看水里的鱼，隔着水看得不真切，只能猜它是鲂还是鲤。正因这样，后来常州派另一位大家谭献就主张"作者之用心未必然，而读者之用心何必不然"。作者原意虽然未必如此，但为什么读者就不能这样解释呢？

这么讲的还有魏源。魏源说三家诗和毛诗不同。三家诗指齐、鲁、韩，是今文学，而毛诗是古文学。魏源认为三家诗的解释偏重于作者之意，毛诗则是采诗和编诗人的意思。采诗和编诗人就是读者。作者有作者的想法，读者有读者的读法。由于诗有博通之趣，一首诗作者有本意，但采诗人收集来给君主看，却可以有另外的用意。

作者也会因着读者而产生变化。例如陶渊明是公认的冲和平淡之田园诗人。龚自珍有首诗却说"渊明酷似卧龙豪"，认为它跟诸葛亮一样，其心情是"二分《梁甫》一分《骚》"，所以劝大家"莫信诗人竟平淡"。这是个特别的视角，认为渊明不止是平淡，还有平淡之外的东西。后来这个观点被鲁迅所强调，说我们看渊明不仅要看到他的菩萨低眉，还要看到他的金刚怒目。这样，对陶渊明的理解就产生了变化。

再如李商隐，在《旧唐书》和《新唐书》，李商隐的形象都是无行文人，道德不太好。据记载，李商隐从小家贫，无以为生，靠替人抄写度日。大官令狐楚很赏识他，招他做幕僚，他遂跟随令狐楚学做文章（当时的公文书是骈文，他的骈文在唐代也是很重要的）。所以令狐楚对李商隐来说，既是老板，又是老师，还像爸爸一样看着他成长。他和令狐楚的儿子令狐绹是年轻时的玩伴。后来李商隐科举不顺利，考了十年都没有考上，还是靠着令狐绹的关系才得获隽。然而，他刚刚考上，令狐楚就过世了。这时，他却犯了个大错，竟在这时娶了令狐楚家族死敌王茂元的女儿。令狐楚这边的人会想：这小子，令狐楚刚死，竟忘恩负义，巴结对头；王茂元家里人则疑忌他毕竟不是自己人。两边不是人，仕途自然非常不顺，在史书中更被形容是放利偷合的小人。后来令狐绹当了宰相，他还一直是个的小官。清朝人解他的诗，都说那些无题、爱情、委婉的句子其实是写给令狐绹的，总体意思是说：帮帮我吧，看在我们一起长大的份上！

因此李商隐的第一个历史形象就是个小人。人和诗文分开，文人无行。喜欢他的诗文，不一定要喜欢他的人。把他和段成式、温庭筠合称"三十六体"，是从文体去掌握他的。

宋朝初年，学他诗的，称为西昆体，有杨亿、钱惟演等人，同样从文体上学。特征一是典故多。古人说他作诗很像水獭到池塘叼了鱼，不立刻吃掉，是摆到岸上一条一条排满了，东看看西嗅嗅。传说这是在祭拜，所以叫祭鱼。其实不是，它在挑，看先吃哪一条，称为獭祭鱼。李商隐作诗即如此。跟我们现在学者写论文一样，摊书满案，东翻西翻，用典繁多。二是辞藻美。这时重视的是他修辞上的特征，而不是他的人。

到了北宋中期，他却碰到了一位特别的读者，命运为之一变。这位读者是谁？就是王安石。

王安石是政治家，他认为唐人学老杜，学得最好的就是李商隐。为什么？他讲的不是修辞，是心胸。老杜要"致君尧舜上，再使风俗淳"，是个想改造世界的人。王安石认为李商隐也有这样的胸怀，他引了两句李诗"永忆江湖归白发，欲回天地入扁舟"，这讲的是范蠡。永远怀念江湖，希望我年老了能回到江湖上去，可是回归江湖不是一事无成，那没意思，而是"欲回天地入扁舟"。我的本领是能够旋乾转坤，改造世界。改造世界后，伟大的功业对我来说都不重要，一叶扁舟，仍回到江湖中去。这诗当然是李商隐写的，可是只有王安石这样的人能揭示出来。看来讲的似乎也不是李商隐，其实就是王安石自己。王安石晚年隐居钟山，骑着毛驴，所创功业，置诸脑后。故他读李诗，看到这两句，特有慧心，觉得杜甫的心胸情怀，李商隐才得继承。

这对后人有很大的启示，大家拼命研究李商隐如何学杜。胸襟之外，还有技巧问题。因为李确实有好几首是学杜的。找来找去，慢慢形成一种看法，认为学老杜一定要有昆体功夫，唯有通过昆体这些词藻典故修辞，才能达到老杜浑成之境。

但这时李商隐诗还没有注解，所以元好问说："诗家总爱西昆好，独恨无人作郑笺。"没有人像郑玄注《诗经》一样去注它。后来就有注了。元朝一位叫道源的和尚作注，但情诗都被解成了忏情。"春蚕到死丝方尽，蜡炬成灰泪始干"，情思飘渺，会耗尽人的生命啊！

道源的注后来失传了，故影响不大。明清之间，又有个重要的读者出现，那就是注解杜甫的钱谦益。钱谦益自己没有注过李商隐诗，但是他对李商隐诗的诠释影响极大，因为他认为李诗和杜诗一样，都和时事有关。杜甫是诗史，李商隐也有很多比兴，凡讲男女皆是用比兴之法来讲时事，不能当作男女恋爱去读。李商隐的个性也不是放利偷合的，他对时局很有抱负。注李商隐诗的，后来有程梦星、冯浩等，都是这个路数。还有吴乔，是个武术家，写过《西昆发微》，完全用比兴寄托的手法来解释李商隐诗。其原则是"知人论世"，通过历史来知人，来了解李商隐诗中的寄托和时事之间的关系。后来王国维在替张采田《玉谿生年谱会笺》作序的时候，总结他们的方法是："细按行年，曲探心迹。"

这便是李商隐的诠释史。李商隐的形象和诗歌内容，因读者的不同，产生了诠释上的变化。李商隐的诗可以这样去看，杜甫诗、李白诗、李贺诗、陶渊明诗等也都可以用我这种方式去看。看他们的诠释史，就可以看出来一个诗人在不同时代中，通过读者，他的形象与内涵会产生什么变化。

整个时代也是如此。像唐诗，经过严羽、明朝的高棅等人，其形象就产生了重大变化，才有现在各位所知道的唐诗。唐代诗人中哪些比较重要，那也是经过不同时代读者的诠释所造就的。

出版是不能忽视的

谈到这儿，大家很自然地会想到这些年来一个流行的文学理论流派，叫作读者接受美学，现在也有很多人做这方面的研究。但我的想法和读者接受理论不太一样：不是一部作品写出来以后，有读者不同的接受问题；而是作品乃作者和读者所共同创造。不是读者被动接受，也不是作者独立创造。作者写了个东西出来，得经过读者，才会成为作品。一个文学文本是经过读者以后才形成的，就像《左传》、《史记》。《左传》原来不是文学文本，后来变成文学文本，是因有读者用文学性的读法去读它，把它读成了文学文本。包括把它拆开，成为独立的篇章。

这种文学文本和原先的文字文本不同，乃是极常见的。很多诗文皆因读者不同而出现新版本，以改编、删节等方式重新处理。如《三国演义》，是在毛宗岗父子手上修改成了现在这个样子。现在看到的《金瓶梅》，和原来的《金瓶梅词话》差距也极大。《金瓶梅词话》粗俗的文字、充满了民间说书型的调子全变了。

从作者、作品到读者，也不是个直接的过程，多半有些中介。因为其间有个传播过程。古代是口传或以抄写的方式，后来主要是出版。

出版在古代，除了印经典之外，最重要的就是印文学作品。在经、史、子、集四部中，集部几乎是经、史二部的总和，可见中国传统印刷品中，文学是最大一类。在台湾的书店业，以前的分类方式很简单，粗分只有两大类，一是文学类，一是非文学类。大陆的情况或许不然，但你看大陆的文学艺术家联合会，是所有艺术家都算进去的。可是"文学艺术家联合会"之外又还有"作家协会"，作协的位阶且和文联一样。按道理，文联应该在作协之上，因它涵盖较广。但是不然，两者乃是并列的。甚至有时作协的力量还大于文联，比如历届开"文代会"，都是作协为主。这是因为传统上有文学的优越性，除了经典和善书，文学本来就是出版的最大宗，而文学的发展也和出版最为密切。

文学上流派风气的改变往往也因为出版，比如明朝尊唐，宋诗没有地位。明末清初的时候，宋诗的地位开始抬高，便是得力于《宋诗钞》的出版。《宋诗钞》出来后，风气为之一变。因为大家没有读过什么宋诗，读的都是唐诗的选本和刊本，读后当然认为唐诗是典范。读了《宋诗钞》，才产生了改变。所以研究文学批评有种方法，就是研究选本、刊刻、流传跟整个文学风气间的关系。

这个关系很明显，明清之间每一流派的出现，都搭配一套它的选本。比如王渔洋讲神韵，神韵派必奉王士祯的《唐贤三昧集》为圭臬；沈德潜的理论，也须搭配他的《唐诗别裁》、《说诗晬语》，那是他的唐诗选集和诗论；袁枚则有《随园诗话》。《随园诗话》虽是诗话，也有选本的功能。明七子也一样，《唐诗选》影响深远。

某些时候，刊刻诗集除了文学的考虑外，也有复杂的政治经济因素。如我们说宋代江湖诗人、江湖派，就是因为当时书商陈起刊刻了《江湖诗人小集》，形成了这样一个江湖诗人的体系。但因刊刻的过程中跟朝廷产生了摩擦，故朝廷禁书、劈版。又如《红楼梦》等小说，在后代常被禁止。被禁，不是禁止在家里抄写，而是禁止刊刻。在宋代就出现过禁止刊刻诗文的例子，如北宋末立了"元祐党人碑"，同时也就禁止苏东坡、黄山谷的诗文集流布传刻，已刻的还要毁掉。

传播是作者、作品和读者之间的链条，所以文学的传播史是非常重要的，但我们过去的研究相当不足，现在应该多注意这个部分。明清文学传播的印刷史料，如有关当时的书商、刻板雕版的技术等等这些实物资料，目前也还不少，因此这部分的研究还有待大力开发，期待学人的进一步求索！